A MALDIÇÃO DO EX

Rachel Hawkins

A MALDIÇÃO DO EX

Tradução
Isabela Sampaio

Copyright © 2021 by Rachel Hawkins
Copyright da tradução © 2022 by Editora Globo S.A.

Publicado mediante autorização da autora. Direitos de tradução negociados por BAROR INTERNATIONAL, INC., Armonk, Nova York, EUA.

Todos os direitos reservados. Nenhuma parte desta edição pode ser utilizada ou reproduzida — em qualquer meio ou forma, seja mecânico ou eletrônico, fotocópia, gravação etc. — nem apropriada ou estocada em sistema de banco de dados sem a expressa autorização da editora.

Título original: *The Ex Hex*

Editora responsável **Paula Drummond**
Assistente editorial **Agatha Machado**
Preparação de texto **Luiza Miranda**
Diagramação **Renata Zucchini**
Projeto gráfico original **Laboratório Secreto**
Revisão **Isabel Rodrigues e Luiza Miceli**
Design de capa **Renata Zucchini**

Texto fixado conforme as regras do Acordo Ortográfico da Língua Portuguesa (Decreto Legislativo nº 54, de 1995)

CIP-BRASIL. CATALOGAÇÃO NA PUBLICAÇÃO
SINDICATO NACIONAL DOS EDITORES DE LIVROS, RJ

H325m

    Hawkins, Rachel
        A maldição do ex / Rachel Hawkins ; tradução Isabela Sampaio. - 1. ed. - Rio de Janeiro : Globo Alt, 2022.

        Tradução de: The ex hex
        ISBN 978-65-88131-60-2

        1. Romance americano. I. Sampaio, Isabela. II. Título.

22-78016
                       CDD: 813
                       CDU: 82-31(73)

Gabriela Faray Ferreira Lopes - Bibliotecária - CRB-7/6643

1ª edição, 2022 — 3ª reimpressão, 2024

Direitos de edição em língua portuguesa para o Brasil adquiridos por Editora Globo S.A.
R. Marquês de Pombal, 25
20.230-240 – Rio de Janeiro – RJ – Brasil
www.globolivros.com.br

*Para Sandra Brown, Jude Deveraux, Julie Garwood,
Judith McNaught e Amanda Quick, as escritoras que me
fizeram querer ser romancista desde que eu tinha doze anos.
Levei trinta anos, mas finalmente cheguei!*

PRÓLOGO

Jamais misture vodca com bruxaria.

Vivi sabia disso. Além da sua tia Elaine já ter falado sobre o assunto umas mil vezes, ela estampara a frase em panos de prato, camisetas e, ironicamente, em copinhos de shot no Templo das Tentações, sua loja no centro de Graves Glen, Geórgia.

Talvez tenha sido o mais próximo que os Jones chegaram de um lema familiar.

Mas, concluiu Vivi enquanto se afundava ainda mais na banheira e tomava outro gole da mistura de vodca com cranberry que a prima Gwyn preparara para ela, tinha de haver exceções em casos de corações partidos.

E o dela, no momento, estava completamente despedaçado. Esfacelado, talvez. Caquinhos de coração chacoalhando no peito. Tudo isso porque tinha se deixado levar por um sotaque fofo e um par de olhos muito azuis.

Fungando, ela estalou os dedos mais uma vez e o ar foi preenchido pelo perfume de Rhys — um aroma cítrico e picante que ela nunca tinha sido capaz de identificar direito, mas que era muito marcante, a ponto de sua magia poder invocá-lo.

Agora, imersa na banheira vitoriana de Gwyn, Vivi se lembrava de como aquele cheiro fazia sua cabeça girar quando enterrava o rosto no peito dele, no calor daquela pele.

— Vivi, de novo não! — gritou Gwyn do quarto. — Está me dando dor de cabeça!

Vivi mergulhou mais fundo, fazendo com que a água transbordasse pelas laterais da banheira e quase apagasse uma das velas que ela tinha espalhado ao redor da borda.

Outra lição da tia Elaine era: a cura para qualquer coisa é um banho de banheira à luz de velas. E, por mais que Vivi tivesse enchido a água de alecrim e punhados de sal rosa e acendido quase todas as velas que Gwyn tinha em casa, ela não estava se sentindo nem um pouquinho melhor.

Se bem que a vodca estava ajudando, reconheceu ela, inclinando-se para tomar outro gole com seu canudo roxo brilhante.

— Me deixa viver! — gritou de volta assim que esvaziou o copo.

Gwyn enfiou a cabeça para dentro do banheiro, seu cabelo cor-de-rosa balançando por cima dos ombros.

— Meu anjo, eu te adoro, mas você só namorou o cara por três meses.

— A gente só terminou há nove horas — disse Vivi, sem acrescentar que, na verdade, eram nove horas e trinta e seis minutos, quase trinta e sete. — Tenho pelo menos mais quinze horas de lamentações. Está no livro de regras.

Gwyn revirou os olhos.

— Eu te avisei para não namorar um Jovem Bruxo — lembrou ela. — Ainda mais um Jovem Bruxo Penhallow. Esses babacas podem até ter fundado a cidade, mas ainda são bruxos malditos.

— Bruxos malditos — concordou Vivi, olhando com tristeza para o copo vazio enquanto Gwyn voltava para o quarto.

Vivi era muito mais nova do que Gwyn nessa história de ser bruxa. Enquanto a prima tinha crescido com tia Elaine, uma bruxa praticante, a mãe de Vivi, irmã de Elaine, decidira manter seus poderes em segredo. Só depois da morte da mãe, e de ir morar com Elaine e Gwyn, que Vivi começou a entrar em contato com esse seu lado.

Isso significava que ela não sabia nada sobre os Jovens Bruxos. Nem que conhecer um deles na Festa do Solstício, em uma noite quente de verão, podia ser, ao mesmo tempo, a melhor e a pior coisa que já lhe acontecera.

Levantando a mão, Vivi agitou os dedos e, depois de um instante, uma imagem trêmula e nebulosa surgiu acima da água.

O rosto era lindo, tinha uma estrutura óssea harmoniosa, cabelos escuros, olhos brilhantes e um sorriso jovial.

Vivi fez uma careta para ele antes de agitar a mão outra vez, formando um minimaremoto que saiu da banheira e acabou no chão, com o rosto se desfazendo em uma chuva de faíscas.

Seria ótimo se ela pudesse apagar a lembrança com a mesma facilidade, mas, apesar do estado em que se encontrava, triste e cheia de vodca nas ideias, Vivi tinha consciência de que não era para mexer com esse tipo de magia. E alguns daqueles caquinhos do seu coração não queriam esquecer os últimos três meses, preferiam se agarrar à lembrança da noite em que se conheceram; da forma melódica como ele pronunciava o nome dela, sempre "Vivienne", nunca Vivi; de como naquela primeira noite ele perguntou: "Posso beijar você?", e ela respondeu: "Agora?", e ele sorriu daquele jeito preguiçoso e falou: "Agora seria incrível, mas estou aberto ao que sua agenda permitir"; como alguma mulher resistiria a isso? Ainda mais uma de dezenove anos na sua primeira Festa do Solstício. Acrescente a tudo isso o fato de o homem que dizia essas palavras ser alto, ridiculamente bonito e *galês*.

Era ilegal, isso sim, e ela ia apresentar algum tipo de queixa ao Conselho dos Bruxos assim que...

— Vivi! — gritou Gwyn lá do quarto. — Você está fazendo as luzes piscarem.

Ops.

Vivi se sentou e puxou a tampa do ralo da banheira, na esperança de que um pouco da tristeza que estava sentindo fosse sugada junto com a água.

Com muito cuidado, passou pelas velas e se envolveu no robe que Gwyn lhe emprestara, sentindo-se um pouquinho melhor conforme ajustava a faixa de seda preta na cintura. Era por isso que tinha ido para o chalé de Elaine e Gwyn no meio da floresta, no alto das montanhas que pairavam sobre Graves Glen, em vez de voltar para seu alojamento na faculdade. Ali, naquele espacinho aconchegante com velas e gatos, com todos os cômodos cheirando a lenha queimada e ervas, Vivi sentia-se em casa.

Talvez ela e Gwyn pudessem fazer *skincare* ou algo do tipo. Tomar mais um ou cinco drinques. Ouvir Taylor Swift.

Ou, corrigiu-se Vivi ao sair do banheiro e dar de cara com Gwyn formando um círculo de sal no chão, elas poderiam fazer... o que quer que fosse aquilo.

— O que você está fazendo? — perguntou enquanto acenava com a mão em direção ao banheiro. Depois de um segundo, seu copo surgiu flutuando, o canudo se agitou dentro dele, e Vivi o envolveu com os dedos antes de ir à escrivaninha de Gwyn para se servir de mais um drinque.

— Vamos amaldiçoar esse cuzão — respondeu a prima com um sorriso no rosto.

— Ele não era um cuzão — disse Vivi, mordendo a ponta do canudo e analisando o círculo. — Não de cara. E, para ser justa, fui eu que terminei, não ele.

Gwyn bufou e começou a prender o cabelo em um rabo de cavalo.

— Você terminou *porque* ele era um cuzão. Ele veio até Graves Glen, seduziu você e, durante todo esse tempo, o pai dele estava no País de Gales arranjando o casamento dele com alguma bruxa chique. E ele sabia! E não se deu ao trabalho de te contar! Não, a sentença do cuzão permanece, a gente decretou.

— Por "a gente" você quer dizer "você".

— Eu e o Seu Miaurício — disse Gwyn, apontando para o gatinho preto que, naquele momento, estava aninhado na cama dela. Ao ouvir o próprio nome, ele levantou a cabecinha e piscou os olhos amarelo-esverdeados brilhantes para Vivi antes de dar um leve miado que *soou* como um sinal de concordância.

E Rhys *estava* noivo. Bom, quase noivo. Não era essa a palavra que ele tinha usado. Tinha dito "prometido". Simplesmente despejou a informação em cima de Vivi naquela manhã, enquanto estavam aninhados no quentinho da cama dele e ele beijava o ombro dela e murmurava que precisava voltar para casa por mais ou menos uma semana para resolver algumas coisas.

Por "algumas coisas" aparentemente ele quis dizer "pedir ao meu pai para cancelar *meu casamento real oficial com uma estranha*". E o sujeito ainda teve a audácia de ficar chocado por *ela* estar chocada. Então Vivi e Gwyn definitivamente deveriam amaldiçoar aquele cuzão, sim.

— Justo — disse Vivi, cruzando os braços. — O que a gente faz?

— Abra as janelas — pediu Gwyn, andando até a escrivaninha e pegando uma vela em um suporte de vidro que, de alguma maneira, tinha passado despercebida por Vivi para o banho ritual dela.

Vivi obedeceu, e o ar gelado de fim de setembro que invadiu o quarto cheirava a pinheiro. Acima da montanha mais próxima, a lua brilhava, cheia e branca, e Vivi lhe deu um tchauzinho bêbado antes de enfiar a cabeça para fora da janela para olhar a montanha em que morava Elaine.

Lá em cima, em algum lugar na escuridão, ficava a casa da família de Rhys, a que ele nunca tinha visitado antes daquele verão. Estava escura agora porque Rhys tinha ido embora.

Ido embora.

Para o País de Gales e qualquer que fosse a vida que ele levasse por lá antes de vir cursar as aulas de verão na Penhaven College.

E eles terminaram.

Com os olhos ardendo, Vivi voltou-se para a prima.

Gwyn sentou-se do lado de fora do círculo com a vela bem no meio, as chamas tremeluzindo. Por um segundo, Vivi hesitou. Ok, Rhys a magoara. Ok, ele não tinha lhe contado que o pai estava no meio do processo de arrumar uma esposa para ele. Nenhuma conversa, nenhum aviso, nenhuma preocupação em como ela se sentiria em relação a tudo aquilo. Total atitude de cuzão.

Mas amaldiçoar o cara?

E fazer isso enquanto estava bêbada?

Talvez fosse um pouquinho demais.

Então Gwyn fechou os olhos, estendeu as mãos e disse:

— Ó, deusa, nós vos rogamos que esse homem nunca mais visite a casa nem a vagina da Vivi.

Vivi quase engasgou com a bebida, rindo enquanto o álcool ardia em suas cavidades nasais, depois se jogou do lado oposto do círculo de Gwyn.

— Ó, deusa — disse Vivi, tomando outro gole —, nós vos rogamos que ele nunca mais use as covinhas para fazer o mal contra donzelas inocentes.

— Boa — elogiou Gwyn antes de acrescentar: — Ó, deusa, nós vos rogamos, garanta que o cabelo dele nunca mais faça aquele negocinho. Você sabe de qual negocinho estamos falando.

— Com certeza sabe. — Vivi assentiu. — Ó, deusa, nós vos rogamos, faça com que ele seja o tipo de homem que acha que o clitóris fica a exatamente um terço de centímetro de onde realmente fica.

— Diabólico, Vivi. Feitiçaria de verdade.

Com a cabeça girando, mas o coração mais ou menos intacto, Vivi sorriu, inclinou-se sobre o círculo e se aproximou da vela.

— Você me magoou, Rhys Penhallow — disse ela. — E nós amaldiçoamos você. Você e toda a sua linhagem sexy e idiota.

De repente, a chama da vela aumentou drasticamente, dando um susto tão grande em Vivi que ela derrubou o drinque enquanto se jogava para trás. Do ponto em que estava na cama, Seu Miaurício sibilou, com as costas arqueadas.

Gwyn se pôs de pé na mesma hora para pegá-lo, mas, antes que o alcançasse, as janelas de repente se fecharam e as cortinas balançaram com força.

Aos berros, Vivi se levantou, seu pé borrou o círculo de sal e, quando ela se virou para olhar a vela, a chama parecia ter disparado, ficando mais alta do que Gwyn, antes de se apagar abruptamente.

Em seguida, tudo ficou quieto e tranquilo, a não ser por Seu Miaurício, que ainda estava sibilando e cuspindo enquanto se apoiava nas almofadas de Gwyn. Vivi não sabia dizer se um dia em toda a sua vida já tinha voltado a ficar sóbria tão depressa.

— Então, isso foi... estranho — arriscou dizer por fim, e Gwyn foi até a janela, levantando-a com cuidado.

A moldura deslizou facilmente e ficou no lugar, e, quando Gwyn se voltou para Vivi, o rosto dela estava recuperando um pouco da cor.

— Você fez as luzes piscarem mais cedo, lembra? Provavelmente é só, tipo, um pico de energia. Do tipo mágico.

— Será que isso pode acontecer? — perguntou Vivi, e Gwyn fez que sim, talvez um pouquinho rápido demais.

— Claro. Quer dizer... A gente estava só de palhaçada. Nada daquilo foi magia de maldição de verdade. Aquela vela veio da Bath & Body Works, acho.

Vivi analisou o rótulo.

— É, tenho certeza de que "Frutas Silvestres" não combinam com as trevas.

— Certo — disse Gwyn. — Então tá, não fizemos nada de errado, a não ser por termos assustado o neném aqui. — Ela tinha conseguido convencer Seu Miaurício a subir nos seus braços, e ali ele se aconchegou, mesmo quando parecia olhar na direção de Vivi.

— Acho que não conheço minha própria força — disse Vivi, e então, em uníssono, ela e Gwyn acrescentaram: — Jamais misture vodca com bruxaria.

Rindo meio sem jeito, Vivi devolveu a vela à escrivaninha de Gwyn.

— Está se sentindo melhor? — perguntou a prima. — Depois de amaldiçoar de mentirinha esse cara para se livrar dele?

Seria necessário mais do que um banho, vários drinques e uma besteirinha mágica para esquecer Rhys, mas, por ora, Vivi assentiu.

— Acho que sim. E você tem razão, foram só três meses, e agora ele voltou ao País de Gales, então não é como se eu fosse ter que vê-lo de novo. Ele pode voltar para a vida dele, e eu posso voltar para a minha. Agora, vamos limpar todo esse sal antes que a tia Elaine chegue aqui e descubra que estávamos bebendo e fazendo magia.

Vivi deu as costas e nem ela nem Gwyn viram a vela acender de novo por um breve instante, a chama faiscando, a fumaça girando em direção à janela aberta e à lua cheia.

CAPÍTULO 1

NOVE ANOS DEPOIS

Mas é claro que estava chovendo naquele inferno.

Para início de conversa, era o País de Gales, então a chuva literalmente fazia parte do pacote, Rhys entendia isso, mas ele tinha saído de Londres naquela manhã debaixo de sol e uma nuvem aqui e ali. Lindo céu azul, colinas verdes ondulantes, o tipo de dia que fazia a gente sentir vontade de começar a pintar ou, quem sabe, se aventurar a escrever poesia.

Foi só quando ele entrou em Dweniniaid, o pequeno vilarejo onde sua família vivera durante séculos, que o tempo começou a fechar.

Ele tinha quase certeza de que sabia o motivo.

Com uma careta, Rhys estacionou o carro alugado perto da rua principal. Ele não precisava dirigir, é claro. Poderia ter usado uma Pedra Viajante e chegaria ali num piscar de olhos, mas sua insistência em pegar a estrada irritava o pai, e Rhys gostava mais disso do que da conveniência do transporte mágico.

Se bem que, pensou ele ao sair do carro e franzir a testa para o céu, hoje o tiro meio que saiu pela culatra.

Mas o que passou passou, então Rhys deu um leve puxão na gola do casaco e adentrou o vilarejo.

Não tinha muita coisa na rua principal: algumas lojas, uma igreja em uma ponta e, na outra, um bar. Era para lá que ele estava indo no momento. Havia poucas pessoas na rua aquela tarde, mas todas trocaram de calçada quando o viram. Era uma delícia ver que a reputação da família ainda estava em alta.

No fim da rua, o Corvo e Coroa chamava atenção, suas janelas formando acolhedores retângulos de luz contra o dia cinzento, e, assim que abriu a porta, Rhys foi arrebatado por alguns dos seus aromas favoritos: a riqueza maltada da cerveja, o cheiro penetrante da sidra e o calor acarvalhado da madeira envelhecida.

Nossa, ele sentia mesmo saudade de casa.

Talvez fosse só por ter passado muito tempo longe dessa vez. Em geral, ele tentava aparecer a cada poucos meses, com mais frequência se achasse que o pai não estava por perto. Isso o colocava bem no meio dos dois irmãos mais velhos em termos de lealdade familiar.

Llewellyn, o mais velho de todos, comandava o bar e mantinha contato constante com o pai. Bowen, o irmão do meio, tinha se mandado para as montanhas de Snowdonia fazia dois anos, e a família recebia notícias dele de vez em quando, principalmente para alarmar todo mundo com a intensidade que sua barba parecia estar adquirindo.

Assim, para variar, Rhys não era o filho mais decepcionante, um título que ele ficava feliz de manter até que Bowen decidisse parar de fazer o que quer que estivesse fazendo por lá.

Mas ele nunca ia ser o favorito. Wells tinha conquistado esse papel fazia muito tempo, e Rhys deixava o cargo para o irmão de bom grado. Além disso, até que era divertido ser o diferentão. Quando ele fazia merda, ninguém se espantava, e quando conseguia a façanha de não fazer merda, todo mundo ficava agradavelmente surpreso.

Não tinha como perder.

Rhys tirou o casaco e foi pendurá-lo no cabideiro ao lado da porta, logo abaixo de um antigo anúncio da sidra Strongbow. No meio do caminho, olhou de relance para o homem que o observava de trás do balcão.

E, ao se virar, Rhys percebeu que o homem — o irmão mais velho, Llewellyn — era a *única* pessoa no pub.

Llewellyn parecia o pai deles trinta anos mais jovem: a mesma expressão severa, o mesmo nariz romano — bom, para dizer a verdade, todos eles tinham o nariz igual —, os mesmos lábios finos. Ele só era um pouco menos idiota. Mas era igualmente comprometido em ficar naquele vilarejo minúsculo em que todo mundo tinha pavor dele e administrar aquele bar no qual apenas um turista ou outro entrava por acaso.

— Oi, Wells — cumprimentou Rhys, ao que Wells só respondeu com um grunhido.

Típico.

— Os negócios estão indo de vento em popa, pelo que estou vendo. — Rhys seguiu até o balcão e pegou um punhado de amendoins de uma tigela de vidro.

Wells lançou-lhe um olhar sombrio por cima do mogno polido e Rhys abriu um sorriso, jogando um amendoim dentro da boca.

— Fala sério — encorajou ele. — Admita que está feliz em me ver.

— Estou surpreso em te ver — disse Wells. — Achei que dessa vez você tivesse abandonado a gente pra sempre.

— E abrir mão desse vínculo fraterno tão caloroso? Jamais.

Ao ouvir isso, Wells lhe deu um sorriso relutante.

— O pai disse que você estava na Nova Zelândia.

Rhys assentiu e pegou mais um punhado de amendoins.

— Até alguns dias atrás. Despedida de solteiro. Um bando de ingleses querendo ter a experiência completa de *O Senhor dos Anéis*.

A agência de turismo de Rhys, a Penhallow Tours, tinha começado como uma empresinha de um homem só no seu apartamento em Londres para se tornar uma operação de dez pessoas que organizava diversas viagens pelo mundo todo. Os clientes costumavam dizer que as viagens de Rhys eram as melhores, e nas resenhas choviam comentários deslumbrados relatando não ter nenhum dia de tempo ruim, nenhum voo atrasado, nem um único caso de intoxicação alimentar.

Era incrível o que um tiquinho de magia era capaz de proporcionar.

— Bom, fico feliz que você tenha voltado — disse Wells, retomando a limpeza. — Porque agora você pode falar com o pai e tirá-lo desse estado de espírito.

Ele apontou para as janelas com a cabeça, e então Rhys se virou e viu o cenário amedrontador sob uma nova luz.

Que merda.

Então ele estava certo. Não era uma tempestade comum, mas um dos feitos do pai, o que, sim, significava que Rhys sem dúvida o irritara. Os irmãos dele nunca tinham arrancado uma tempestade do pai.

Rhys já tinha causado... vinte? Vinte e quatro? Ele já tinha perdido as contas, para falar a verdade.

Rhys voltou-se para Wells e já ia pegar mais amendoins, mas o irmão bateu na mão dele com uma toalha úmida.

— Ai! — gritou Rhys, mas Wells já estava apontando para a porta.

— Vai lá falar com ele antes que papai inunde a rua principal e eu nunca mais volte a ver um cliente.

— E eu não sou um cliente?

— Você é um pé no saco, isso sim — retrucou Wells, e então suspirou, as mãos no quadril. — Sério, Rhys, vai lá e conversa com ele, acaba logo com isso. Ele sentiu sua falta.

Rhys bufou ao descer da banqueta.

— Eu agradeço, Wells, mas você está falando merda, cara.

Uma hora mais tarde, Rhys se perguntava por que não tinha ficado no bar pelo menos por tempo o suficiente para tomar uma cerveja. Ou, quem sabe, três.

Tinha decidido ir a pé até a casa em vez de contrariar o pai com o carro — uma verdadeira demonstração de crescimento e maturidade da parte dele, pensou —, mas, quanto mais perto chegava, pior o tempo ficava, e até o feitiço de proteção que tinha lançado sobre si estava encontrando dificuldades.

Por um instante, Rhys pensou em deixar o feitiço pra lá, para que o pai pudesse vê-lo todo patético e enlameado, mas não, esse tipo de coisa só funcionaria com um pai que tivesse coração, e Rhys estava quase certo de que Simon Penhallow havia nascido sem um desses.

Ou talvez ele mesmo tenha removido o órgão a certa altura da vida, em uma espécie de experimento para ver o nível de babaquice a que um homem era capaz de chegar.

O vento uivava lá de cima da colina, fazendo com que as árvores que ladeavam a rua rangessem e balançassem. Rhys sabia que o pai era um bruxo incrivelmente poderoso, mas ele não precisava ser tão clichê a respeito.

Outro clichê: a mansão da família Penhallow, a Penhaven Manor.

Às vezes, Rhys se perguntava como sua família tinha conseguido escapar do assassinato daqueles que praticavam magia ao longo dos quinhentos anos desde que decidiram chamar a enorme pilha de pedras e evidente bruxaria de lar. Teria sido melhor se tivessem colocado logo placas no jardim dizendo AQUI TEM BRUXOS, cacete.

A casa não ficava situada exatamente na colina, mas apoiada sobre ela; tinha apenas dois andares, mas se esparramava, como um labirinto de corredores escuros, tetos baixos e cantos sombrios. Um dos primeiros feitiços que Rhys aprendeu, sozinho, foi bem básico, de iluminação, para que pudesse *enxergar direito* as malditas coisas enquanto tentava chegar à mesa do café todas as manhãs.

Às vezes, ele se questionava se o lugar seria um pouco diferente, um pouco mais... leve, se a mãe dele ainda estivesse ali. Segundo Wells, ela odiava a casa tanto quanto Rhys, e quase tinha conseguido convencer o pai deles a se mudar para uma casa menor, mais moderna e aconchegante.

Mas aí ela morreu poucos meses depois do nascimento de Rhys, e qualquer conversa relacionada a sair daquela casa monstruosa acabou sendo reprimida. Penhaven era o lar deles.

Um lar terrível e desconfortável, uma carcaça medieval.

A casa sempre parecia meio torta à primeira vista, as portas pesadas de madeira eram meio capengas na parte das dobradiças e, enquanto subia os degraus da frente, Rhys suspirou e agitou a mão à sua frente.

A camisa Henley, os jeans e as botas que ele estava vestindo brilharam e se agitaram, transformando-se em um terno preto com o brasão da família bordado no bolso. Se fosse pela vontade do pai, todos eles usariam túnicas dentro de casa, mas Rhys só estava disposto a ir até certo ponto em nome da tradição.

Rhys nem se deu ao trabalho de bater; o pai já devia estar ciente de que ele estava ali no instante em que pisou na colina, talvez até mesmo quando apareceu no bar. O lugar tinha feitiços guardiões por toda parte, uma fonte de frustrações intermináveis para Rhys e os irmãos sempre que chegavam minimamente atrasados para o toque de recolher.

Foi só Rhys pôr a mão na porta que ela se abriu, as dobradiças rangeram pavorosamente e o vento e a chuva se intensificaram, lançando rajadas tão fortes que, por um segundo, seu feitiço perdeu a força.

Ele levou um jato de água gelada no rosto, que escorreu pela gola da camisa e fez seu cabelo grudar na cabeça.

— Maravilhoso — murmurou. — Maravilhoso pra cacete.

Em seguida, entrou.

CAPÍTULO 2

Não importava o tempo que fizesse lá fora, dentro da Penhaven estava sempre escuro.

O pai de Rhys preferia assim. A maior parte das janelas era coberta por cortinas pesadas de veludo, e as poucas que ficavam descobertas eram vitrais grossos em tons escuros de verde e vermelho que distorciam a luz que passava por eles e projetavam formas estranhas na pesada mesa de pedra próxima à porta da frente.

Rhys ficou um tempo parado na entrada da casa, olhando para a escada gigante e para a pintura a óleo em tamanho real logo acima que mostrava Rhys, o pai e os dois irmãos. Eles estavam de túnica e observavam a porta da frente de modo solene. Toda vez que Rhys via o retrato, se lembrava de quando posou para ele aos doze anos, de como odiou ter que ficar imóvel, do quanto aquela túnica era sufocante e desconfortável, de como era ridículo que o pai simplesmente não os deixasse tirar uma foto e mandar um artista fazer a pintura a partir dela.

Mas não, o pai gostava das tradições dele, e suar feito um corno posando para um retrato a óleo gigante aparentemente estava pau a pau com cortar a própria árvore de Natal e estudar na Penhaven College em termos de Coisas que os Homens Penhallow Fazem.

— Não me faça esperar.

A voz ressoou de todos os lugares e de lugar nenhum. Rhys suspirou novamente e passou a mão pelo cabelo antes de subir correndo a escada.

Ele devia estar na biblioteca, o palco escolhido para todos os confrontos entre pai e filhos ao longo dos anos, e, conforme Rhys abria as pesadas portas duplas que davam para o cômodo, se sentiu voltar no tempo no mesmo instante.

Não só pelas lembranças, embora ele tivesse muitas daquela sala, mas literalmente. De alguma maneira, a biblioteca era, por incrível que parecesse, ainda mais gótica do que o restante da casa. Havia madeira preta, mais veludo, pesados candelabros de prata cobertos pela cera endurecida ao longo de muitos anos. No teto, um lustre feito de chifres de veado lançava uma luz melancólica no piso de madeira, e Rhys nunca sentiu tanta saudade da iluminação clara do seu apartamento em Londres, das janelas abertas, da roupa de cama branca, dos sofás confortáveis que não espalhavam nuvens de poeira toda vez que alguém se sentava. Não havia nenhum item de veludo — nem mesmo uma porra de uma *almofada* — no apartamento inteiro.

Não é por acaso que ele nunca voltava ali.

Simon Penhallow estava de pé diante do grande espelho que usava para fazer previsões e se comunicar com outros bruxos, as mãos unidas atrás do corpo e usando, como Rhys tinha previsto, sua túnica. Preta, é claro. O cabelo dele também era preto, embora tivesse mechas grisalhas aqui e ali, e, quando ele se virou, Rhys achou que parecia um pouquinho mais velho. Algumas rugas a mais perto dos olhos, mais fios brancos na barba.

— Você sabe há quanto tempo não vem nesta casa? — perguntou o pai, e Rhys reprimiu uma resposta sarcástica.

Tinha pelo menos três meses, mas Simon nunca foi um grande fã da sagacidade de Rhys, então ele simplesmente entrou na sala imitando a postura do pai — mãos para trás.

— Não sei direito.

— Meio ano — respondeu o pai, porque qual era a necessidade de dizer algo normal, tipo "seis meses"? — Faz meio ano que você não visita seu pai e a casa da sua família.

— Tá bom, mas, em minha defesa, ainda estou melhor do que o Bowen, né?

Rhys abriu um sorriso para o pai, mas Simon era a única pessoa que ele nunca tinha sido capaz de seduzir.

— Bowen está envolvido em algo que de fato beneficia esta família. Ao contrário de você, levando uma vida de solteiro na Inglaterra.

Simon costumava falar "Inglaterra" como se quisesse dizer *um antro sórdido de libertinagem* e, mais uma vez, Rhys se perguntou se a ideia que o pai tinha de como sua vida deveria ser não era, na verdade, muito mais interessante do que sua vida real.

Tudo bem, justiça seja feita, tinha um pouquinho de libertinagem, mas, no geral, Rhys vivia uma vida tão normal quanto a da maioria dos jovens de vinte e tantos anos. Administrava a própria empresa de turismo, assistia a partidas de rúgbi no bar com os amigos, namorava.

Nada fora do comum, a não ser pela presença de magia em todas essas coisas.

Os clientes dele sempre tinham uma viagem tranquila e sem transtornos. O time favorito sempre ganhava. E, embora não usasse magia com as namoradas, pode ser que já tenha usado um feitiço aqui e outro ali para garantir uma reserva no restaurante desejado ou para que o trânsito nunca fosse um incômodo.

Ele não abusava dos próprios poderes, mas sem dúvida a magia facilitava a vida, algo que Rhys sempre valorizou.

— Você está desperdiçando seu potencial como feiticeiro — prosseguiu Simon — se prestando a toda essa frivolidade.

— Não existe mais "feiticeiro", pai, já te disse, somos todos bruxos agora. Há séculos, literalmente.

Simon ignorou o comentário e continuou:

— Chegou a hora de você também cumprir seu dever com essa família, Rhys. E é por isso que vou te mandar de volta a Glynn Bedd.

Glynn Bedd.

Graves Glen.

Vivienne.

Ele não pensava nela com tanta frequência. Já fazia anos; o que rolou entre eles foi ardente, mas breve, e ele já tivera outros relacionamentos sérios desde então.

Só que vira e mexe ela lhe voltava à memória. Aquele sorriso bonito. Os olhos castanhos. O jeito de puxar as pontas do cabelo loiro-mel quando estava nervosa.

O sabor dela.

Não, definitivamente não era uma lembrança útil naquele momento.

Melhor ficar com a memória das lágrimas de raiva, dos braços cruzados sobre o peito, da calça jeans que ela jogara na cabeça dele.

Caramba, como ele tinha sido babaca.

Rhys estremeceu de leve e se aproximou do pai, dizendo:

— Graves Glen? Por quê?

Simon fechou a cara para ele, e as cavidades abaixo das maçãs do rosto ficaram mais fundas.

— É o aniversário de fundação da cidade e da faculdade — perguntou o pai. — Um Penhallow tem que estar presente. Seus irmãos têm outras responsabilidades e eu também, então vai ser você. Você deve ir o quanto antes, vou providenciar que a casa esteja preparada para sua chegada.

Ele acenou com a elegante mão de dedos compridos.

— Está liberado.

— Não estou merda nenhuma — rebateu Rhys, e Simon endireitou a postura. Rhys tinha mais de um metro e oitenta, mas o pai, assim como Wells, era uns três ou quatro centímetros mais alto, diferença que Rhys sentiu profundamente naquele momento. Mesmo assim, manteve a postura firme.

— Pa — começou ele, recuperando a alcunha que não usava desde a infância. — Você sabe que todo o lance do "Dia do Fundador" deles não tem nada a ver com a gente agora, né? É basicamente uma festa de Halloween. Pelo amor de Deus, eles vendem abóboras, Pa. Aboborazinhas pintadas. Acho que tem morcegos de pelúcia envolvidos. Não é nada que exija nossa presença.

— Mas, mesmo assim, nossa presença vai ser sentida porque você vai estar lá — declarou o pai. — A cada vinte e cinco anos, um Penhallow deve voltar para fortalecer as linhas de ley, e, esse ano, o Penhallow vai ser você.

Merda.

Ele tinha se esquecido das linhas de ley.

Cem anos antes, seu ancestral, Gryffud Penhallow, tinha fundado a cidade de Glynn Bedd nas montanhas do norte da Geórgia, em um lugar em que o véu que separa o mundo material do mundo espiritual era fraco e a magia era forte. Naturalmente, a cidade havia atraído bruxos ao longo dos anos, e a faculdade de lá, cujo nome era uma homenagem à casa da família Penhallow, tinha matérias comuns para os humanos e aulas de artes ocultas para os bruxos.

Não que os humanos que frequentavam a faculdade soubessem disso. Eles só achavam que o curso de Práticas Históricas do Folclore era absurdamente difícil de passar e também estava com a turma lotada de uma porrada de alunos transferidos.

Rhys tinha sido um desses alunos transferidos nove anos antes, só para as aulas de verão, e ele tinha várias razões — bom, uma delas bem grande — para não querer voltar.

— Aliás, como você sabe disso? — perguntou o pai, semicerrando os olhos. — Sobre o Dia do Fundador. Você não ficou tempo o suficiente para presenciar o evento da última vez em que esteve lá.

Porque de vez em quando eu exagero no uísque e vejo o que A Ex da Minha Vida anda fazendo. Ela ainda mora lá e é por isso que definitivamente não quero voltar era a verdade, mas Rhys suspeitou que não era a resposta adequada para o momento.

— Aquela cidade é o legado da nossa família, Pa — respondeu ele em vez disso. — Fico de olho no que acontece por lá.

Rhys tinha certeza de que o semblante do pai não expressava orgulho, porque estava igualmente certo de que se Simon se orgulhasse de qualquer coisa que ele dissesse ou fizesse, um rasgo se abriria no tecido espaço-tempo, mas pelo menos o pai não parecia ativamente irritado com ele, e isso já era alguma coisa.

E Rhys odiava ainda se importar com isso. Da última vez em que tentou ganhar a aprovação do pai, acabou perdendo Vivienne.

Beleza, parte disso tinha sido culpa da própria idiotice de não se dar ao trabalho de mencionar que tinha deixado o pai encontrar a noiva bruxa perfeita para ele, mas tudo aquilo parecia muito distante, e Vivienne estava bem ali, real e próxima, não um conceito abstrato de mulher, e tinha sido muito fácil adiar a decisão de contar a ela.

Até que deixou de ser, e ela, coberta de razão, o xingou de tudo quanto é nome, incluindo alguns dos quais ele nunca tinha ouvido falar, e foi embora furiosa.

E agora seu pai estava pedindo que ele voltasse.

— Faça isso pela sua família. Faça isso por mim — disse Simon enquanto se aproximava para pôr as mãos nos ombros de Rhys. — Vá para Glynn Bedd.

Ele tinha quase trinta anos. Estava à frente de um negócio de sucesso que tinha começado por conta própria, levava uma vida que amava, era uma droga de um *adulto* e não precisava da aprovação do pai.

Mesmo assim, Rhys se ouviu dizer:

— Tudo bem. Eu vou.

— Eu te disse para não ir a uma Festa do Solstício, falei com você que elas só traziam problemas.

Com a cabeça ainda enfiada no balcão, Rhys ergueu a mão para saudar o irmão com o dedo do meio.

Ele ouviu Llewellyn fungar.

— Bom, eu disse mesmo.

— Disse, e eu ignorei seu conselho fraternal por minha conta e risco. Valeu, Wells, ajudou muito.

Rhys voltara ao bar depois da conversa com Simon e, dessa vez, tinha conseguido mesmo tomar aquela cerveja.

E provavelmente foi por esse motivo que acabou confessando tudo para Wells. Não só sobre o Pa mandá-lo a Graves Glen, mas sobre aquele verão, nove anos antes.

Sobre Vivienne e sobre como ele tinha estragado tudo.

Rhys levantou a cabeça e viu que Llewellyn tinha ido até as torneiras e estava enchendo outra caneca que Rhys esperava muito que fosse para ele. Claramente se tratava de uma conversa para duas cervejas.

— Você a amava? — perguntou Wells.

Rhys se esforçou ao máximo para não se contorcer na banqueta. Sua família não costumava enveredar pelo caminho dos sentimentos e coisas do tipo. Até onde Rhys sabia, Wells nem tinha sentimentos, e qualquer emoção que Bowen pudesse sentir estava reservada para o que ele estava fazendo lá nas montanhas.

— Eu tinha vinte anos — disse por fim, mandando pra dentro o que restava da cerveja. — E era verão, e ela era bonita.

Tão bonita. E tão, tão carinhosa. Quando ele a viu na Festa do Solstício, debaixo de um céu violeta, com uma coroa de flores torta na cabeça, foi como se alguém tivesse lhe dado um soco no peito. Ela lhe deu um sorriso, e tudo tinha sido...

Instantâneo. Irrevogável.

Um maldito desastre.

— Eu... senti... — continuou ele conforme se lembrava — que talvez pudesse... ter sentimentos amorosos.

Por deus, essa foi difícil. Como as pessoas simplesmente saíam falando desse jeito o tempo todo?

Wells cruzou os braços sobre a bancada, debruçando-se nela. Ele tinha as feições levemente austeras do pai e uma espécie de carranca que Rhys sempre tinha achado meio alarmante, mas os olhos dele eram do mesmo azul-claro dos de Rhys.

— Talvez você nem chegue a vê-la — arriscou Wells. — Vai ficar lá o quê? Um dia, talvez dois? — O sorrisinho dele se tornou sarcástico. — Esse é o máximo de tempo que você aguenta num só lugar, certo?

Rhys ignorou a indireta e fez que sim.

— Vou amanhã. O Dia do Fundador é no dia seguinte. Eu chego, recarrego as linhas e vou embora.

— Molezinha, então — disse Wells, abrindo as mãos sobre a bancada, e Rhys assentiu mais uma vez, mesmo quando outra lembrança do rosto de Vivienne banhado em lágrimas pareceu flutuar na frente dele.

— Moleza pura.

CAPÍTULO 3

A pilha de papéis na mesa de Vivi estava berrando.

Bem, choramingando, na verdade, em uma espécie de gritinho agudo.

Ela franziu a testa e se afastou do computador e do e-mail que ia enviar ao seu chefe de departamento para analisar os papéis ali no cantinho enquanto eles emitiam uma espécie de grunhido agudo.

Com os olhos semicerrados, Vivi pegou os trabalhos e foi jogando um após o outro em cima da mesa até encontrar o que estava procurando. O papel não só parecia estar gritando, mas as letras digitadas foram pouco a pouco ficando vermelhas feito sangue.

— Esse foi pego no pulo — murmurou enquanto conferia o nome escrito no canto superior.

Hainsley Barnes.

Ah, claro, o sr. Lacrosse. Zero surpresas, então. Ele tinha faltado às últimas aulas dela e, ao que parecia, ninguém do semestre anterior tinha se dado ao trabalho de lhe contar que a srta. Jones era particularmente boa em desmascarar quem andava colando.

Ser bruxa tinha várias vantagens extraordinárias.

Vivi passou a mão no papel, removeu o feitiço e observou as palavras voltarem à cor preta conforme o grunhido agudo ia pouco a pouco desaparecendo. Em seguida, marcou o papel com um Post-it vermelho antes de jogá-lo em uma gaveta.

— Que porcaria de barulho foi esse?

A melhor amiga de Vivi no departamento de história, Ezichi, estava parada na porta franzindo o nariz, e, como o papel não parava de choramingar, Vivi deu um soquinho discreto na gaveta.

— Era o alarme do meu celular — respondeu quando o som foi interrompido abruptamente. — Para me lembrar de que eu tinha que fechar tudo aqui, hum... — Ela conferiu as horas no computador. *Merda*. — Meia hora atrás.

Era a terceira vez aquela semana que ela se atrasava para o jantar em família pelo qual sua tia Elaine era tão fanática. Mas o período de provas no meio do semestre era assim mesmo.

Vivi se levantou às pressas, pegando o casaco e a bolsa no encosto da cadeira enquanto Ezi apontava para ela.

— Menina, não vai decepcionar a mulher que faz meus sais de banho favoritos — comentou. Vivi enfiou a mão na bolsa e tirou um saquinho de musseline.

— Falando nisso, ela me pediu para te entregar isso aqui, então valeu por me lembrar.

Ezi pegou a bolsinha das mãos de Vivi como se estivesse cheia de pedras preciosas, segurou-a junto ao peito e respirou fundo.

— Não me leva a mal, Vivi, mas amo mais sua tia do que amo você.

— Tranquilo — respondeu Vivi. — Ela é mágica.

Literalmente, embora Ezi não soubesse disso. Quando terminou a graduação na Penhaven College, Vivi tinha decidido que faria mestrado em história — história normal, dos humanos — e que daria aulas para alunos humanos, ao contrário dos bruxos que frequentavam outros cursos um pouco mais secretos da Penhaven.

Até o momento, não tinha se arrependido da decisão, embora suspeitasse de que se esforçava muito mais dando aulas de Introdução à Civilização Mundial do que se esforçaria sendo professora de Fabricação de Velas para Rituais.

Enquanto Vivi subia a escada e saía correndo do porão que abrigava as salas dos professores assistentes do departamento de história, ela vestiu o casaco e tentou mandar uma mensagem para Gwyn ao mesmo tempo.

Esotu arasada.

Assim que chegou à porta, o celular apitou.

Sou fluente em Vivi, então sei que isso significa que você está atrasada. Não mande mensagem enquanto dirige. Nem enquanto anda.

Com um sorriso no rosto, Vivi saiu em direção ao pátio. Não tinha escurecido ainda, e a noite de outubro estava bem amena mesmo ali em cima, nas montanhas.

Aninhada no vale, a Penhaven College era um pequeno tesouro em forma de prédios de tijolinhos vermelhos e gramados verdes, carvalhos altos e cercas vivas bem-aparadas, e Vivi a amava mais do que uma pessoa deveria amar seu local de trabalho.

E ela realmente amava aquele lugar. Ainda mais agora, com o primeiro sinal de outono no ar, as folhas alaranjadas, o céu roxo. A Penhaven sempre atingia seu auge no outono.

Assim como toda Graves Glen. Vivi percebeu que na véspera do Dia do Fundador, o início da grande temporada de Halloween em Graves Glen, a decoração já estava montada. Havia velas elétricas na vitrine da Escrito nas Estrelas, a livraria da cidade, e adesivos plásticos de abóboras colados na porta do Café Caldeirão. É claro, a loja de Elaine e Gwyn, Templo das Tentações, estava toda enfeitadinha, e Vivi tinha certeza de que chegou até a ver um morcego pendurado na frente do escritório do contador dela.

Ela não tinha crescido naquele pedacinho do céu nas montanhas do norte da Geórgia. Os pais moravam em Atlanta, e, por mais que Vivi sentisse muita saudade dos dois, sempre seria grata por ter ido parar ali, naquele lugar que, de alguma maneira, parecia feito sob medida para ela. Naquela cidadezinha perfeita ela conseguia encontrar o equilíbrio entre ser uma bruxa *e* uma mulher normal. O melhor dos dois mundos.

A casa de Elaine ficava no alto de uma colina no fim de uma estrada sinuosa, e, enquanto Vivi dirigia por um corredor de folhas vermelhas e alaranjadas muito brilhantes e ouvia o atrito dos pneus na estrada de terra, ela sentiu os ombros começarem a relaxar um pouco. Quando deu para ver o chalé, Vivi chegou a suspirar de felicidade.

Lar.

Depois de estacionar atrás do velho Volvo de Elaine, Vivi subiu a escada correndo e passou por abóboras sorridentes, morcegos pendurados e luzinhas em forma de bruxas roxas.

Tia Elaine sempre arrasava no Halloween.

Assim que entrou, Vivi parou para fazer carinho no Seu Miaurício, que estava aninhado na cestinha dele. O gato estava enorme, uma massa pesada de pelos pretos e olhos verdes que adorava Gwyn e tolerava Elaine e Vivi, e ela se sentia com sorte quando ele apenas dava o mais preguiçoso dos tapinhas na mão dela antes de voltar a dormir.

— Eu sei, estou atrasada de novo! — gritou Vivi enquanto acariciava o gato uma última vez.

Elaine entrou no corredor com o cabelo loiro-acinzentado preso em um coque bagunçado no topo da cabeça e a saia preta arrastando no chão.

Gwyn sempre descrevia o estilo da mãe como "se Stevie Nicks desse aula de artes para o ensino fundamental", e era mais ou menos isso. Mas funcionava na tia Elaine de um jeito que Vivi jamais seria capaz de sustentar. Ela se limitava às suas peças florais e de poá.

— Sabe — disse tia Elaine, botando a mão cheia de anéis no quadril —, se você simplesmente viesse trabalhar comigo, estaria por perto o tempo inteiro e nunca teria que se preocupar em chegar atrasada.

Era um argumento antigo e que, como sempre, Vivi dispensava.

— Vocês duas se saem muito bem sem mim.

O Templo das Tentações vendia vários artigos bruxos, desde velas até cachecóis e sabonetes e, de vez em quando, geleia caseira. Os negócios sempre bombavam naquela época do ano, graças ao Dia do Fundador, mas não era incomum que passassem dias sem fazer uma única venda, então Elaine e Gwyn eram capazes de administrar a loja por conta própria facilmente.

— Mas a gente poderia se sair ainda melhor com você — disse Elaine enquanto Vivi descia em direção à cozinha.

De todos os cômodos da casa, aquele era sempre o que tinha mais vibe de bruxa. Panelas de cobre penduradas em ganchos no teto, potinhos de ervas espalhados pelo parapeito da janela, os materiais de Elaine para produzir velas amontoados na mesa.

A única coisa que estragava um pouco o clima era Gwyn parada ao lado do fogão, vestindo uma camiseta que dizia "Witch Don't Kill My Vibe" e comendo macarrão com queijo direto da panela.

— As vendas cresceram muito nos últimos anos — prosseguiu Elaine, voltando devagarinho até a mesa. — Gwyn mal consegue dar conta das compras on-line.

Gwyn assentiu, e seu coque ruivo bagunçado quase se desfez.

— Agora todo mundo é bruxo — comentou de boca cheia. — A gente vendeu, tipo, cem baralhos de tarô só no mês passado.

Vivi arqueou as sobrancelhas enquanto ia até a geladeira para pegar uma garrafa de vinho.

— Caramba, sério?

A loja da tia sempre tinha sido mais um hobby do que um verdadeiro ganha-pão, mas Elaine se recusava a arrumar qualquer coisa minimamente parecida com um emprego de verdade, e Gwyn também não tinha lá tanta vontade de se juntar à força de trabalho.

— Autocuidado e tudo mais — disse ela enquanto devolvia a panela ao fogão e passava um pé por cima do outro. Ao olhar para baixo, Vivi percebeu que ela estava usando as meias listradas em verde-claro e preto que eram eternas campeãs de vendas no Templo das Tentações.

— Cartas de tarô, cristais, velas, grimórios... — Gwyn foi contando os itens nos dedos. — A gente mal consegue ter estoque das coisas. Vou precisar contratar alguém só para cuidar da loja on-line. Você total podia fazer isso.

— Eu gosto do meu emprego — insistiu Vivi, e a verdade era que gostava mesmo. É claro, vira e mexe surgia um ou outro Trapaceiro do Lacrosse, mas ela dava conta deles muito bem, e amava ir trabalhar no campus da Penhaven. Amava almoçar no grande refeitório, amava seu escritório com cadeiras aconchegantes. Amava dividir seu amor pela história com os alunos. De forma geral, era uma boa pedida, e o trabalho lhe dava uma sensação de... estabilidade. Segurança.

Duas das palavras favoritas de Vivi.

Enquanto Vivi abria o vinho, o celular de Gwyn vibrou e ela suspirou.

— Eu juro pela deusa, se for mais uma mensagem sobre alguma merda do Dia do Fundador, vou dar uma de Carrie nessa cidade.

— A prefeita — comentou Elaine em um falso sussurro, dirigindo-se a Vivi. — Ela não para de mandar mensagem para Gwyn sobre o Dia do Fundador porque tem uma quedinha por ela e esse é o jeito que encontrou de fazer Gwyn prestar atenção nela.

— Uma boa jogada — reconheceu Vivi enquanto se servia de vinho, e Gwyn revirou os olhos.

— Já transei com ela, mãe, não é isso.

— Mais uma boa jogada. — Vivi ergueu a taça e, distraída, Gwyn fez tim-tim com ela.

— Não, ela está surtando porque é o primeiro Dia do Fundador dela como prefeita e ela quer que tudo dê certo — disse Gwyn, digitando depressa pelo celular —, e ela é uma humana, não uma bruxa, então dá pra entender por que esse tipo de coisa a deixa estressada.

— Ela sabe que você é bruxa? — perguntou Vivi, e Gwyn deu um muxoxo.

— Nossa, não. Essa é uma informação privilegiada que só se conquista depois do quarto encontro.

— Você nunca chega ao quarto encontro, meu bem — disse Elaine, alinhando suas velas na mesa.

— Exatamente — rebateu Gwyn com uma piscadela.

Enquanto devolvia o celular ao bolso, o aparelho vibrou de novo e ela chiou.

— Jane, sinceramente, você é gostosa, mas o sexo nem foi bom o suficiente para justificar... Ah, merda.

— Que foi? — perguntaram Vivi e Elaine em uníssono enquanto Gwyn encarava o celular com olhos arregalados.

— Hum. Nada. Nadinha de nada. Ela me mandou um nude. Estou chocada e escandalizada. Por causa do nude.

Gwyn tratou de enfiar o celular no bolso depressa e pegar seu vinho, voltando a atenção para Vivi.

— E aí? Como tem sido dar aulas para os normaizinhos?

— Aham, sei — disse Vivi, botando a mão no quadril. — Você é a pior mentirosa do mundo, Gwynnevere Jones. O que foi que a Jane disse pra te deixar com essa cara?

Gwyn olhou de Vivi para Elaine, que a observava de sobrancelhas arqueadas, e, por fim, soltou um grunhido. O vinho balançou no copo enquanto ela erguia as mãos.

— Como é o centésimo aniversário da fundação da cidade, eles vão mandar um Penhallow.

O silêncio dominou a cozinha por um bom tempo enquanto as três mulheres absorviam a informação.

Um Penhallow.

Vivi tomou um gole do vinho. Existiam vários Penhallow. Tá bom, ela sabia de quatro. Simon Penhallow, o Bruxo Assustador, e os três filhos.

Um dos quais tinha partido o coração dela em um bilhão de pedaços quando ela tinha dezenove anos.

O que já fazia um tempão.

E era algo que Vivi já tinha superado totalmente.

Quase totalmente.

— Talvez não seja ele — comentou Elaine por fim, de volta às velas. — Pode ser que venha aquele pesadelo do pai dele.

— Provavelmente — concordou Vivi. — Cem anos é um marco importante. E, por mais que Rhys possa ter mudado muito nos últimos, nove anos, ainda não o vejo como alguém adequado para ser enviado para grandes cerimônias, né?

— Ah, com certeza — disse Gwyn, assentindo e se servindo de mais um pouco de vinho. — Rhys serve para ir a coisas divertidas, tipo as Festas do Solstício e aqueles cursos esquisitos de verão que a faculdade oferece. Ninguém o deixaria incumbido de recarregar as linhas de ley.

— Claro que não — falou Vivi.

— Tenho certeza de que nem sonhariam com isso — declarou Elaine, batendo na mesa para dar ênfase.

— Mas... — acrescentou Gwyn devagarinho. — Talvez seja melhor conferir?

CAPÍTULO 4

— **Tem séculos que a gente não faz uma bruxice juntas!**

Vivi estava no quarto de Gwyn com uma estranha sensação de *déjà vu*.

Não era como se não tivesse entrado ali milhares de vezes desde a noite em que rolou toda aquela esquisitice por causa do Rhys. Claro que já tinha entrado.

Mas era a primeira vez que voltava ali em uma noite de outono com um círculo de sal no chão e magia em andamento.

— Gwyn, nossa vida inteira é fazer bruxice — ela lembrou a prima enquanto tentava se sentar no chão usando uma saia lápis, mas a prima simplesmente negou com a cabeça e se virou de braços cheios. Vivi identificou pelo menos três velas, uma toalha para o altar, uma tigela de prata e uma bolsinha preta com fecho de ouro.

— Não, estou falando de bruxices reais oficiais — disse ela, descendo até o piso de madeira. — Coisas de coven. Botar nosso lado *Jovens Bruxas* pra jogo.

Com um sorriso, Vivi levantou a saia, cruzou as pernas e tomou um gole do seu vinho.

— Não fazemos nada desde a noite em que eu e o Rhys terminamos — disse ela, e Gwyn dispensou o comentário com um aceno de mão.

— Aquilo não contou. Não foi magia de verdade. A última vez que a gente fez magia *de verdade* foi... no último ano da faculdade? Naquele Beltane.

Ao se lembrar, Vivi fez que sim.

— Tá bom, contanto que a gente não invoque demônios por acidente, estou dentro.

— Foi só aquela vez e, tecnicamente, era um espírito elementar muito pê da vida.

Vivi lançou um olhar para Gwyn por cima da borda da taça.

— Você se lembra de quanto tempo levou para minhas sobrancelhas voltarem a crescer?

Gwyn largou a pilha de materiais no tapetinho no meio do chão e suspirou.

— Vivi, se você vier com energias negativas, não vai funcionar.

— Eu sinto que você só está dizendo isso para se safar da conversa sobre as sobrancelhas.

Gwyn não respondeu; em vez disso, abriu o saquinho preto e tirou um baralho de tarô.

— Uuuuh — disse Vivi, alcançando as cartas, mas Gwyn afastou a mão dela com um tapinha.

— Não bota a mão! Só quando eu estiver pronta.

— Mas eu não tinha visto este baralho ainda — falou Vivi, e Gwyn abriu um sorriso enquanto espalhava as cartas pelo chão. Mesmo à meia-luz, as cores praticamente brilhavam, e Vivi viu de relance um vestido branco diáfano na carta da Imperatriz e um amarelo-manteiga luminoso na do Sol.

Fazia anos que Gwyn pintava as próprias cartas, desde a adolescência das duas, e não era a primeira vez que Vivi sentia uma invejinha ao ver o trabalho da prima. Não só porque as cartas eram lindas, embora definitivamente fossem, mas porque Gwyn sempre pareceu ter uma grande conexão com seu ofício, de um jeito que Vivi nunca conseguiu sentir. Claro, ela curtia fazer um feitiço aqui e ali, e seu apartamentinho em cima da loja tinha mais velas do que provavelmente era recomendado, mas ela nunca tivera aquilo. Nunca tivera o que Gwyn e Elaine tinham, essa facilidade com a magia. As duas faziam feitiços, grandes e pequenos, com a naturalidade de quem respira, e mesmo quando Vivi usava magia, mesmo para coisas pequenas, como seu feitiço para pegar alunos que estavam colando, alguma coisa nela... parava.

Bloqueava.

Em certos momentos, Vivi desejava que a mãe tivesse sido um pouquinho mais aberta em relação a todo esse lance de ser bruxa. Se ela tivesse crescido praticando magia, talvez pudesse se sentir mais confortável com o assunto no momento.

Vivi sacudiu a cabeça, afastando o pensamento.

Não importava agora. Ela tinha a quantidade exata de magia que precisava, nem mais, nem menos.

Gwyn posicionou a tigela de prata no tapete, fixando uma vela branca e grossa lá no fundo. Em seguida, passou as mãos por cima das cartas, cantarolando baixinho enquanto puxava uma delas do baralho.

O Mago usava vestes vermelhas brilhantes e uma coroa de cristal branco, e Vivi sorriu ao se dar conta de que a figura era nitidamente inspirada em Elaine. Dava até para ver Seu Miaurício se aninhando nos tornozelos dela, com olhos verdes cintilantes.

— Bom — disse Gwyn antes de tomar um gole do vinho. — Primeiro a gente vai descobrir se você está com algum tipo de azar. Se estiver com azar, eles mandam Rhys. Se estiver com sorte, vai ser um dos irmãos ou o pai. Talvez um primo gato.

— Parece bem mais provável — admitiu Vivi enquanto Gwyn acendia a vela na tigela de prata. — Quer dizer, Rhys odiava lidar com esses lances de família. Não consigo imaginar que ele queira voltar aqui.

Não depois que eu o ataquei com as próprias calças dele e o xinguei de... algo ruim?

— Vamos descobrir já, já — disse Gwyn, tirando mais quatro cartas do baralho de tarô.

Ela juntou O Mago a elas e, com seus longos dedos hábeis, embaralhou as cinco cartas, deslizando-as de um lado a outro até não fazer mais ideia de onde O Mago tinha ido parar.

— Tá bom. Vamos à parte simples. Vai virando uma de cada vez — instruiu Gwyn, distribuindo as cartas de cabeça para baixo no chão. — Se O Mago for uma das três primeiras a aparecer, é azar.

Vivi franziu a testa e analisou as cartas à sua frente. Gwyn também tinha pintado os versos, em um padrão serpenteante de espirais verdes e roxas, e Vivi deixou que os dedos dançassem sobre elas por um instante antes de virar a primeira.

Havia um homem na beira de um penhasco, um pé levantado como se estivesse prestes a descer, os olhos azuis por cima da armação de um par de óculos escuros, a camisa desabotoada até o meio do esterno.

O coração de Vivi deu uma leve acelerada, porque aquele com certeza era um rosto familiar.

Em seguida, foi ver que carta era.

— O Louco? — perguntou, olhando nos olhos da prima.

Gwyn simplesmente deu de ombros e reclinou-se sobre as mãos.

— Eu tiro inspiração de tudo quanto é parte, e quando chegou a hora de pintar esta carta, ele só... me veio à mente. Estou errada?

O Louco estava relacionado a riscos e tentativas, se jogar de cabeça, então, não, não era como se Rhys fosse um modelo ruim para aquela carta. Mas mesmo assim...

— Então isso é ruim? — perguntou Vivi. Ela levantou a carta entre o polegar e o indicador, sacudindo-a de leve. — Isso significa que é ele?

— Não — respondeu Gwyn com firmeza, negando com a cabeça. — Bom. Quer dizer. Provavelmente não? Sei lá. Vamos ver qual é a próxima carta.

Vivi virou a carta seguinte.

O Mago, com o rosto calmo da tia, a encarou.

— Pelas tetas de Rhiannon — disse Gwyn, levantando-se tão depressa que seu joelho quase bateu no copo. — Vão mandar o Rhys.

Vivi queria que seus batimentos não tivessem acelerado sem mais nem menos ao ouvir aquilo, queria que as mãos não estivessem tremendo levemente ao estendê-las para virar as três últimas cartas.

A Estrela, que era nitidamente Vivi, de pé sobre uma mesa de sala de aula com vestido de poás, uma maçã em uma das mãos e um orbe brilhante na outra; A Torre, o chalé de Elaine, mas com uma fenda enorme bem no centro, metade da casa escorregando de um penhasco; e, por último, A Lua, que era um...

— Lobisomem? — perguntou Vivi enquanto mostrava a carta para Gwyn, que revirou os olhos e a puxou dos dedos da prima.

— Não questione minha visão artística, Vivienne — rebateu ela, devolvendo A Lua e as outras quatro cartas ao baralho.

As duas ficaram sentadas no chão, encarando as velas, até que Vivi disse por fim:

— Isso é tão ridículo.

Gwyn ergueu os olhos.

— Qual parte? A vinda dele? A gente descobrir a vinda dele? Você se sentir estranha depois de saber da vinda dele? Quantas vezes eu disse a palavra "vinda"?

— Todas as opções anteriores — disse Vivi enquanto se levantava e ajeitava a saia. — Olha, isso tinha que acontecer em algum momento. A família dele fundou essa cidade e a faculdade, faculdade essa, vale acrescentar, que é onde eu por acaso trabalho. Ele faz parte desse lugar. Eu sabia disso quando me envolvi com ele. Além do mais! — Ela ergueu o dedo. — Já tive vários namorados depois dele!

— Você teve três, na verdade.

— Que é mais do que dois, que seria "alguns", então são vários, Gwyn. *De que lado você está?*

— Do seu — Gwyn tratou de reconhecer rapidinho. — Cem por cento.

— Não é nada de mais — prosseguiu Vivi enquanto procurava os sapatos perto da cama de Gwyn. — Ele vai vir, vai fazer toda aquela cena de "Ó, olhe pra mim, sou chique" do Dia do Fundador e as coisas vão voltar a ser como eram antes. Posso continuar levando uma vida sem Penhallow.

— Tirando a parte de ter uma estátua do antepassado dele no centro da cidade e do nome do seu local de trabalho ser literalmente uma homenagem à casa dele.

— Tirando isso.

— Lembra quando a gente fingiu amaldiçoar ele? — perguntou Gwyn com um sorriso no rosto enquanto embaralhava as cartas, e Vivi bufou.

— Alguma coisa sobre as covinhas dele e ele nunca mais ser capaz de achar um clitóris de novo.

— O que — disse Gwyn, inclinando a cabeça para o lado —, agora que penso nisso, na verdade estava mais para uma maldição contra qualquer mulher que ele namorasse, e meio que me arrependo disso. Pela sororidade.

Com uma risada, Vivi balançou a cabeça.

— De qualquer maneira, não tem importância. Talvez, algum dia, eu já tenha fuçado de leve as redes sociais dele, e Rhys parece... bem.

Mais do que bem, na verdade. Ainda estava bonito, aparentemente era dono de uma agência de turismo superchique que organizava excursões pelo mundo inteiro para fazer várias coisas glamorosas e era provável que ainda soubesse *direitinho* onde ficava o clitóris. Ela e Gwyn foram nada mais do que duas bruxas bobas e bêbadas que brincaram e tiveram sorte de nenhuma magia ter de fato entrado em ação. O que quer que tenha acontecido com aquela vela foi, claramente, puro acaso.

Vivi tinha acabado de se abaixar para calçar as botas quando a porta do quarto de Gwyn se abriu de repente.

— Mãe! — gritou Gwyn, levantando-se de um salto. — Será que o Incidente com Daniel Spencer não te ensinou nada?

Elaine dispensou o comentário com um aceno de mão enquanto Seu Miaurício entrava cambaleante no quarto, dando miados ameaçadores para todas elas.

— E aí? — perguntou. Vivi foi até a escrivaninha de Gwyn e se debruçou sobre ela.

—As cartas dizem que sim — respondeu ela, e Elaine deu uma rápida olhada para o teto, murmurando alguma coisa.

— *Mas* — falou Vivi, apontando para a taça de vinho vazia —, como eu estava dizendo para Gwyn, realmente não tem importância. Somos todos adultos, e não é como se ele fosse ficar muito tempo. Vai por mim, aposto que não vou nem vê-lo.

CAPÍTULO 5

Rhys não sabia o que tinha feito ao universo para merecer aquele dia.

Primeiro, teve o voo. Essa parte tinha sido normal, mas longa, e alugar um carro em Atlanta tinha sido frustrante, mas não mais do que o trânsito de Atlanta no sentido norte. A certa altura, sentindo-se profundamente desconcertado por estar no lado errado do carro e no lado errado da estrada, encarando a traseira de um caminhão bem à sua frente, Rhys chegou perto de pedir arrego e ligar a contragosto para o pai reivindicando uma Pedra Viajante para a viagem de volta.

Por fim, acabou não sacrificando o próprio orgulho nessa batalha e sobreviveu ao percurso até Graves Glen com a sanidade intacta, mas, assim que entrou na cidade, foi um desastre atrás do outro.

Recebeu uma multa por excesso de velocidade mais ou menos cinco segundos depois de ter passado pela placa de boas-vindas a Graves Glen. Irritante e cara (e, na opinião dele, levemente injusta, já que só estava dirigindo a dezesseis quilômetros acima do limite e aquela maldita cidade nem existiria direito se não fosse por sua família), mas não o suficiente para arruinar seu dia.

Não, isso só tinha acontecido meia hora atrás, quando, no meio da encosta que levava à casa dos Penhallow, o pneu furou.

Àquela altura, ele estava com zero paciência para fazer algo tão insuportável quanto trocar o pneu. Então agitou a mão para consertá-lo, mas a coisa inflou até ficar do dobro do tamanho normal e estourou feito uma droga de um balão.

E, quando Rhys tentou fazer com que o estepe saísse flutuando da mala do carro, ele girou loucamente em direção a uma árvore e depois rolou ladeira abaixo.

Aquilo significava que ele estava preso na floresta no meio da noite, a quase um quilômetro da casa, com suas melhores botas cobertas de lama e seus poderes mágicos, aparentemente, em frangalhos.

Que maravilha.

Era por isso, pensou Rhys enquanto se esticava no banco de trás para pegar sua mala, que deveria ter ficado no País de Gales. Ele poderia ter cuidado do bar enquanto Llewellyn lidava com toda essa situação, caramba. Wells provavelmente não teria insistido em pegar um voo e dirigir; pelo contrário, teria sido sensato e usado a Pedra Viajante, entraria e sairia num piscar de olhos, e Rhys poderia ter descoberto algum tipo de talento até então desconhecido para servir cervejas. Poderia ter mudado sua vida inteira.

Mas não, Wells estava no Corvo e Coroa, e Rhys estava ali, em uma encosta na Geórgia, com um carro totalmente inútil, e seria capaz de apostar cada centavo da sua carteira que o pai não tinha julgado conveniente abastecer a casa com qualquer tipo de bebida alcoólica.

Ele mal tinha começado a se arrastar ladeira acima quando ouviu o som de um carro se aproximando.

Pedindo à deusa que sua sorte de fato tivesse mudado para melhor, Rhys pôs a mala no ombro e acenou com os dois braços erguidos enquanto os faróis que desciam a colina quase o cegaram.

Rhys fez questão de ficar parado na beira da estrada e parecer o mais simpático possível, sorrindo ao semicerrar os olhos no clarão, e continuou sorrindo mesmo quando o carro... não parou.

E, além de não parar, parecia estar guinando levemente à direita.

Rhys estava na direita.

Ele foi invadido por pensamentos atordoados — *essa pessoa vai me atropelar, vou morrer numa colina na Geórgia, que jeito mais merda de morrer* — por apenas um segundo antes de sair da frente. À distância, ouviu o pneu cantando e sentiu o cheiro de borracha queimada, mas, considerando que tinha acabado de se jogar da encosta de uma ladeira íngreme, havia coisas mais urgentes com que se preocupar.

Tipo parar de deslizar até a escuridão e, se possível, salvar sua jaqueta de couro.

A jaqueta claramente não ia resistir — ele ouviu um som de rasgo horrível quando estendeu um braço e se agarrou a uma raiz de árvore aleatória —, mas, de resto, Rhys estava inteirinho quando parou a vários metros de distância da estrada.

Acima dele, ainda dava para ver o brilho dos faróis, e ele ouviu a porta de um carro abrir e fechar. Em seguida, veio o som de pés esmagando folhas conforme alguém corria na direção da colina de onde ele tinha rolado até a base.

— Meu Deus, meu Deus, meu Deus — sussurrou uma voz bastante familiar e ah, sim, sim, é *claro*.

O universo claramente ainda o odiava.

— Mil desculpas! — gritou Vivienne enquanto descia a ladeira, e Rhys virou a cabeça para vê-la se aproximar com um dos braços abertos. Ela era apenas uma silhueta, uma figura escura contra a escuridão ainda mais profunda, mas mesmo que ele não tivesse ouvido a voz dela, ainda a teria reconhecido, conheceria aquela forma em qualquer lugar.

Mesmo depois de nove anos.

Mesmo no escuro.

Puta merda.

Rhys deixou a cabeça tombar em direção ao chão enquanto observava o céu acima dele e aguardava o momento inevitável em que ela descobriria quem quase tinha atropelado e possivelmente voltaria ao carro para finalizar o serviço.

— Só te vi quando você pulou — ele a ouviu dizer bem de perto. — E foi muito louco, foi como se o freio tivesse travado e o volante tivesse vida próp... uuuf!

Rhys levantou as mãos automaticamente quando Vivienne tropeçou em seu corpo deitado, mas era tarde demais para segurá-la, e agora ele teria que acrescentar uma baita de uma cotovelada nos testículos à sua lista de reclamações.

— Desculpa! — repetiu ela, lutando para se levantar, o corpo meio caído em cima do dele enquanto ele tentava se encolher.

— Sem problema — conseguiu dizer Rhys, ofegante, então Vivi pôs as mãos no seu peito, e o cabelo dela caía no rosto dele, roçava-lhe os lábios.

— Rhys?

Parte da pressão no seu peito diminuiu quando ela tirou uma das mãos, e, com um estalar de dedos, uma luz suave pairou sobre os dois deitados ali, no chão.

Qualquer esperança de que tudo que ele tinha sentido por ela nove anos antes não passasse de uma mistura louca de verão, magia e hormônios caiu imediatamente por terra no momento em que ele viu aqueles olhos cor de avelã, aquelas bochechas coradas e os lábios entreabertos.

Da mesma maneira, qualquer esperança de que Vivi talvez o tivesse perdoado nos anos seguintes agonizou até a morte quando ela estreitou os olhos e disse:

— Eu não deveria ter tentado diminuir a velocidade.

— Bom te ver também, Vivienne — retrucou ele, ainda um pouco sem fôlego por conta do tombo e da quase castração.

Vivienne afastou-se dele, pôs-se de pé e começou a remover folhas e vários detritos da saia.

A saia de poás dela.

Depois, ele percebeu que o vestido inteiro era de poás, poás laranja em um fundo preto.

Será que sempre tinha achado poás tão intensa e instantaneamente eróticos?

Não era algo que já tivesse parado para analisar antes, e era possível que tivesse batido a cabeça em algum momento durante a queda, mas não havia nada que ele pudesse fazer no momento. Poás tinham substituído a renda preta e o cetim vermelho em qualquer fantasia sexual que ele pudesse vir a ter pelo resto da vida.

A luz que Vivienne tinha conjurado ainda flutuava acima de sua cabeça, e, ao tirar a última folha perdida da jaqueta preta que usava, ela voltou a olhar para Rhys.

— Por que você estava na estrada? — perguntou, indicando com a cabeça o alto da colina.

— Pneu furado.

Vivienne bufou e puxou mais a jaqueta contra o corpo enquanto outra rajada de vento balançava as árvores.

— Então você não foi capaz de trocar o pneu com mágica *nem* manualmente?

— Para dizer a verdade, estou tendo uma noite meio difícil.

— Eu também.

— E por que *você* estava nesta estrada, Vivienne? Ficou sabendo que eu ia voltar?

— Deixa de ser convencido. Minha tia ainda mora nesta estrada, e eu estava indo para casa depois de jantar com ela e com Gwyn.

—Ah, Gwyn — disse Rhys, lembrando-se da prima dela, uma bruxa de cabelo cor-de-rosa que, suspeitava ele, o tinha odiado à primeira vista.

Garota esperta.

— Como ela está? E sua tia?

Vivienne suspirou, jogando a cabeça para trás para ver o céu.

— Que tal se a gente não fizer isso? — perguntou ela, e Rhys rolou para o lado, apoiando-se no cotovelo.

— O quê, conversar?

— Ficar nesse papinho de elevador — disse Vivienne, desdenhando dele. — Nem eu nem você somos bons nisso.

Eles se encararam por um longo instante, Rhys ainda no chão, Vivienne de pé, e ele se lembrou de que os dois estiveram em uma posição bem parecida na última vez em que a tinha visto, logo depois de ela pular da cama quando ele lhe dissera que precisava voltar ao País de Gales para terminar seu noivado.

Olhando em retrospecto, era fácil ver que talvez Rhys não tivesse conduzido a conversa tão bem quanto poderia, mas ele tinha pensado que ela entenderia. Afinal, ela também era uma bruxa; sabia tudo sobre esse tipo de compromisso.

Como a calça jeans que o acertou na cabeça tratou logo de ensiná-lo, Vivienne na verdade não sabia tudo sobre esse tipo de compromisso, e todo aquele verão mágico chegou a um fim literalmente escandaloso.

Até o momento.

— Estou aqui por causa das linhas de ley — disse ele, sentando-se e sacudindo o cabelo para se livrar dos gravetos.

— Sei disso — respondeu ela, cruzando os braços. — Quase não deu tempo, hein? Só resolveu aparecer na véspera do Dia do Fundador?

— Não queria passar muito tempo aqui — disse ele, abrindo logo depois um sorriso sarcástico. — Não consigo nem imaginar o motivo, já que fui tão bem recebido.

Vivienne revirou os olhos e se virou para subir a ladeira.

— Ok, bom, eu poderia até pedir desculpas por quase ter te matado, mas nós dois sabemos que seria mentira, então vou deixar você aí para encontrar o caminho de casa.

— Ou — arriscou Rhys, se levantando — você poderia ser o amor de pessoa que eu sei que é e me dar uma carona, hein?

Ela se virou, e aquela luz ainda balançava feito um vaga-lume desvairado.

— E por que eu faria isso?

— Bem — começou Rhys, levantando um dedo —, para início de conversa, estou na cidade por propósitos altruístas que beneficiam você e sua família. Segundo — outro dedo

—, quando você estava em cima de mim, não fiz sequer uma menção pervertida a outras vezes em que estivemos nessa mesma posição.

— É o que você está fazendo agora, mas pode continuar.

— E terceiro... — Rhys ergueu o último dedo, então olhou para a mão e franziu a testa. — Na verdade, o número três *ia* ser uma menção pervertida ao nosso passado, então provavelmente é melhor que você me deixe aqui para morrer.

Para a surpresa dele, o cantinho da boca de Vivienne curvou-se levemente para cima ao ouvir aquilo.

Não era bem um sorriso, com certeza nada tão intenso quanto uma risada, mas era algo. Afinal, em algum momento ela já tinha gostado dele. Bastante, na verdade.

E ele também tinha gostado dela. Essa tinha sido a pior parte quando as coisas terminaram. Rhys nunca tinha encontrado ninguém de quem gostasse tanto quanto desejava, e isso fez a ausência dela ser dez vezes pior.

Mesmo naquele momento, abatido, machucado e possivelmente chafurdado em bosta de esquilo, ele estava... feliz. Contente em vê-la, se deixarmos de lado a tentativa de homicídio motorizada.

Talvez voltar não fosse ser tão ruim.

E então Vivi desviou o olhar e disse:

— Está bem!

A luz acima da bruxa se apagou e Rhys ficou ali parado, embasbacado, enquanto ela subia a ladeira sem olhar para ele em momento algum.

Ele ainda estava parado quando ouviu a porta do carro dela abrir e fechar, o motor ligar e as rodas rangerem na estrada de terra.

Logo depois, os únicos sons audíveis foram do vento ganhando força mais uma vez e do leve deslizar de algum animal noturno.

— É justo, imagino — disse Rhys para a escuridão. — É justo.

Com um suspiro, olhou para o alto da colina e pegou a mala. Em seguida, pendurou-a no ombro e levantou a mão livre para conjurar sua própria luz.

Os dedos dele faiscaram e um raio de chamas disparou de repente, acertando o galho mais próximo e derrubando-o no chão com um baque e um cheiro suspeitamente parecido com o de cabelo queimado.

— Beleza — falou Rhys enquanto pisoteava as folhas fumegantes, e sentiu-se grato por perceber que as primeiras gotas pesadas de chuva começavam a cair.

O quanto antes desse o fora de Graves Glen, melhor.

CAPÍTULO 6

— **Então você simplesmente largou ele lá.**

— Gwyn, já te contei a história três vezes. E isso só hoje. Sendo que ontem à noite mandei mensagem *e* liguei para te contar.

Vivi levantou os braços para ajustar a bruxinha de papel machê pendurada em cima da caixa registradora do Templo das Tentações, e Gwyn, parada atrás do balcão, debruçou-se sobre ele e apoiou o queixo nas mãos.

— Eu sei, mas é minha história favorita. Quero que seja reproduzida no meu casamento e no meu velório. Quero interpretá-la como um monólogo dramático num sarau livre. Quero...

— Já entendi — disse Vivi, rindo enquanto levantava a mão —, mas, sério, não foi grande coisa.

— Você quase atropelou seu ex-namorado e depois largou ele deitado na sarjeta, literalmente. É *claro* que foi grande coisa, sua rainha absoluta.

Vivi sorriu outra vez, mas, para dizer a verdade, ainda se sentia um pouco... bem, não exatamente culpada. Rhys era

A MALDIÇÃO DO EX 59

um bruxo poderoso, e estava a menos de um quilômetro da casa dos Penhallow. Ele poderia se virar sozinho.

Mas talvez tivesse sido meio escroto largá-lo sozinho ali, ainda mais depois de ele ter lidado até que muito bem com todo o lance do "quase atropelamento".

Isso não era de fato surpreendente, é claro. Afinal, "tranquilão" era o modo padrão de Rhys.

E charmoso.

Ele estava charmoso pra cacete na noite anterior.

Vivi segurou o suspiro e foi até o arranjo de bolas de cristal, passando as mãos pela mais próxima.

A loja de Elaine era tão perfeita e aconchegante quanto a casa dela, e hoje, toda enfeitadinha para o Dia do Fundador, estava incrível. As velas acesas perfumavam de louro e sálvia toda a loja, e os cristais espalhados sobre toalhas de veludo preto pareciam joias recém-descobertas.

Até mesmo Gwyn estava com um aspecto mágico e místico, com um vestido preto justo, botas de camurça na altura dos joelhos e os longos cabelos ruivos formando cachos ao redor do rosto.

Vivi estava um pouco mais discreta em sua calça preta e seu suéter roxo listrado, mas, por outro lado, ela era apenas a professora local de história, não a dona e proprietária da loja de artigos bruxos da cidade.

Além disso, tinha passado a manhã distraída.

Durante o banho, ficou uns bons dez minutos repassando os acontecimentos da noite anterior, todo o tempo que já tinha passado, todas as lágrimas que tinha derramado pelo jeito horrível como tudo terminara. Quando ela olhou para aqueles olhos azuis, aquela mesma mecha de cabelo escuro caindo sobre a testa, aquele mesmo sorriso frouxo, o coração dela bateu com força contra as costelas, o estômago afundou e ela não queria nem *pensar* no que certas partes do corpo tinham feito.

Não precisava nem dizer que seu corpo definitivamente se lembrava do quanto gostava do dele, o que era muito injusto e, para dizer a verdade, uma traição.

Ela respirou fundo, fechou os olhos e lembrou a si mesma do mantra que tinha inventado na noite anterior, enquanto o carro se afastava de Rhys.

Ele é o pior, ele é o pior, ele é o pior real oficial.

Provavelmente não era o mantra mais sábio de todos, mas dava pro gasto, e, quando Vivi abriu os olhos, ficou um pouquinho mais fácil lembrar que havia bons motivos para ter ido embora sem olhar para trás, tanto nove anos antes quanto na noite anterior.

— Você estava se imaginando transando com ele?

Vivi olhou feio para Gwyn.

— Não — mentiu, e foi salva pelo gongo quando o sininho acima da porta tocou.

— A loja ainda não abriu! — gritou Gwyn, mas quem estava entrando não era um cliente afobado do Dia do Fundador, e sim a prefeita.

Vivi olhou para Jane Ellis, uma mulher baixinha de cabelos escuros que arrasava no salto agulha. O par do momento era um laranja brilhante que combinava perfeitamente com o terno preto e os brincos de caveira.

— Alguma de vocês viu Rhys Penhallow? — questionou ela, sem parar de mexer no celular mesmo enquanto olhava de Gwyn para Vivi.

— Não vi — respondeu Gwyn lentamente, olhando para Vivi.

Vivi pigarreou, deu um passo à frente e, com um esforço sobre-humano, evitou remexer as mãos. Gwyn sempre dizia que era isso que a entregava.

— Esbarrei com ele ontem à noite — arriscou. — Ele estava indo para casa.

Com um ruído de frustração, Jane olhou para o celular.

— Bom, o discurso de Dia do Fundador dele é daqui a vinte minutos e ele ainda não apareceu no estande de recepção.

Vivi relaxou um pouco. Beleza, se aquele era o único motivo de preocupação, talvez Rhys não estivesse de fato apodrecendo em uma vala na encosta da montanha. Era provável que as palavras "estande de recepção" estivessem pau a pau com "responsabilidade fiscal" e "monogamia ética" no quesito expressões das quais ele fugia.

— Não consegui entrar em contato ligando para o número dele, mas talvez eu esteja confundindo os números por ele ter um telefone de outro país, sei lá — prosseguiu Jane. — De qualquer forma, o Dia do Fundador não pode começar até fazermos todos os discursos, e ele está na programação.

Ela olhou para Gwyn, suplicante.

Ele. Está. Na. Programação.

— Ele vai aparecer — disse Vivi ao pousar a mão no braço de Jane para tranquilizá-la, mas não demorou a recuar de leve, porque, caramba, a mulher estava realmente vibrando; quantos cafés será que tinha tomado aquela manhã?

— Vivi poderia procurar por ele — sugeriu Gwyn, e Vivi se perguntou se algumas bruxas tinham a capacidade de matar com o poder da mente, porque com certeza viria a calhar no momento.

— Quer dizer — prosseguiu Gwyn, mal conseguindo conter o sorriso —, você nunca o viu, Jane, e ele e Vivi são velhos amigos.

— Sério? — Jane virou-se para Vivi e, por um breve segundo, seus dedos pararam de digitar. — Por que você não disse logo?

Vivi fungou e balançou a mão.

— Ah, isso já faz séculos, e a gente não manteve contato. E, como eu disse, tenho certeza de que ele vai aparecer. A tradição é algo muito importante para os Penhallow, e ele veio de longe só para participar.

E definitivamente não está morto, eu não o larguei sozinho para morrer ou ser comido por lobos, não tem mais nenhum lobo na Geórgia, tenho certeza absoluta. Se bem que tem ursos...

— Quer saber? Vou dar uma volta e ver se consigo encontrar ele, tá?

Enquanto Vivi saía às pressas da loja, ouviu Gwyn dizer para Jane:

— Viu só? Problema resolvido!

Vivi definitivamente esperava que sim.

A rua principal do centro de Graves Glen já estava começando a ficar cheia, por mais que o céu estivesse nublado e que a temperatura tenha despencado da noite para o dia, passando de um clima agradável de outono para o frio rigoroso.

Enquanto Vivi olhava para cima, as nuvens se moviam depressa, e ela esperava que as coisas não estivessem prestes a ir por água abaixo. Eles já tiveram Dias do Fundador quentes e úmidos antes, mas, em geral, a magia por trás do evento afastava o tempo ruim.

Uma rajada de vento percorreu a rua, sacudindo as abóboras de plástico penduradas nas lamparinas, e Vivi desejou não ter deixado seu casaco no Templo das Tentações.

Se tudo desse certo, ela encontraria Rhys em dois minutos, o levaria ao estande de recepção e aí poderia passar o resto do dia dando uma força para Elaine e Gwyn na loja.

Mas nem morta que ia ficar no meio da plateia vendo Rhys discursar sobre a história da cidade, a honra da família dele ou o que quer que ele estivesse planejando dizer.

Ao passar por uma família toda fantasiada de bruxa, com chapéus pontudos e tudo, Vivi sorriu. Ela amava o Dia do Fundador, mesmo quando envolvia seu ex. O evento era o pontapé inicial para a temporada de Halloween, e a cidade se enchia de gente realmente empenhada em se divertir. Segundo tia Elaine, no passado, o Dia do Fundador costumava ser uma ocasião mais sombria, um reconhecimento dos sacrifícios que os Penhallow tinham feito para fundar aquele pequeno vilarejo escondido nas montanhas. Afinal, Gryffud Penhallow tinha morrido no seu primeiro ano ali, e rezava a lenda que o fantasma dele ainda vagava pelas colinas que pairavam sobre a cidade.

Mas, ao longo da última década — e depois de uma série de prefeitos e prefeitas, como Jane —, Graves Glen tinha se transformado em um point do Halloween. O nome era um atrativo, claro, mas havia também todo aquele clima de *cidadezinha charmosa*, as árvores que irradiavam um laranja brilhante, os pomares de macieiras nos limites do vilarejo. E, como o Dia do Fundador era no dia 13 de outubro, o evento foi pouco a pouco se transformando no ponto de partida para a temporada mais agitada do lugar.

Foi mal, Gryffud.

Já havia barracas montadas que vendiam de tudo, de maçãs do amor a "árvores de Halloween", miniaturas de árvores de Natal pintadas de preto e decoradas com abóboras de madeira, chapéus de bruxa e fantasmas.

Vivi acenou para vários conhecidos, inclusive Ezi, que estava comprando um saco gigante de pipoca doce com o namorado, Stuart, e ficou bem atenta em busca de sinais daquele jeito de andar desengonçado tão familiar, daquele cabelo desgrenhado, daqueles ombros largos.

Por fim, quando já estava a ponto de achar que ele talvez estivesse mesmo dentro da barriga de um urso em algum lugar entre o chalé da tia e o sopé da montanha, Vivi o avistou.

Rhys estava do lado de fora do Café Caldeirão segurando um copo de papel gigante, e, quando Vivi se aproximou, ele retraiu ainda mais o braço com o café.

— Vivienne, eu já tive uma manhã e tanto; se você veio para tentar me matar de novo, vou logo avisando, vai ser bem antidesportivo da sua parte.

Apesar do dia nublado, os olhos dele estavam escondidos por trás de óculos escuros, um estilo que teria sido uma babaquice em qualquer outro homem, mas que, como era de se esperar, funcionava nele.

O restante do look igualmente maneiro ajudava. Calça cinza, uma camisa branca cuidadosamente desabotoada, um colete carvão e, em volta do pescoço, um pingente de prata com uma joia roxa-escura.

Vivi teve uma lembrança repentina e explícita daquele pingente balançando em seu peito enquanto ele se movimentava por cima dela, dentro dela, e então sentiu o rosto arder.

Ela nem *gostava* de homens usando joias antes de conhecê-lo, mas aquele colar lhe caía muito bem, a delicadeza da corrente enfatizava a largura do peitoral dele, e o adorno, de alguma maneira, o tornava mais masculino, não menos.

Rhys tomou um gole do café e não disse nada, mas Vivi tinha a sensação de que ele provavelmente sabia o que ela estava pensando.

Deve ter sido por isso que seu tom de voz foi um pouco ríspido ao dizer:

— Você precisa ir ao estande de recepção.

Ele fez uma careta.

— Que porra é essa?

Vivi revirou os olhos e o pegou pelo cotovelo. Em seguida, afastou-o da cafeteria e o levou em direção à fileira de barracas montadas na rua lateral entre o Templo das Tentações e a Escrito nas Estrelas.

— A prefeita está surtando porque você ainda não entrou, então vai logo.

— Você ficou preocupada? — perguntou Rhys, e ela não gostou de como ele parecia satisfeito. — Achou que eu tivesse morrido? Achou que suas ações impiedosas tivessem resultado na minha morte?

— Acho que você precisa ir lá, fazer seu discurso e voltar para casa, Rhys.

Ele parou de repente e, quando se virou para olhar para ela, deslizou os óculos escuros para a ponta do nariz.

— Preciso entrar, fazer meu discurso e recarregar as linhas de ley. Aí, sim, posso voltar para casa.

Vivi sentiu que algumas cabeças viraram na direção deles. Ela só avistou mais uma meia dúzia de bruxos na multidão, gente que conhecia da faculdade, então a maioria das pessoas que olhavam para os dois não fazia ideia de quem era Rhys. Ele simplesmente era o tipo de pessoa que atraía olhares.

Vivi gostava muito disso nele. Antigamente.

No momento, ela inclinou o corpo para a frente e disse:

— Beleza, de repente vale a pena não anunciar isso para a cidade inteira e para metade dos turistas na Geórgia, mas, sim, *isso*, e depois, casa. A parte de voltar para casa é a que eu realmente quero que você cumpra.

Vivi tentou voltar a puxá-lo pela rua, mas ele parou firme onde estava, e ela tinha se esquecido de que, para alguém que parecia tão franzino, Rhys era um cara bem pesado. E definitivamente não ia sair do lugar só com a força dela.

— Vem comigo.

Ela piscou, surpresa.

— Para o País de Gales?

No passado, aquele sorriso preguiçoso a desarmava por completo, mas agora fazia com que ela quisesse arrancá-lo do rosto dele na base da violência.

Ou beijá-lo.

Das duas, uma.

— Eu com certeza não iria me opor a isso, mas estava falando das linhas. Depois do meu discurso, depois que esse... festival encantador acabar.

Apesar de tudo, Vivi sentiu uma leve emoção. Nunca tinha visitado as linhas de ley, que ficavam em uma caverna na montanha oposta à que Elaine morava. A caverna era um espaço sagrado, e só quem a visitava, até onde ela sabia, eram os Penhallow.

Estaria mentindo se dissesse que nunca quis vê-las. Que nunca quis chegar perto desse tipo de poder.

— Você disse que queria. Antes — prosseguiu Rhys, ajustando os óculos escuros.

E então ela se lembrou: da Festa do Solstício, dos dois em uma tenda, da cabeça dela dando voltas com a magia, o desejo e a pura emoção de estar com esse homem naquela noite.

— *Não estamos longe das linhas de ley, sabia?* — *dissera ele, dando-lhe um beijo na ponta do nariz.* — *A fonte de toda a magia nesse vale. Estabelecida pelo meu ancestral.*

— Ah, *não sabia que estava dando uns pegas em um turista da realeza* — provocara ela.

Ele abrira um sorriso, dando-lhe outro beijo.

— *Sempre quis ver essas linhas* — sussurrara ela mais tarde, contra a pele quente do pescoço dele.

— *Vou te levar lá.*

Ele não levou. O relacionamento dos dois não tinha durado tempo o suficiente para que fizessem aquele pequeno passeio.

Mas agora ele estava oferecendo de novo.

Seria uma oferta de paz? Ou uma tentativa muito equivocada de sedução?

Ela olhou dentro daqueles olhos azuis e percebeu que não fazia a menor ideia.

E, ao mesmo tempo, percebeu que também não se importava. Chegar tão perto das linhas de ley era uma honra reservada a poucos bruxos, e ela aceitaria a proposta.

— Tá bom, pode ser — disse Vivi, e então, para garantir que ele não visse coisa onde não tinha, ela lhe deu um cutucão no peito. — Além disso, você me deve uma.

— Não sei, não. Depois da tentativa de assassinato, eu diria que estamos, no mínimo, quites — retrucou Rhys, e então, ao ver a cara que ela fez, bebeu o restante do café. — Tá bom. Eu te devo uma. Agora me mostra onde fica esse tal de "estande de recepção" e vamos acabar logo com isso.

CAPÍTULO 7

— **Você não acha que a gente tem o nariz igual, acha?**

Rhys analisou a cabeça do ancestral, que no momento jazia em forma de estátua. Seja lá quem tenha esculpido o desafortunado Gryffud Penhallow se ateve a muitos detalhes: o cabelo cacheado sobre a testa, a leve carranca e a expressão de nobre sofrimento nos olhos, além de um nariz absolutamente bestial.

A prefeita Jane desenrolava uma fita de isolamento ao redor da estátua quebrada com uma das mãos enquanto segurava o celular com a outra, tudo isso berrando, então ela não respondeu, e Rhys suspirou enquanto tocava o dorso do próprio nariz.

— Que azar, meu velho — disse ele para a cabeça de Gryffud, então voltou a olhar para cima do pedestal.

O discurso tinha sido muito bom, apesar de tudo. Rhys imaginou que o sotaque tinha feito a maior parte do trabalho pesado por ele, além da novidade da presença de um Penhallow em carne e osso, vindo lá do País de Gales. E ele tinha entendido que esse era o tipo de coisa que as pessoas gostavam que fosse breve — sejamos honestos, elas estavam ali para comprar maçãs do amor e velas feitas à mão, não para ouvir sua lenga-lenga sobre o ancestral falecido.

Então, um agradecimento pela recepção calorosa, um rápido reconhecimento da beleza da cidade, uma ou outra frase em galês, que sempre agradava o povo, e pronto: tarefa cumprida.

E a cabeça dele quase foi arrancada pela de Gryffud.

Assim que pisou nos pequenos degraus para descer do palco, Rhys ouviu um estalo, depois o arquejo da multidão, e, se algum tipo de instinto não o tivesse feito congelar, teria ficado bem embaixo de onde a cabeça de pedra de Gryffud Penhallow despencou.

— Mil desculpas — disse a prefeita pela trigésima quinta vez, mínimo, contabilizou Rhys.

Ela ainda segurava a fita amarela brilhante, e o celular agora estava preso em um suporte na cintura. De salto, a prefeita mal batia no queixo dele, e, embora Rhys suspeitasse que ela havia substituído todo o sangue do corpo dela por Red Bull, com certeza era uma pessoa atraente, com seus grandes olhos escuros e as bochechas coradas.

Entretanto, ser quase morto pela segunda vez em um período de vinte e quatro horas acabou por dar uma freada na libido dele, então Rhys não chegou nem a tentar flertar quando respondeu:

— Não é culpa sua. É bem provável que tenha sido só o velho Gryffud querendo deixar claro que preferiria outro Penhallow, e não dá nem para culpá-lo. Fico feliz que não tivesse mais ninguém por perto.

Rhys disse isso com um sorriso, mas, ao alternar o olhar entre a estátua e o pedaço caído da cabeça no chão, algo frio se instalou no peito dele.

A noite anterior tinha sido uma coisa — uma série de imprevistos que era fácil de atribuir a uma estranha sequência de azares; poderia ser sua magia enfraquecida depois de atravessar um maldito oceano inteiro.

Mas isso? Isso era... diferente.

Estátuas não se desfaziam do nada, muito menos no momento exato em que ele passava por baixo delas. Depois de mais uma vez garantir à prefeita que estava bem e que não planejava se vingar por esse insulto, Rhys atravessou a rua para ir à loja da família de Vivienne.

Ao abrir a porta, um sininho tocou, algo ligeiramente desafinado e assustador; bem acima dele, uma espécie de pesadelo animatrônico em forma de corvo começou a grasnar e agitar as asas, com os olhos piscando em roxo.

— Discreto — comentou Rhys e, lá do caixa, a prima de Vivienne, Gwyn, mostrou a ele o dedo do meio.

— A loja está fechada.

— É evidente que não está.

— A loja está fechada para todo e qualquer ex da Vivi, e você se enquadra nessa categoria, entãoooo...

Perto dele, um grupo de moças olhava para um arranjo de diários de couro. Rhys viu uma placa pintada à mão que informava que eram grimórios, mas ele não conseguia detectar nem o mais leve sinal de magia neles. Por outro lado, provavelmente era melhor não vender produtos encantados para turistas, e, conforme Rhys olhava à sua volta, percebeu que pouquíssimos itens da loja exalavam qualquer tipo de poder real, tirando a própria Gwyn, toda enfeitada com apetrechos bruxos naquele dia.

Ele a encontrou algumas vezes durante o verão em que morou em Graves Glen, quando o cabelo dela era cor-de-rosa.

No momento, estava ruivo e comprido, batendo quase na cintura, e, embora ela não se parecesse muito com Vivienne, definitivamente havia uma semelhança no olhar de desprezo voltado para ele.

— Perdeu minha quase decapitação lá fora? — perguntou ele, indicando a rua com a cabeça.

Gwyn arregalou os olhos.

— Peraí, um dos meus sonhos quase virou realidade e eu não tive a chance de ver?

— Que sonhos?

Vivienne apareceu por detrás de uma cortina estrelada em um dos cantos da loja, carregando uma caixa que parecia cheia de caveiras minúsculas, o cabelo preso em um coque bagunçado, e, quando ela soprou uma mecha do rosto, o coração de Rhys martelou dolorosamente.

Quem dera ela não fosse tão absurdamente *bonita*. Quem dera ele não tivesse sido o maior fiasco daquele lado do Atlântico nove anos antes.

Quem dera ele não tivesse uma suspeita, por menor que fosse, de que talvez ela estivesse por trás dessa súbita onda de azar.

Rhys não queria pensar nisso, mas fazia alguns minutos, desde que olhou para cima e viu o nariz de Gryffud caindo em direção ao dele, que aquela ideia estava ali, ruminando no fundo da sua mente.

Parecia coincidência demais que, no segundo em que ele voltou a Graves Glen, depois de nove anos distante, as coisas degringolassem por completo, e, embora Vivienne nunca tenha lhe parecido tão vingativa assim, ela *tinha* o abandonado à própria sorte na noite anterior, para ser morto, devorado ou atropelado outra vez.

Provavelmente merecia tudo isso, mas a questão não era essa.

Ele olhou para ela e perguntou:

— Por acaso vocês vendem espelhos de adivinhação nessa loja?

Atrás do balcão, Gwyn bufou.

— Com certeza, ficam bem atrás dos nossos frascos de olho de salamandra. Quantos anos você tem, mil?

Os espelhos de adivinhação eram *um pouco* antiquados até para os bruxos, mas o pai de Rhys também era, o que significava que essa era uma das melhores maneiras de se comunicar com ele.

— Na verdade, acho que pode ter um lá nos fundos — disse Vivienne, largando a caixa de caveiras. Com o movimento, várias delas abriram a mandíbula e soltaram uma espécie de gemido chiado que fez com que as garotas perto dos grimórios dessem um pulo e depois desatassem a rir.

— Sério mesmo? — perguntou Gwyn, debruçando-se no balcão. — A gente tem um espelho de adivinhação e eu nem sabia?

— Achei em alguma loja de antiguidades em Atlanta — respondeu Vivienne antes de olhar de relance para os clientes e voltar a se concentrar em Rhys.

Ela chegou um pouco mais perto, baixou o tom de voz e disse:

— Não dá pra usar ele aqui.

Copiando o sussurro dela, Rhys respondeu:

— Eu não ia fazer isso.

Ela franziu um pouco a testa e uma ruga se formou entre as sobrancelhas. Rhys teve que se controlar para não encostar os dedos ali e relaxar a pele dela.

Como era uma péssima ideia, ele manteve as mãos bem firmes nos bolsos.

— Você está de boa aqui? — perguntou Vivienne para Gwyn, que lhe deu um joinha.

— Agora que tenho mais caveiras barulhentas para vender para crianças agitadas, estou pronta.

Vivienne cruzou os braços, olhou para Rhys e, depois de um instante, apontou com a cabeça para a cortina no canto.

— Vem.

Rhys foi atrás. Quando ela abriu a cortina, ele esperava entrar em uma espécie de despensa, com prateleiras empoeiradas e um monte de caixas de papelão, bem parecido com a área privativa do bar de Llewellyn.

Em vez disso, viu-se imediatamente em um cômodo circular, com paredes amadeiradas em um tom quente de mel. Presos na parede estavam pesados candelabros de ferro, com velas grossas que projetavam um brilho aconchegante no ambiente inteiro, assim como uma série de globos de cristais coloridos, que derramavam luzes de várias cores sobre os tapetes confortavelmente surrados no chão.

Ao redor da sala ficava uma série de armários esculpidos de maneira belíssima. Vivienne aproximou-se do que estava mais perto, abriu a porta e murmurou baixinho.

— Isso é... impressionante — comentou Rhys enquanto olhava ao redor, e, quando Vivienne olhou para ele por cima do ombro, a expressão dela era um pouco mais suave, um pouco mais familiar.

— Tia Elaine gosta que as coisas tenham um clima aconchegante — disse ela. — Por que ter uma despensa sem graça e deprimente quando se pode ter isso?

Em seguida, Vivienne olhou ao redor.

— Quer dizer, às vezes me sinto num jogo de videogame do *Hobbit*, mas mesmo assim.

Rhys deu uma risada, e ela sorriu para ele.

Só por um segundo.

Um dos dentes da frente de Vivienne era levemente lascado. Ele tinha se esquecido disso. Daquela pequena imperfeição naquele sorriso radiante.

Então, ela se virou para o armário e Rhys pigarreou, recuando um pouco.

— E se os clientes vierem aqui?

Vivienne enfiou a mão no armário e vasculhou seu conteúdo.

— Eles não vêm — respondeu. — Essa parte da loja tem um leve feitiço repelente. Elaine fez um ajuste para que as pessoas não sentissem desconforto ou medo, elas só... não sentem vontade de entrar aqui.

— Isso é genial, na verdade — disse Rhys, impressionado. Uma coisa era lançar um feitiço, mas adaptá-lo às suas necessidades específicas exigia bastante habilidade.

Vivienne virou-se para ele com o espelho na mão e arqueou as sobrancelhas.

— Pois é, nem todos nós temos que ser bruxos galeses chiques para sabermos umas magias arrasadoras.

— Bom, como este bruxo galês chique em específico está sendo arrasado pela magia, não tenho como discordar de você.

Ele fez menção de pegar o espelho, mas Vivienne não o ofereceu. Em vez disso, observou Rhys com a testa levemente franzida mais uma vez.

— Como assim?

Com um suspiro, ele baixou a mão e ajeitou a postura.

— Só estou dizendo que, quando um homem se vê cara a cara com a morte duas vezes em menos de dois dias, ele começa a achar que alguma coisa *pode* estar acontecendo.

Ela ainda estava franzindo a testa e tinha ficado muito quieta, e Rhys a observou com muito cuidado em busca de algum sinal... de quê, culpa? Será que ele realmente acreditava que Vivienne queria se vingar depois de todo aquele tempo? Por causa de um relacionamento que não tinha chegado nem a durar um verão inteiro?

Não achava. Não de verdade.

Ou talvez só não quisesse pensar assim.

— De qualquer maneira, assim que eu pegar isso aí — continuou ele, indicando o espelho com a cabeça —, posso falar com meu pai e garantir que é uma boa ideia eu recarregar as linhas de ley, considerando que Gryffud Penhallow tentou me matar.

Como Vivienne manteve o olhar fixo nele, Rhys a inteirou rapidamente de todo o incidente com a estátua, finalizando com:

— Está vendo? Se você tivesse ficado para assistir ao meu discurso, teria visto um belo de um espetáculo.

— Você está bem? — perguntou ela, olhando-o de cima a baixo enquanto mordia o lábio inferior. A lamparina mais próxima lançava padrões azuis e vermelhos em seu cabelo, captando os pequenos brilhos do suéter roxo que ela usava, e Rhys deu um passo à frente com a mão estendida.

— Estou. Ou vou ficar assim que usar isso.

Ele indicou o espelho com a cabeça e Vivienne o entregou; o metal ainda tinha o calor da mão dela.

— Por que você vai usar isso para falar com seu pai? — questionou ela, com os ombros um pouco mais relaxados e o rosto menos tenso. — Serve para prever o futuro, não para se comunicar.

Rhys não sabia exatamente como explicar o próprio pai ou essa excentricidade específica dele, então apenas deu de ombros e disse:

— Mais coisas de bruxos galeses chiques.

— Saquei. Então eu vou... Você provavelmente quer um pouco de privacidade — disse ela enquanto levava uma daquelas mechas de cabelo soltas para trás da orelha.

— Quer dizer, se você *quiser* ficar e conhecer meu pai...

Vivienne franziu o nariz.

— Pelo que você já me contou sobre ele, acho que é melhor passar. Vou estar lá na frente.

Com um movimento da cortina estrelada, ela se foi, deixando Rhys parado no meio do cômodo com um espelho na mão e apreensivo com cada detalhe do que viria a seguir.

Rhys suspirou, ergueu o espelho de adivinhação e olhou para ele. Estava de cara amarrada, uma expressão pouco familiar em seu próprio rosto e que, como se deu conta com certo choque, o deixava parecidíssimo tanto com Wells quanto com o pai.

Se era isso que aquele lugar estava fazendo com ele, definitivamente precisava ir embora o quanto antes.

Mas, primeiro, tinha que resolver aquilo.

Rhys murmurou as palavras baixinho, pressionou a mão contra o vidro frio do espelho e sentiu a superfície ondular sob a ponta dos dedos.

Em poucos instantes, o rosto do pai surgiu em meio à névoa cinzenta no espelho, com a biblioteca bem visível ao fundo.

— Rhys? — perguntou ele, com as temíveis sobrancelhas bem juntas e a testa contraída. — O que houve?

— Muito bom ver você também, Pa — murmurou Rhys, e, então, de alguma maneira, o pai franziu ainda mais a testa.

— Onde raios você está? Isso é... algum tipo de teatro? A carroça de um vidente?

O rosto do pai se aproximou do espelho.

— Rhys Maredudd Penhallow, se você estiver se envolvendo com videntes...

— Pa, tenho pouco tempo, será que posso dizer por que estou ligando?

A expressão de Simon relaxou um pouco e ele se reclinou enquanto esperava.

Rhys contou ao pai o mais depressa que pôde tudo o que tinha lhe acontecido desde a chegada a Graves Glen, do problema com o carro até o quase acidente com a cabeça da estátua. Omitiu a parte de não ter água quente para o banho aquela manhã, já que tinha absoluta certeza de que não seria útil em sua argumentação, mas quando terminou de falar, o pai parecia quase... entretido.

Que perspectiva mais aterrorizante.

— Você não está amaldiçoado, meu caro — assegurou Simon. — Os homens Penhallow não são passíveis de maldição. Em mais de mil anos, nenhum de nós foi vítima de qualquer tipo de feitiço.

A diversão deu lugar à soberba quando ele acrescentou:

— Tudo isso é, sem dúvida, resultado direto da sua decisão de viajar como um humano em vez de usar a Pedra Viajante, como eu sugeri.

— Uma cabeça despencou de uma estátua porque eu decidi pegar um voo comercial e alugar um carro? É isso que você está dizendo, Pa? Porque não sei se consigo ver a correlação.

A cara amarrada do pai estava de volta. Na verdade, até que era reconfortante.

— Você já recarregou as linhas de ley?

— Não, ainda não. Mas a questão é essa, né? E se eu estiver amaldiçoado e isso... sei lá, ferrar com as linhas de ley ou algo do tipo?

— Por mais que eu não duvide da sua habilidade de, como você diz, "ferrar" com quase qualquer coisa, Rhys, confie em mim, não existe nenhuma possibilidade de você estar amaldiçoado, e, mesmo se *existisse*, uma garota qualquer que mal se qualifica como uma bruxa da floresta não teria sido capaz de fazer uma coisa dessas. Não com você. Nem com nenhum de nós.

— Ela é mais do que uma bruxa da floresta — enfrentou Rhys, apertando os dedos ao redor do cabo do espelho, mas o pai fez um gesto com a mão.

— Seja lá o que ela for, estou dizendo que não existe a menor possibilidade de ter lançado uma maldição contra você. É... ridículo. Absurdo.

— Mais ou menos como falar com pessoas através de espelhos, na verdade — recrutou Rhys, e o olhar do pai se aguçou.

— Faça o trabalho para o qual mandei você ir até aí, garoto, venha para casa e nunca mais me deixe ouvir a palavra "amaldiçoado" sair da sua boca de novo.

CAPÍTULO 8

— **Então, acho que talvez a gente** tenha amaldiçoado mesmo o Rhys.

Vivi manteve a voz baixa ao dizer isso e ficou olhando por cima do ombro na direção da cortina no canto do recinto. Já fazia um tempinho que Rhys estava ali, e ela se perguntou sobre o que ele e o pai estavam falando. Será que o pai dele poderia fazer algum tipo de feitiço a distância e descobrir que Vivi e Gwyn tinham *mesmo* lançado uma maldição sobre Rhys muitos anos antes? Será que declararia uma Guerra Bruxa contra elas? Acabaria com a magia de Graves Glen? Será que...

— Vivi, se a gente fosse mesmo capaz de amaldiçoar pessoas, aquela ridícula que sempre me dá leite integral quando eu peço de soja no Café Caldeirão estaria morta a essa altura — comentou Gwyn enquanto colocava mais uma das caveiras de plástico tagarelas em cima do mostruário no meio da loja. Elas eram vendidas que nem água naquela época do ano, os pais felizes de ter algo barato e assustador para comprar para os filhos, as crianças felicíssimas de poder perseguir os irmãos pelo centro da cidade com uma cabeça cacarejante.

Inquieta, Vivi pegou uma caveira perdida de cima do balcão e bateu as unhas contra os dentes do brinquedo.

— Tá, mas não parece coisa demais? O lance do carro pode até não ser nada, mas e a estátua?

— Aquele treco está ali há séculos — disse Gwyn, virando-se na direção de Vivi com o chapéu de bruxa levemente torto. — E, quando estavam montando o palco, pode ser que tenham esbarrado nela ou algo do tipo. Olha, se tem alguém que deveria estar surtado por conta da situação toda é Jane. E, pode acreditar, ela vai surtar. Vai precisar de *pelo menos* duas garrafas de vinho para fazer ela relaxar hoje à noite.

— Não achei que vocês duas ainda estivessem tendo um lance — comentou Vivi enquanto a boca da caveira se abria, os olhos piscavam e Gwyn dava de ombros.

— Temos alguma coisa perto de um lance. Falando nisso — acrescentou ela, lançando um olhar de soslaio para Vivi —, senti um climinha entre você e o cuzão.

Vivi devolveu a caveira ao balcão com um baque e endireitou a postura.

— Como é?

Gwyn deu de ombros mais uma vez ao se dirigir para o outro lado da mesa.

— Foi só um comentário. Parece que ainda tem uma química rolando, e você está preocupada *mesmo* com ele.

— Estou com medo de a gente sem querer ter amaldiçoado o filho de um bruxo bem poderoso — argumentou Vivi, e Gwyn agitou a mão.

— Faz sentido. Mas *eu* acho que você ainda gosta do cuzão. Ou pelo menos quer transar com ele, o que é compreensível. Na verdade, eu tinha esquecido como ele é gatinho. Ou será que ficou mais gatinho nos últimos nove anos?

Gwyn aproximou-se do balcão e encarou Vivi enquanto apoiava o queixo nas mãos.

— O que você acha?

—Acho que, se você continuar chamando ele de "cuzão", não dá pra querer agir como uma adolescente casamenteira num filme da Disney também.

— Eu tenho várias personalidades.

— Gwyn, eu juro... — Vivi começou a dizer, mas, antes que pudesse terminar a ameaça, a cortina se abriu e Rhys apareceu.

Parecia irritado, uma emoção que Vivi nunca tinha associado a Rhys e que, por mais perturbador que parecesse, lhe caía... muito bem. A testa franzida realçava as linhas do rosto, o azul dos olhos se intensificava.

Ela se deu conta de que estava olhando fixamente para ele, e, sentindo de alguma maneira que Gwyn a encarava de forma presunçosa, Vivi saiu de trás do balcão e foi em direção a Rhys, estendendo a mão para pegar o espelho que ele ainda segurava.

— Deu certo? — perguntou, e ele piscou, como se estivesse surpreso de vê-la ali.

— Humm? Ah, sim. Consegui falar com ele sem problemas, obrigado — disse Rhys ao lhe entregar o espelho. — Você disse que o encontrou numa loja de antiguidades, né?

Vivi fez que sim e olhou para o próprio reflexo no espelho, lutando contra o impulso de fazer uma careta para suas bochechas rosadas demais e seus olhos muito brilhantes. *Controle-se, garota.*

— É, estava dando sopa nos fundos da loja. Os donos não faziam ideia do que tinham e eu decidi guardar o espelho aqui em vez de na minha casa.

— Por quê?

Rhys estava olhando para ela, olhando de verdade, e, ah, merda, ali estava outra coisa que tinha esquecido sobre ele: ele era o *melhor* ouvinte. E não era fingimento. Ele genuinamente se importava com o que qualquer um tinha a dizer, sempre queria saber mais. Era tipo ter um holofote em cima de você o tempo todo, mas não de um jeito que te fazia se sentir exposto ou à mostra. Simplesmente fazia você se sentir... quentinho. Apreciado.

Até que desaparecia.

Vivi desviou o olhar do dele e voltou a encarar o espelho.

— Sei lá — disse ela. — Tentador demais, talvez. Ninguém deveria olhar para o futuro com tanto afinco, né? Mas, é claro — acrescentou, balançando o espelho de leve —, eu não sabia que ele também servia para fazer chamadas de longa distância.

— Só se você estiver tentando entrar em contato com um idiota particularmente pretensioso — respondeu Rhys, e Vivi arqueou as sobrancelhas.

— Então quer dizer que funciona para entrar em contato com você?

Lento e doce, o sorriso de Rhys se espalhou e, por cima do ombro, Vivi viu Gwyn abrir um sorrisinho malicioso e juntar os dedos para produzir uma rápida chuva de luz roxa enquanto dizia "química" sem emitir som algum.

Se Rhys não estivesse olhando para ela, talvez Vivi tivesse algumas palavras certeiras para responder à prima.

Em vez disso, ela levantou a cabeça, segurando o espelho contra o peito.

— Enfim. Está tudo bem? Com seu pai?

Eu não amaldiçoei você? Isso não passa de azar e não tem nada a ver com uma bruxa adolescente bêbada e de coração partido quase uma década atrás?

O sorriso de Rhys murchou, o momento se perdeu e Vivi disse a si mesma que isso era uma coisa boa.

Então, para seu imenso alívio, ele fez que sim.

— É o que parece. Agora é só recarregar as linhas de ley e volto ao País de Gales.

— Verdade, as linhas. Quando?

Rhys tirou um relógio delicado do bolso do colete e deu uma olhada.

— Hoje a lua nasce por volta das sete da noite, então mais ou menos nesse horário?

Gwyn ainda estava olhando para eles, mas, graças à deusa, naquele momento o barulho da porta se abrindo tocou outra vez, o que significava mais clientes. Quando Gwyn descobrisse que Vivi ia recarregar as linhas com Rhys, falaria pelos cotovelos.

Mas Vivi ainda queria participar.

Enquanto Gwyn caminhava até a porta, Vivi assentiu para Rhys.

— A gente se encontra aqui às seis e meia.

Só mais algumas horas. Aí ela veria as linhas de ley, Rhys faria o que precisava fazer e isso finalmente acabaria.

Era o que ela queria.

Sem sombra de dúvida.

De todas as vezes em que Vivi tinha pensado em Rhys ao longo dos anos — e foram mais vezes do que ela gostaria de admitir —, nunca tinha imaginado algo tão básico e entediante quanto estar dentro do carro com ele.

Mas ali estava ele, recostado no banco do carona reclinado do Kia dela, com as pernas compridas estiradas à frente e a caneca térmica de Vivi, aquela com brilhos verdes e sapos, aninhada na mão conforme Graves Glen ia desaparecendo atrás dos dois e eles iam subindo as colinas.

O crepúsculo tinha começado a se aprofundar, colorindo o céu com um tom suave de violeta, e o restante da paisagem ia virando um borrão azul. Vivi pressionava os dedos no volante enquanto se esforçava ao máximo para não lembrar da noite em que conhecera Rhys.

Não tinha sido exatamente assim, claro. Tinha sido em junho, não em meados de outubro, o ar estava mais ameno e quente, as cores eram diferentes, mas tinha sido outra noite mágica, especial, e ela se perguntou se Rhys também estava pensando naquilo.

Ele estava estranhamente quieto ali no banco do carona, olhando pela janela, de vez em quando tomando um gole do café. Será que fazia parte do processo? Será que precisava se concentrar ou algo do tipo antes de fazer uma magia tão grande?

Pela primeira vez, Vivi se deu conta de que talvez estivesse em uma situação um pouco complicada. Não exatamente com Rhys, mas com a magia que estava prestes a presenciar. Ela não fazia muitos feitiços, era capaz de passar semanas inteiras sem usar poderes.

Será que estava preparada para o que estava prestes a ver?

— É muito incrível conseguir *ouvir* seus pensamentos.

Vivi olhou para ele de relance antes de voltar os olhos para a estrada.

— Como assim, literalmente? Tipo ler minha mente?

Rhys deu uma risadinha e tomou outro gole do café antes de sacudir a cabeça.

— Não, não tenho esse tipo de poder. Mesmo se tivesse, não usaria com você. Existe um limite de vezes que um homem consegue ouvir ser chamado de babaca, na verdade. Só estava dizendo que você faz uma cara específica quando é óbvio que está se concentrando. É...

— Se você disser "fofo", te arremesso desse carro.

— Eu não ousaria. Estava pensando mais em algo do tipo "encantador".

Vivi não pôde deixar de olhar para ele de novo. Estava sorrindo para ela, aquele sorriso suave e carinhoso que ela tinha esquecido por completo até aquele momento, e dessa vez foi um pouco mais difícil voltar a encarar a estrada.

— Isso eu permito — disse ela por fim. — E, para sua informação, eu não estava pensando no fato de você ser um babaca. Quer dizer, esse é um pensamento padrão no meu cérebro, mas não estava pensando nisso agora.

— Bom saber.

— Estava pensando nas linhas de ley. No que realmente envolve recarregá-las.

Rhys mudou de posição no banco e pôs o café no porta--copos.

— Menos do que você imagina, na verdade. Umas palavras mágicas, um pouco de pompa e circunstância. — Ele esticou as mãos e balançou os dedos. — E só.

— Ah — disse Vivi, afundando um pouco no banco, e ele abriu um sorriso enquanto se recostava.

— Estava esperando se impressionar mais?

— Não sei o que estava esperando — admitiu, e Rhys olhou para ela, cruzando os braços.

— Você foi Potter Total, né?

Vivi fez uma careta enquanto conduzia o carro pela pista estreita que saía da estrada, aquela que passava completamente despercebida para a maioria das pessoas.

— Fui o quê?

— Potter Total — repetiu ele. — Só descobrir que é bruxo quando é mais velho, não crescer com isso. "Você é uma bruxa, Vivi", esse tipo de coisa.

Agora que não precisava ficar atenta ao trânsito, Vivi olhou o mais feio que pôde para Rhys, sabendo que tinha sido um pouco prejudicada pelo sorriso que sentia se formar nos cantos dos lábios.

— Ninguém diz isso, "Potter Total".

— Diz, sim. Você só não sabe porque é, como dizemos, Potter Total.

— Tá bom, então se estiver me ouvindo pensar de novo, fique sabendo que os pensamentos de como você é um babaca retornaram.

Sem deixar de sorrir, Rhys voltou a olhar pela janela conforme o carro começava a descida até o vale lá embaixo. A noite tinha se instaurado, o céu estava mais índigo do que lavanda e a lua se erguia sobre as colinas, brilhante, fria e branca.

A noite perfeita para a bruxaria.

— Mas sua mãe era bruxa, né? — perguntou Rhys, virando-se para ela, e Vivi pressionou um pouco os dedos no volante.

— Era, sim. E aparentemente das boas, mas... sei lá. Acho que rejeitar todo tipo de magia foi a forma que ela encontrou de se rebelar. — Não era mais sofrido falar dos pais. A perda ainda doía, mas a dor era um peso, não uma superfície afiada. Mesmo assim, fazia um tempão que não falava sobre eles com ninguém.

— Amo uma mulher rebelde — refletiu Rhys enquanto se reclinava no banco. Ainda a observava. Embora Vivi estivesse de olho na estrada, era capaz de sentir.

— Então você cresceu sem fazer nenhum tipo de magia? — perguntou ele. — Nem mesmo por acidente?

— Ah, claro que fiz — respondeu Vivi, sorrindo com a lembrança. — Fiz meu primeiro feitiço quando tinha cinco anos. Estava na casa da árvore que meu pai tinha construído para mim, fazendo chá. Com isso quero dizer que estava misturando terra e água num bule velho que tinha encontrado na garagem.

— Meu pai claramente usa a mesma receita de chá — brincou Rhys, e Vivi riu.

— Enfim, embaixo da casa da árvore tinha uns arbustos grandes de azaleia e eu pensei que seria legal acrescentar um pouco das pétalas, mas não queria ter que descer toda a escada, então pensei com todas as forças. Pensei nelas flutuando pela janela. E aí elas simplesmente... — Ela levantou as mãos do volante por um breve instante e agitou os dedos. — Flutuaram.

Vivi olhou mais uma vez para Rhys, que ainda a observava com aquele sorriso carinhoso, e isso lhe causou um aperto tão grande no peito que ela precisou desviar o olhar e voltar a se concentrar na estrada à sua frente.

— Enfim, minha mãe surtou e teve toda uma conversa comigo sobre como esse tipo de coisa não era seguro, e ela estava certa, na verdade. Tenho certeza de que se os vizinhos tivessem visto, eu teria ido parar em algum programa de entrevistas bem sensacionalista, ou algo do tipo.

Fazia anos que Vivi não pensava naquele momento, mas agora visualizava a cena toda de novo, a mãe sentada na beira da cama, o cabelo da mesma cor que o de Vivi, mas mais curto, roçando nos ombros conforme ela se inclinava para a frente, com cheiro de fumaça e especiarias.

Só quero que você fique segura, meu docinho.

Fazer aquelas pétalas flutuarem não parecia perigoso. Era divertido e... leve. Fácil.

Mas o semblante da mãe tinha ficado seríssimo, e Vivi nunca se esqueceu daquilo, nunca tinha sido capaz de separar totalmente a ideia de "magia" da ideia de "perigo". Ela tremeu enquanto o carro descia, não de frio, mas de ansiedade pelo que estavam prestes a fazer.

Ou talvez já conseguisse sentir a magia no ar.

— Já estou vendo por que o velho Gryffud escolheu esse lugar — murmurou Rhys consigo mesmo, endireitando-se no banco para olhar pelo para-brisa.

— Está sentindo, né? — perguntou ela, e ele fez que sim.

— Estamos perto?

— Logo depois da curva.

Vivi estacionou ao lado de um riacho, a água borbulhando e suspirando sobre as rochas conforme fluía a partir da boca de uma caverna aberta bem à frente deles, a entrada escancarada e escura sob o brilho dos faróis.

Ela desligou o carro, mergulhando-os na mais profunda escuridão. Em meio ao breu, Rhys virou-se para ela e estendeu a mão.

— Bom, Vivienne — disse ele —, vamos?

CAPÍTULO 9

Era realmente lamentável a quantidade de magia que havia em lugares escuros e úmidos.

Enquanto Rhys ajudava Vivienne a passar por cima de uma pedra particularmente grande bem na entrada da caverna, ele se perguntou por que seus antepassados não poderiam ter traçado as linhas de ley em um lugar mais quentinho, um pouco menos úmido. As praias precisavam de magia, sem dúvida.

Mas não, ao que parecia, seu ancestral tinha sido o tipo de filho da puta sombrio que preferia cavernas, então, no momento, Rhys estava desviando de poças escuras e rochas cobertas de limo.

Se bem que, admitiu enquanto Vivi segurava sua mão e o pequeno feixe de luz que ela tinha conjurado pairava sobre os dois, a companhia certamente não era ruim.

— Quão pra dentro da caverna ficam as linhas? — perguntou ela, soltando a mão dele para afastar o cabelo do rosto.

— Não fica muito longe — respondeu Rhys enquanto observava a penumbra à frente deles. O pai tinha lhe desenhado um mapa, provavelmente com tinta feita de sangue de corvo e um pergaminho de quinhentos anos, mas Rhys tinha deixado aquela coisa asquerosa para trás de propósito, certo de que seria capaz de encontrar as linhas por conta própria.

Agora, porém, à medida que adentrava a caverna e as paredes iam se estreitando ao seu redor, Rhys não sabia se tinha sido a melhor ideia. Conseguia sentir a magia, é claro, retumbando como um segundo batimento cardíaco debaixo dos pés e fazendo os pelos da nuca ficarem arrepiados, mas de onde vinha exatamente?

Não estava muito claro.

Rhys se deteve e olhou à sua volta. A câmara principal da caverna levava a um beco sem saída alguns metros à frente, e só se viam rochas sólidas de ambos os lados. Será que o mapa do pai dele tinha chegado a mencionar uma entrada secreta? Ou será que era sua falta de sorte estragando as coisas? O pai podia até ter jurado que ele não estava amaldiçoado, mas Rhys não conseguia superar a sensação incômoda de que havia algo errado. Talvez isso também fizesse parte.

— Por deus — murmurou. Vivienne parou e olhou para ele.

— Estamos perdidos? — perguntou ela.

— Não — respondeu ele às pressas, e ela semicerrou os olhos.

— Rhys.

— Não estamos — insistiu ele, então girou em um círculo, e a luz o seguiu que nem barata tonta. — Eu só... preciso me orientar rapidinho.

— Hummm — disse Vivienne, cruzando os braços. — E sua orientação por acaso te diz que tem uma entrada escondida bem atrás do seu ombro esquerdo?

Rhys se virou e estreitou os olhos para a escuridão, mas a princípio só viu mais rochas molhadas e escorregadias.

E então... ali estava. Uma sombra mínima em meio a todo aquele breu, habilmente escondida contra a rocha.

Rhys voltou-se para Vivienne e arqueou as sobrancelhas.

— Já veio aqui antes?

Ela negou com a cabeça.

— Nunca. Quer dizer, eu sabia onde ficava a caverna, mas tia Elaine sempre disse com todas as letras que esse era um espaço sagrado com o qual a gente não tinha que se meter.

Ela franziu a testa e sacudiu a cabeça.

— Mas é estranho. É como se eu soubesse onde estava a abertura antes de vê-la. Como se eu soubesse que, caso olhasse para aquele ponto, a encontraria ali.

Rhys não sabia o que pensar disso. Era possível que ela tivesse mais facilidade do que ele em captar a magia naquele lugar, não importava a linhagem familiar, ou talvez ela tivesse olhado de relance para aquele ponto antes e não tivesse registrado. De qualquer maneira, não precisava mais ficar ali parado feito um otário, então apontou para a fenda com a cabeça.

— Vamos em frente, então.

Assim que atravessaram a entrada oculta, o ar ao redor dos dois pereceu mudar. No mesmo instante o clima ficou mais frio, tanto que Rhys tremeu e desejou ter levado um casaco.

Ali, a passagem era tão estreita que os dois tiveram que andar em fila indiana, e a rocha úmida roçava nos ombros deles. Quanto mais avançavam, mais insistente o zumbido da magia se tornava — Rhys teve a sensação de que os ouvidos estavam cheios de algodão, e seu corpo ficou todo arrepiado.

Por trás dele, dava para ouvir a respiração de Vivienne acelerar, e ele soube que ela devia estar sentindo o mesmo.

Mas isso não foi nada comparado ao que ele sentiu quando a passagem estreita se abriu em outra câmara e as linhas de ley brilharam diante deles.

A caverna inteira estava iluminada com um roxo suave, rios correntes de pura magia pulsavam no chão. A boca de Rhys ficou seca e os joelhos tremiam.

Infelizmente, não era só isso que ele estava sentindo.

Ao virar-se de costas, viu Vivienne parada bem na entrada, de olhos arregalados, o peito subindo e descendo, e, quando ela olhou para Rhys, ele viu uma mistura de surpresa e calor em seu rosto.

Caralho, graças a Deus, senão isso teria sido bastante constrangedor.

— Tá — começou ele, pigarreando —, isso é bem vergonhoso e talvez seja por esse motivo que as pessoas fazem essas coisas sozinhas.

Ele deveria ter esperado por isso, na verdade, ou quem sabe seu pai devesse tê-lo alertado. Mas, por outro lado, não, essa conversa teria sido uma verdadeira tortura, então talvez fosse melhor assim.

A magia sempre tinha um efeito físico. Alguns feitiços cansavam as pessoas, outros as deixavam tontas. Alguns as faziam chorar por motivos incompreensíveis.

E algumas magias, sabe-se lá por qual motivo, as deixavam excitadas.

Ao que parecia, as linhas de ley faziam parte dessa vertente, e, levando-se em conta a intensidade da magia naquela caverna, o efeito era... igualmente intenso.

Talvez ampliado pelo fato de estar dividindo o espaço com uma mulher com quem já tinha feito várias vezes um sexo incrivelmente maravilhoso, e ele não deveria estar pensando nisso agora, nem por *um milésimo de segundo.*

Mas, assim que fechou os olhos, estava tudo ali, desenrolando-se em seu cérebro em uma sequência de melhores momentos proibidos para menores de dezoito anos: as pernas de Vivienne em volta da cintura dele, o cabelo de Vivienne roçando-lhe o peito, a sensação do seu polegar massageando os mamilos dela, a respiração entrecortada de Vivienne enquanto a mão dele deslizava pelas pernas dela, a forma com que ela ria quando gozava, algo que sempre tinha lhe parecido *extraordinário*, aquele sorriso perfeito e sem fôlego no ouvido dele...

— Rhys.

Ele não chegou a gritar ao abrir os olhos e dar de cara com ela parada bem, bem perto dele, mas o som não estava muito longe disso, e então ele cometeu o erro de segurá-la pelos braços para se equilibrar.

Por baixo do suéter, a pele dela estava ainda mais quente, e quando ele a olhou nos olhos, viu que as pupilas estavam enormes, o preto quase engolindo o círculo cor de avelã que as rodeava.

— Isso é algum tipo de magia, né? — perguntou Vivienne, quase ofegante, e ele fez que sim, subindo e descendo as mãos pelos braços dela quando o que *precisava* fazer era se afastar e voltar correndo para a caverna principal para enfiar a cabeça naquela água gelada.

Os dedos dela se enroscaram na parte da frente da camisa dele.

— Rhys — repetiu ela com a voz tranquila e firme, mesmo quando seu olhar se voltou para a boca dele e sua língua umedeceu os lábios.

Por pouco, Rhys conseguiu conter um gemido, e suas mãos deslizaram dos braços para a cintura dela. Se ele a beijasse agora, será que seria tão ruim assim? Será que não poderiam considerar o gesto uma simples formalidade, um último beijo antes de se separarem para sempre?

Seria romântico. Até mesmo épico.

Não se pode ser epicamente romântico em uma caverna mágica?

Rhys inclinou a cabeça e foi chegando mais perto. Nossa, como ela era cheirosa. Tinha um cheiro doce. Baunilha, talvez. Ele ia experimentar cada pedacinho dela até descobrir a fonte daquele aroma.

Vivi fechou os olhos e a respiração dela saiu em um suspiro trêmulo.

E então pareceu recuperar a força, os braços de repente se enrijeceram entre os dois e ela o empurrou com tanta força que ele chegou a cambalear um pouco.

— É sério que você me trouxe para uma caverna de magia sensual? — perguntou ela com os dentes cerrados.

Rhys piscou, surpreso, e Vivi recuou um passo, porque, naquele momento, precisou reunir toda a força de vontade que tinha para não enfiar a mão na cara dele. Aquela cara idiota e linda, que estava expressando algo entre confusão e indignação.

— Como é? — perguntou ele por fim, e Vivi se afastou ainda mais, com os braços cruzados. Praticamente tremia de tanto desejo, a cabeça dava voltas, o coração martelava no peito, nas orelhas, entre as pernas.

Ela recuou mais um passo e ele arregalou os olhos, a postura rígida.

— Você não acha que eu sabia que isso ia acontecer, acha? Ou que eu te trouxe aqui de propósito. Quer dizer... eu *trouxe* você aqui de propósito, mas não fazia ideia...

Vivi sacudiu a cabeça, o que também pareceu ter clareado um pouco as ideias dela.

— Claro que não, deixa de ser nojento. Só estou dizendo que talvez você devesse, sei lá, ter perguntado ao seu pai ou aos seus irmãos ou a outra pessoa no que exatamente você ia se meter aqui.

— Ah, sim, o bom e velho papo do "Pai, esse trabalho que você me incumbiu de fazer envolve uma caverna de magia sensual?". É verdade, que bobeira minha não ter perguntado.

— Deixa de ser babaca.

— Então deixa de ser ridícula. Não, eu não perguntei os detalhes desse trabalho. E, até onde sei, mais ninguém esteve aqui com a ex-namorada, então pode ser que esse momento seja único, Vivienne.

Uma parte da névoa do desejo estava começando a se dissipar; Vivi sentiu que sua respiração ficava mais lenta e que seus batimentos cardíacos não estavam mais tão intensos. Será que tinha superado a magia por pura irritação ou era o efeito que estava passando?

Devia ser porque Rhys não estava mais olhando para ela como se quisesse devorá-la viva. Ele parecia irritado e bastante ofendido, e Vivi disse a si mesma que essa com certeza era a opção mais segura no momento.

— O que estou querendo dizer — falou Vivi com mais firmeza — é que aparentemente você não fazia ideia do que ia encontrar aqui, senão teria sido avisado. Você nem chegou a perguntar, né?

Com as mãos enfiadas nos bolsos e a mandíbula travada, Rhys não respondeu.

— E se tivesse alguma magia mais obscura aqui? Alguma coisa que fizesse a gente querer se matar em vez de...

Ela tomou a sábia decisão de deixar o pensamento morrer, com o rosto ainda quente e a pele formigando.

— Mas não tinha — retrucou Rhys e, pela primeira vez, Vivi percebeu que o pingente no pescoço dele brilhava um pouco, no mesmo tom de roxo que as linhas no chão.

— Mas poderia ter tido — rebateu ela, e ele suspirou, inclinando a cabeça para trás para observar o teto.

— Você me chamou para vir aqui sem fazer ideia do que a gente realmente ia enfrentar — prosseguiu Vivi, e ele grunhiu, levantando a mão.

— E você topou vir comigo!

— Topei, porque aparentemente não aprendi minha lição sobre confiar em você nove anos atrás.

Eles ficaram ali, um encarando o outro, e de repente tudo que Vivi queria era estar sentada de pijama na própria cama colocando as notas dos alunos em dia, e que Rhys Penhallow não passasse de uma vaga lembrança de um verão mal aproveitado.

Então, Rhys fungou e deu de ombros.

— Tá bom — disse ele. — Estou sendo, como sempre, um idiota irresponsável que se joga nas coisas, então me deixa ir em frente e terminar de me jogar nisso aqui, pode ser?

— Rhys — começou ela, mas ele já tinha se virado de costas e agachado perto das linhas com os braços estendidos. Vivi engoliu em seco.

Era melhor assim. Pode até ser que ele não seja um "idiota irresponsável", mas ele sempre seria imprudente, do tipo que pula antes de olhar.

Vivi voltou a pensar na carta que Gwyn tinha atribuído a ele. O Louco. A carta das oportunidades e dos riscos.

E Gwyn tinha pintado Vivi como A Estrela: paz, serenidade. Firmeza.

Ela e Rhys estiveram fadados ao fracasso desde o início.

Pelo menos dessa vez não haveria grito nem choro. Poderiam seguir caminhos distintos, talvez não como amigos, mas ao menos como adultos, pessoas que sabiam quem eram, o que queriam e de onde faziam parte.

Ou seja, definitivamente não ficariam juntos.

À frente dela, Rhys flexionou os dedos, e Vivi pôde sentir uma leve mudança no ar. Onde antes estivera frio, agora estava mais quente, como se alguém tivesse aberto a porta de um forno ali perto.

O cabelo de Vivi voou levemente para trás, e Rhys abaixou a cabeça, as mãos ainda estendidas sobre as linhas roxas pulsantes e os lábios em movimento, mas o zumbido da magia era alto demais para que Vivi entendesse qualquer palavra.

Abaixo dos pés dela, o chão tremeu de leve, e um clarão disparou dos dedos de Rhys.

Vivi estremeceu e abraçou o próprio corpo. Sua magia formigava nas veias enquanto observava a luz percorrer os rios de cor roxa.

Por um instante, as linhas no chão brilharam ainda mais, uma luz tão intensa que quase machucava os olhos, e Vivi levantou a mão para protegê-los.

E então houve um estalo repentino, uma chuva de pedrinhas enquanto Rhys se levantava de um salto.

Vivi olhou para baixo.

As linhas no chão ainda eram roxas, mas estavam escurecendo, uma crosta preta escorria lentamente pelas laterais e apagava a cor.

O chão ainda tremia.

Vivi olhou para Rhys, confusa, enquanto a temperatura da caverna voltava a despencar. O clima ficou ainda mais frio dessa vez, tão frio que quase doía, e, quando as linhas de ley começaram a se contorcer no chão como se fossem cobras, Rhys pegou a mão dela.

— *Corre!*

Ele não precisou dizer duas vezes.

Eles voltaram pela passagem estreita e chegaram à caverna principal. O chão ainda tremia sob seus pés e, enquanto Vivi olhava, linhas roxas e pretas soltavam vapor ao colidirem com as poças de água.

Quando ela e Rhys voltaram para a noite do lado de fora, os dois viram a magia passando por eles.

Em direção a Graves Glen.

O tremor tinha parado e, de repente, a noite caiu em um silêncio profundo depois de todo aquele caos — os únicos sons audíveis eram um ou outro pio de uma coruja e a respiração ruidosa de Rhys e Vivi.

Rhys se pôs diante dela e encarou a colina, passando a mão pelo cabelo.

— Que merda foi essa? — arfou ele. Em seguida, virou-se e olhou para ela. — Você pode até ter razão sobre eu não saber muito bem o que estava fazendo aqui, mas tenho bastante certeza de que isso — ele apontou o dedo na direção do riacho — foi uma bela de uma pegadinha.

Vivi olhou para o riacho, depois para o céu, onde a lua parecia ainda maior e mais brilhante, e se lembrou daquela noite com Gwyn — a mesma lua, a chama da vela descontrolada —, então uma espécie de peso frio se instalou em seu peito.

Pelas tetas de Rhiannon.

— Então, hum. Rhys.

Ele se virou e a encarou com os olhos ainda arregalados, o peito ainda agitado, e Vivi arriscou um sorriso trêmulo.

— Quer ouvir uma história engraçada?

CAPÍTULO 10

Ela o amaldiçoou.

Enquanto Vivi voltava para Graves Glen a toda velocidade, Rhys estava sentado no banco do carona com o olhar perdido na escuridão, ainda tentando assimilar a notícia.

— Então você tomou um banho de banheira — disse ele lentamente e, ao seu lado, Vivi emitiu um som de frustração.

— Já te disse — respondeu ela. — Tomei um banho, acendi umas velas, e aí eu e a Gwyn dissemos um monte de baboseira sobre seu cabelo e sobre clitóris que obviamente não era uma maldição de verdade; seu cabelo está ótimo, aliás, e não quero saber nada do resto. Mas lá pelas tantas a chama meio que cresceu depressa e talvez eu tenha dito "Eu amaldiçoo você, Rhys Penhallow", mas não estava falando sério.

Vivi segurava firme o volante, com os olhos esbugalhados, e Rhys olhou para ela.

— Você... literalmente disse "Eu amaldiçoo você, Rhys Penhallow" e agora está surpresa que eu, Rhys Penhallow, esteja amaldiçoado? Aliás, desculpa, mas que história é essa de clitóris?

Vivi revirou os olhos enquanto voltava para a estrada.

— A questão é que estávamos bêbadas e fazendo idiotices. Não rolou nenhuma tentativa de magia de verdade.

— E, mesmo assim, magia de verdade foi feita — murmurou Rhys enquanto se acomodava no banco do carro.

Ele ainda sentia coceira na pele como efeito da recarga das linhas, os dedos formigavam e havia uma estranha sensação de frio na nuca. Será que era normal ou fazia parte do que quer que tivesse dado tão espetacularmente errado ali?

Rhys semicerrou os olhos e olhou para a escuridão como se pudesse ver aquela faísca de magia que ainda descia a montanha. Porém, tudo que conseguia enxergar era a faixa de estrada que se desenrolava diante deles, e, por um segundo, apenas por um instante, Rhys se permitiu acreditar que nada de ruim tinha acontecido. Afinal, o pai parecera tão seguro de que ele não tinha sido amaldiçoado, e quando foi que Simon Penhallow já se enganou? Talvez recarregar as linhas de ley fosse sempre desse jeito.

E então o celular de Vivi tocou.

Cantou, na verdade. "Witchy Woman", dos Eagles, soou de dentro da bolsa de Vivi, enfiada no espaço entre os bancos dianteiros, e, com os dedos firmes no volante, a bruxa mal olhou para o aparelho.

— Gwyn — supôs ela, sem levar a mão à bolsa. — Provavelmente não é nada.

— Sem dúvida — disse Rhys, desejando mais do que nunca que ela estivesse certa. — Querendo que você leve pizza e cheeseburger para o jantar — acrescentou, e Vivi olhou para ele. — Que foi? — perguntou quando viu a expressão dela, e então deu de ombros. — Estamos nos Estados Unidos.

O celular parou de tocar e Rhys sentiu que Vivi estava prendendo a respiração.

Merda, ele *também* estava.

E então o toque recomeçou.

Vivi revirou a bolsa e pegou o celular, deslizando o polegar na tela, e, antes que ela levasse o aparelho ao ouvido, Rhys já ouvia o caos. Pessoas gritando, alguém aos berros e Gwyn exclamando o nome de Vivi. Ele afundou no banco, cobrindo os olhos com a mão.

— Gwyn, fica calma! — dizia Vivi. — Não estou conseguindo te entender...

Ela pressionava o celular com força contra o ouvido e Rhys observava. Ele chegou até a ver o sangue esvaindo do rosto dela ao dizer:

— Em dois minutos estamos aí.

Vivi deixou o celular deslizar entre a bochecha e o ombro e segurou o volante com ainda mais força.

— Que foi? — perguntou Rhys, mas Vivi só balançou a cabeça e disse:

— Você está de cinto, né?

— Claro, não sou idiota, Vivienne — retrucou ele, endireitando-se de leve só para ser imediatamente empurrado de volta contra o assento quando Vivi pisou com tudo no acelerador.

— As notícias são tão ruins assim, então? — perguntou ele, tenso.

Vivi mostrou-se igualmente tensa ao responder:

— Pior.

Vivienne não tinha exagerado sobre a velocidade com que voltariam a Graves Glen. Pelos cálculos de Rhys, não tinham se passado nem dois minutos entre a ligação de Gwyn e a chegada deles em frente ao Templo das Tentações.

Vivienne mal pôs o carro em ponto morto e logo saiu correndo até a calçada.

Rhys foi um pouco mais lento; apoiou a mão em cima da porta aberta do carro enquanto tentava assimilar o que estava acontecendo na vitrine da loja.

Localizou Gwyn com facilidade, de pé sobre o balcão com uma vassoura nas mãos, e lá no cantinho dos fundos da loja havia um trio de garotas agachadas contra a parede, com rostos pálidos e olhos esbugalhados.

E por todo o chão entre elas e Gwyn havia... caveiras.

Caveiras pequenas, mais ou menos do tamanho de uma bola de beisebol.

Vivienne já estava na loja, e Rhys a viu parar de repente com um grito quando todas as caveiras se voltaram para ela quase como se fossem uma só, abrindo e fechando as bocas.

Rhys ouviu Gwyn gritar alguma coisa, mas ele já estava entrando na loja, e, ao abrir a porta de supetão, aquele corvo desvairado grasnou.

A magia se estendia com força por toda a loja, tão intensa que os dentes dele doíam e a pele zumbia com o poder, mas havia algo por trás de tudo aquilo. Algo sombrio e desagradável, uma poderosa sensação de *erro* pairando por todo o ambiente.

Rhys nunca tinha sentido nada parecido.

As caveiras patinavam pelo piso, as mandíbulas abrindo e fechando, impulsionando-as pela madeira a uma velocidade surpreendente. Os olhos também estavam iluminados, mas em vez do roxo de que Rhys se lembrava de antes, agora estavam vermelhos, um vermelho intenso, e havia várias delas.

Alguma coisa lhe atingiu o tornozelo; Rhys olhou para baixo e viu uma das caveiras de plástico sorrindo em sua direção.

— Fica frio, amigo — murmurou ele, pensando se estava falando com a caveira ou consigo mesmo.

E então os dentes da caveira se fecharam ao redor da barra da calça dele.

Rhys não estava orgulhoso do som que saiu de sua boca ao puxar a perna para trás e dar um chute em uma tentativa de jogar aquela coisa para longe.

Quando a tentativa falhou, ele nem pensou duas vezes. Puxou um fio de magia que ia das solas dos pés à ponta dos dedos e transformou aquela porcaria em confetes de plástico.

— Rhys!

Vivienne ainda estava ao lado da prima, armada com uma das pesadas bolas de cristal que ele tinha visto mais cedo.

Estava olhando feio para ele, depois dirigiu um olhar expressivo para o grupo de turistas amontoado no cantinho, que agora o observava com olhos arregalados, e Rhys mal conseguiu conter o ar de deboche ao responder:

— Queria que eu fizesse o quê, Vivienne?

Havia um cheiro de fumaça no ar, que lembrava vagamente a cabelo queimado, e Rhys reparou que tinha aberto um buraco nas calças — e quase na perna — com aquele pequeno feitiço. Ele xingou e deu tapinhas no buraco chamuscado enquanto zunia mais um daqueles malditos trecos de plástico.

— Que porra mais ridícula — murmurou, pisando em uma caveira, depois em outra, antes de estender a mão para Gwyn.

— A vassoura — pediu ele, e ela lhe arremessou.

Rhys pegou a vassoura sem maiores dificuldades e a virou de volta para o chão. Em seguida, talvez em um dos momentos mais satisfatórios da vida, varreu as caveiras diretamente à frente dele em um amplo arco em direção à parede.

Elas não quebraram, mas patinavam pelo chão feito baratas tontas, batendo umas nas outras e girando em círculos. Rhys seguiu em frente, varrendo de um lado para o outro e abrindo um caminho até as três garotas no cantinho.

— Senhoras — disse ele com um sorriso quando chegou perto delas —, espero que todos nós tenhamos aprendido uma lição valiosa sobre comprar coisas em sites duvidosos!

Rhys continuou sorrindo para as moças enquanto elas o encaravam. Ele viu que uma delas olhava de relance para o buraco nas calças, e, indicando que o seguissem, disse:

— Sorte a minha que estava com um isqueiro.

Levando-se em conta que estava amaldiçoado naquele momento, Rhys sabia que usar magia nelas era perigoso, mas o charme, como ele tinha descoberto, era uma espécie de feitiço por si só. Ao conduzir as garotas até a porta, varrendo caveiras no caminho, manteve uma conversa-fiada sobre conferir a bateria das coisas antes de colocá-las no chão da loja, sobre as poucas e boas que ia dizer no e-mail que enviaria ao fabricante e sobre o desconto que o Templo das Tentações certamente lhes daria da próxima vez que viessem.

Quando chegou à porta, estava cansado da própria voz, mas as garotas pareciam menos apavoradas. Uma delas disse:

— Outro dia comprei um iPod pela internet, mas, tipo, num site aleatório, sabe? Não na Apple. E, aí, tipo, ele total começou a soltar fumaça no meu bolso.

— Mesmo assim — disse Rhys, conduzindo-as até a calçada —, obrigado por comprar no Templo das Tentações, voltem sempre!

O corvo acima da porta guinchou quando Rhys a fechou num baque decidido e baixou a pequena cortina sobre o vidro.

Assim que a porta estava bem trancada, ele olhou para Gwyn e Vivienne.

Gwyn ainda estava no balcão com as mãos unidas enquanto uma luz esverdeada piscava entre seus dedos.

— Muito bem, cuzão — disse, e antes que Rhys pudesse contestar, algo que ele queria mesmo fazer, a plenos pulmões, ela assentiu para Vivienne.

Vivienne assentiu de volta e se dirigiu à vitrine, esquivando-se das caveiras com uma graciosidade surpreendente.

Não fique aí reparando em como as pernas dela ficam bonitas ao passar por cima de pedaços de plástico possuídos, seu pervertido, pensou Rhys, mas foi em vão. Vivienne podia até tê-lo amaldiçoado, podia ter sido a causa de todas as coisas ruins que lhe aconteceram desde que pisou naquela cidade, mas o pau dele claramente não tinha sido avisado.

Ao se aproximar da vitrine, Vivi levantou a mão, onde brilhava uma luz branca. Rhys se deu conta de que ela estava usando magia para fechar as enormes cortinas de veludo que cobriam a vitrine da loja, e, antes que pudesse alertá-la, a luz saltou da mão dela para o tecido.

E logo o incendiou.

Vivienne deu um grito quando uma das caveiras se espatifou na ponta de seu sapato, e Rhys atravessou a loja, chutando a caveira enquanto pegava a vassoura para tentar apagar as chamas.

O cheiro de plástico queimado se espalhou pelo ambiente enquanto as cerdas pegavam fogo, e, de rabo de olho, Rhys viu Gwyn direcionando a própria magia para a vitrine.

— Não faz isso! — gritou ele. Para seu imenso alívio, viu que ela baixou as mãos.

Rhys ficou um pouco menos aliviado ao perceber que uma pequena multidão ia se aglomerando do outro lado da vitrine, que estava bem escancarada para revelar tanto o caos completo dentro da loja quanto toda a magia que eles estavam usando para tentar contê-lo.

Que maravilha.

As caveiras não paravam de se mexer em volta deles, abrindo e fechando as mandíbulas, e Rhys alcançou a mão de Vivienne.

— Para a despensa! — gritou ele por cima de todo aquele ruído, e Vivienne assentiu, pegando a mão dele.

De cima do balcão, Gwyn olhou da vitrine para os dois e depois de volta para a vitrine.

— E aí? — perguntou. — A gente simplesmente se esconde da Noite das Bugigangas Vivas e torce pelo melhor?

— Você tem outra ideia? — questionou Vivienne, mas, antes que Gwyn pudesse responder, a porta da loja se abriu de supetão, acertando com força a parede.

Rhys virou-se um pouco para ver quem tinha conseguido entrar — tinha certeza de ter trancado aquela porcaria —, mas, antes de completar o movimento, houve uma explosão quase ensurdecedora e um clarão de luz azul que o fez levantar a mão livre para proteger-se do brilho.

Quando a baixou, viu que não restava nada das caveiras, a não ser por alguns pedaços de plástico fumegantes e um olho vermelho que piscou mais algumas vezes antes de ir se apagando lentamente.

No silêncio que se seguiu, Rhys estava ciente da névoa de fumaça que ainda pairava sobre a loja, da queimadura que agora marcava o chão e do fato de que Vivienne ainda segurava a mão dele.

Ele olhou para os dedos entrelaçados, a palma dela quente contra a dele, e depois para o rosto de Vivienne. Suas bochechas estavam rosadas, os olhos, bem abertos, e, quando ela percebeu que ele a olhava, seu olhar foi direto para as mãos juntas.

Aflita, ela se desvencilhou e se afastou dele enquanto a tia entrava na loja.

— O que — disse a tia de Vivienne, o peito subindo e descendo com a força da respiração — vocês duas fizeram agora?

CAPÍTULO 11

Talvez aquelas caveiras de brinquedo tenham realmente nos matado e agora estejamos no inferno, pensou Vivi ao se sentar em seu lugar favorito na despensa, a poltrona de veludo dourado em que já tinha passado tanto tempo que provavelmente havia a marca da bunda dela no assento.

Seria uma boa explicação para estar presa naquela noite que parecia infinita. Primeiro as cavernas com Rhys, depois o pesadelo ali na loja, e agora, apesar de ter quase trinta anos, precisava explicar à tia Elaine que tinha quebrado uma das regras mais sagradas da bruxaria porque um cara a magoou.

E que o cara estava *ali* no momento.

— Foi um acidente — repetiu ela pelo que parecia ser a vigésima vez naquela noite. —A gente só estava... de brincadeira.

— Não existe brincadeira quando se trata de magia — disse tia Elaine com a maior seriedade que Vivi já tinha visto nela. Ela estava parada em frente a um dos armários, com os braços cruzados e o cabelo puxado para trás. Uma fileira de brincos cintilava na orelha esquerda, um longo fio de prata pendia da direita e cada centímetro dela exalava a energia da bruxa poderosa que de fato era. — Repito isso para vocês duas o tempo todo — prosseguiu Elaine antes de se dirigir ao armário e pegar uma camiseta. — O que está escrito aqui? — perguntou ela enquanto agitava a peça, e Vivi viu Gwyn revirar os olhos, sentada de pernas cruzadas em cima de um dos baús.

— Mãe — começou Gwyn, e Elaine levantou a mão.

—Ah, não vem com "mãe" pra cima de mim, mocinha.

Rhys, que tinha estado estranhamente quieto desde que se reuniram naquele cômodo, aproximou-se de Elaine e tirou a camiseta das mãos dela.

— "Jamais misture vodca com bruxaria" — leu ele. Em seguida, assentiu. — Um belo conselho.

— Ok, não — disse Gwyn, levantando-se do baú. O rímel dela estava borrado e havia um furo na meia-calça, mas, tirando isso, não parecia tão abatida, considerando o que tinha acontecido aquela noite. — Você não tem o direito de opinar sobre nada disso. Isso é tudo culpa sua.

— Eu que lancei a maldição? — perguntou Rhys, arqueando a sobrancelha enquanto devolvia a camiseta a Elaine. — Por isso a culpa é minha?

Com as mãos na cintura, Gwyn enfrentou Rhys.

— Porque é sua culpa a gente ter precisado amaldiçoar você, para início de conversa. Se você não tivesse destroçado o coração da Vivi...

— Eu não *destrocei* nada — retrucou Rhys, e os batimentos de Vivi aceleraram ao vê-lo parar e refletir sobre o assunto.

Em seguida, ele a encarou com aqueles olhos azuis e perguntou:

— Vivienne, eu destrocei seu coração?

Agora, a noite não só era interminável, como possivelmente uma das *piores* da vida dela.

— Não — respondeu, desesperada em preservar a própria dignidade.

E talvez tivesse conseguido, caso Gwyn não existisse.

Olhando boquiaberta para Vivi, Gwyn disse:

— Hum, destroçou, sim. Não se lembra da choradeira? Do banho de banheira? Você não parava de evocar o cheiro do perfume dele, cacete.

O rosto de Vivi pegou fogo e ela afundou ainda mais na poltrona.

— Não fiz isso, não — murmurou enquanto Rhys a encarava com evidente choque.

— Você me chamou de "fudismundo", uma palavra que nem existe — lembrou a ela. — Jogou minha calça em cima de mim. Você não estava magoada, estava com raiva.

— Claro, porque nunca na história uma mulher sentiu as duas coisas ao mesmo tempo — disse Gwyn.

Por fim, Vivi se pôs de pé e esfregou as mãos no rosto.

— Será que todo mundo pode parar de agir como se eu fosse uma vítima trágica e apaixonada? Eu não passava de uma adolescente bêbada de palhaçada com minha prima igualmente bêbada. Não foi nada de mais. — Ela fez uma pausa e revirou os olhos. — Tá bom, então *essa* parte da história acabou virando alguma coisa, mas estou falando da parte da maldição. *Aquilo* era para ser nada de mais, e vocês estão sendo ridículos sobre esse assunto.

Ela apontou para Rhys.

— Vai me dizer que nunca fez algo excessivamente dramático e idiota quando era adolescente?

— "Excessivamente dramático e idiota" descreve toda a minha trajetória na adolescência, então não.

— Gwyn? — perguntou ela, virando-se para a prima.

Gwyn fez uma careta e disse:

— Garota, você morou comigo quando eu era adolescente. Você sabe.

Vivi fez que sim e encarou tia Elaine, que franziu a testa para ela por mais um instante antes de finalmente levantar as mãos e dizer:

— Sei bem que você vai mencionar todo aquele assunto do Led Zeppelin, então vamos apenas pular esta parte, admitir que todos nós já fizemos coisas estúpidas no passado e deixar a Vivi em paz a respeito das motivações dela.

— Obrigada — disse Vivi. — Agora que todos concordamos que o "porquê" não importa, a questão é o "o quê". Ou seja, o que essa maldição pode significar para Graves Glen.

Com um suspiro, Elaine puxou o brinco.

— Imagino que a maldição tenha se estendido para as linhas de ley — disse ela —, e, como as linhas de ley são o combustível de toda a magia da cidade, essa magia agora está... corrompida.

Isso explica as caveiras de plástico do mal, e, por mais que Vivi se orgulhasse de ser otimista, não era ingênua a ponto de achar que esse seria o limite daquele desastre. Sabe-se lá que outras coisas as linhas de ley amaldiçoadas poderiam desencadear.

— Tenho que falar com meu pai — disse Rhys enquanto se apoiava no armário e jogava uma das caveiras que tinham sobrevivido ao feitiço de Elaine de uma das mãos para a outra. Sempre que aqueles dentes colidiam, Vivi sentia um arrepio. Era uma pena que não pudessem mais vendê-las, porque aquelas caveiras tinham sido um sucesso. Mas revisitar um pesadelo não valia os cinco dólares extras aqui e ali, na opinião de Vivi.

— Quer que eu pegue o espelho? — perguntou a Rhys, e ele levantou a cabeça, sobressaltado.

— Disse que *preciso* falar com ele, não que vou realmente fazer isso. — Rhys estremeceu. — Esta noite já foi horrível o suficiente.

— Simon vai precisar saber — disse tia Elaine com um suspiro, afundando na poltrona que Vivi tinha acabado de liberar. — E não estou ansiosa pela reação dele.

— O que ele pode fazer? — perguntou Gwyn. — Quer dizer, além de ser escroto a respeito disso.

Rhys se afastou do armário e deu uma risada forçada.

— Ah, quantas vezes me perguntei: "O que meu pai pode fazer a respeito disso além de ser um escroto?", só para descobrir que tem uma lista enorme de coisas.

Vivi já estava preocupada — lutar contra um monte de brinquedos que ganharam vida causava esse efeito em uma garota —, mas, no momento, sentiu o coração afundar para algum lugar abaixo dos joelhos.

O pai de Rhys.

— Seu pai vai vir aqui — perguntou a Rhys — e, tipo, punir a gente?

O canto da boca de Rhys se curvou para cima bem de leve.

— Para dizer a verdade, com a maioria das pessoas eu debocharia da palavra "punir", mas, no caso do meu pai...

O sorriso foi embora, junto com a esperança de Vivi. Ela pensou na carta de tarô que Gwyn tinha desenhado, o chalé da tia Elaine representando A Torre, partida em duas e escorregando pela lateral da montanha.

E se tivesse sido algum tipo de profecia?

— Você está ficando verde — comentou Gwyn, cruzando a sala para ficar frente a frente com Vivi. — A gente vai dar um jeito nisso — disse ela enquanto pousava as mãos nos ombros de Vivi e lhe dava uma sacudida. — Somos bruxas fodonas, lembra?

— Você é uma bruxa fodona — Vivi a lembrou. — A tia Elaine é uma bruxa fodona. Eu sou uma professora de história.

— Dá para ser as duas coisas. — Gwyn pressionou com mais força as mãos. — E não é culpa sua. A ideia de amaldiçoar ele foi minha, lembra?

— Mas foi minha magia que fez isso — retrucou Vivi, lembrando-se da chama daquela vela, de como as palavras que saíram de sua boca pareceram diferentes. Mais pesadas. Carregadas, de alguma maneira.

O único feitiço verdadeiramente poderoso que já tinha conseguido fazer, e que ia estragar tudo para ela.

Um clássico.

— Se eu, como a parte amaldiçoada da história, puder me intrometer aqui — disse Rhys, colocando as mãos nos bolsos —, não é possível que talvez a gente esteja exagerando um pouco? Sim, a noite de hoje foi uma merda, não tem como fugir disso. Sim, todos nós estamos um pouco assustados e é compreensível, mas, até o momento, esses pestinhas — ele apontou a cabeça para a caveira que tinha jogado na poltrona — foram as únicas coisas com que tivemos que lidar.

— Isso e meu simples feitiço de "Ei, feche as cortinas" que acabou em chamas — lembrou Vivi, e ele deu de ombros.

— Você mesma disse que sua magia sempre foi meio... Qual era a palavra? Instável?

— Bom, a minha é bastante estável — disse tia Elaine com as mãos na cintura. — E aquele feitiço que eu usei para limpar a loja foi muito mais poderoso do que eu pretendia.

Rhys fez que sim.

— São todos argumentos válidos. Mas talvez não sejam provas suficientes para dizer que as coisas foram completamente pro saco, com todo o respeito, sra. Jones.

— Sei o que é um saco, então acho que não tenho nenhum problema em ouvir a palavra, sr. Penhallow — disse tia Elaine com um aceno desdenhoso antes de suspirar e juntar os dedos na boca.

Nunca era um bom sinal. A última vez que Vivi tinha visto aquele gesto vindo da tia foi quando Gwyn teve um noivado relâmpago com o cara que lia a sorte na Feira da Renascença e se autonomeava "Lord Falcon", apesar de sua carteira de motorista dizer "Tim Davis".

Mas, no momento, tia Elaine apenas respirou fundo mais uma vez e disse:

— Acho que você pode estar certo. Talvez não seja tão ruim quanto parece.

— Parece bem ruim, mãe — comentou Gwyn, franzindo a testa. — Falo como alguém que foi quase devorada por um pedaço de plástico.

— Não, o que o Rhys falou faz sentido — comentou Vivi, surpreendendo a si mesma. Rhys também ficou surpreso, a julgar pelas sobrancelhas arqueadas. — A gente não sabe a gravidade disso, ou se foi só um caso pontual esquisito. E, seja lá o que for, a gente não vai dar um jeito nisso hoje à noite.

Quanto mais ela falava, melhor se sentia. É claro, o que precisavam era de um *plano*.

Vivi era muito boa em bolar planos.

— Olha, vamos todos para casa, vamos dormir um pouco e amanhã de manhã a gente vê como ficam as coisas. Rhys, você vai falar com seu pai.

Ele fez uma careta, mas não discordou, então Vivi seguiu em frente, apontando para Elaine:

— Você vai ver o que consegue descobrir sobre remover maldições, e você — ela virou-se para Gwyn — vai... simplesmente continuar tocando a loja e reafirmando que o showzinho fazia parte da diversão do Dia do Fundador.

— Gostei que a minha função é a única que tem alto teor de periculosidade — comentou Gwyn, mas, quando viu a expressão de Vivi, levantou as mãos em sinal de derrota. — Tá bom, tá bom, Operação Acalme os Trouxas, deixa comigo.

— Bom — falou Vivi. — Então é isso. Temos um plano. Ele é um pouco... meia-boca, mas é um plano, de qualquer maneira.

— Um quarto de boca, se quer saber o que eu acho — murmurou Rhys, mas em seguida assentiu para ela. — Mas com certeza é melhor do que nada.

Ele olhou ao redor e suspirou.

— E pelo menos vou ter a chance de me reconectar com Graves Glen depois de todo esse tempo.

Como Vivi apenas o encarou, ele acrescentou:

— Quer dizer... não é como se eu pudesse voltar para casa até que tudo isso acabe.

Ele tinha razão. Ela sabia disso. É claro que resolver essa questão envolveria a permanência de Rhys ali.

Na cidade dela.

Trabalhando com ela.

Ele sorriu para Vivi, dando uma piscadinha, e, apesar de tudo isso, da maldição, do constrangimento, das malditas *caveirinhas plásticas mortais*, o coração dela deu um pequeno salto no peito.

Sim, definitivamente estava no inferno.

CAPÍTULO 12

Ao acordar, Vivi deu de cara com Seu Miaurício olhando fixamente para ela.

Não era algo tão incomum — ele sempre gostava de encontrar a última pessoa na cama de manhã e se aninhar com ela. E, como Gwyn e tia Elaine costumavam acordar cedo, a última pessoa quase sempre era Vivi na época em que morava ali.

O incomum foi ele piscar os olhos amarelo-esverdeados para ela, bocejar e, em seguida, dizer:

— Petiscos.

Agora foi a vez de Vivi piscar.

— Estou sonhando — murmurou consigo mesma. Afinal, a noite anterior tinha sido um trauma e tanto. Fazia sentido que ela tivesse tido um sonho muito vívido e muito bizarro que parecesse real, mas não era.

— *Petiscos* — repetiu Seu Miaurício enquanto batia a cabeça no braço de Vivi, e, tá bom, isso era real.

Elas tinham um gato falante.

— Gwyn! — gritou Vivi, recuando um pouco na cama, e Seu Miaurício seguiu andando de um lado para o outro e girando em círculos enquanto o refrão constante (*petiscos, petiscos, petiscos!*) brotava daqueles lábios bigodudos.

Vivi ouviu passos na escada e então Gwyn surgiu, ainda de pijama, o cabelo puxado para trás por uma faixa de cores vivas.

— Que foi? — perguntou Gwyn, e Vivi indicou Seu Miaurício com a cabeça.

— Ele fala agora.

Gwyn piscou, confusa. Em seguida, voltou a olhar para Seu Miaurício antes de soltar um gritinho de alegria e bater palmas.

— Ele fala?

Então entrou correndo no quarto, pegou o gato e o segurou na frente do rosto.

— O que ele disse? — perguntou. — Sempre quis ter um gato falante, e se tem um gato que seria bom de papo é o...

— *Petiiiiiiscos* — resmungou Seu Miaurício mais uma vez, e então começou a se balançar nos braços de Gwyn. — *Petiscospetiscospetiscospetiscoscomidapetiscos.*

— Ele basicamente só diz isso — comentou Vivi enquanto afastava as cobertas, e Gwyn franziu a testa para o gato.

— Tá bom, mas, assim que ele receber os petiscos, quem sabe tenha mais a dizer. — Com isso, ela o devolveu à cama e saiu correndo do quarto. Segundos mais tarde, voltou com o saco de petiscos, pôs alguns na mão e os ofereceu a Seu Miaurício, que devorou tudinho. — Agora diz "obrigado", amiguinho — instruiu Gwyn.

Miaurício lambeu os beiços e deu uma cabeçada na mão dela.

— *Petiscospetiscospetiscos* — recomeçou ele.

— Talvez ele só saiba dizer isso? — arriscou Vivi.

— *PetiscospetiscospetiscosPETISCOSPETISCOSPETISCOS!*

— Mudei de ideia — disse Gwyn, correndo para dar mais petiscos a Miaurício. — Gatos falantes são ruins. Estou percebendo isso agora.

Em seguida, olhou para Vivi, que estava saindo da cama.

— Isso é por causa do que o Rhys fez com as linhas de ley, né? Tipo as caveiras ontem à noite.

— É por causa do que *eu* fiz com o Rhys — corrigiu Vivi com um suspiro, e os olhos dela pousaram na bolsa de viagem que tinha arrumado às pressas no seu apartamento na noite anterior. Ela não sabia dizer exatamente por que tinha decidido passar a noite na casa de Elaine, apenas que a ideia de dormir no próprio apartamento, bem acima da loja, definitivamente não a atraía. Agora, enquanto Gwyn falava baixinho com Miaurício, Vivi pegou a saia e a blusa que tinha dobrado com cuidado dentro da bolsa na noite anterior. — O que significa que estávamos certas: tem muito mais merda vindo por aí.

Gwyn olhou feio para ela enquanto acomodava Miaurício debaixo do queixo.

— Isso não é uma merda — rebateu. Em seguida, quando Miaurício seguiu pedindo mais petiscos, ela deu de ombros. — Tá, não é a *melhor* coisa que poderia acontecer, mas ainda não acho que seja evidência de uma maldição terrível.

Ela sorriu para Vivi mais uma vez antes de levar Miaurício até a porta.

— Já disse, Vivi. A gente vai dar um jeito nisso.

Vivi queria sentir essa confiança.

Também queria não sentir tanta... vergonha da situação toda. Ela tinha passado a noite em claro, encarando o teto até muito depois das duas da manhã. Havia culpa, medo e preocupação, lógico, tudo isso junto e misturado. Mas, acima de tudo, havia um pensamento: *Rhys sabe que partiu meu coração.*

E mais: Rhys sabia que tinha partido o coração dela tão drasticamente que Vivi havia feito *magia* por conta disso.

E estava claro que ele não sentira o mesmo na época, já que nunca lhe ocorrera que ela tinha ficado tão triste por conta disso.

O que provava, como Vivi sempre suspeitara, que o casinho dos dois tinha sido muito mais importante para ela do que para ele. Era provável que Rhys mal tivesse pensado nela nos últimos nove anos, certamente nunca tinha jogado o nome dela no Google enquanto estava meio bêbado de vinho e, embora não houvesse dúvida de que ainda se sentiam atraídos um pelo outro, Vivi estava mais velha agora.

Mais sábia.

E a última coisa que ia fazer era se apaixonar de novo por Rhys Penhallow.

Quinze minutos mais tarde, estava descendo as escadas, com o cabelo ainda úmido preso em um coque e a jaqueta pendurada nos ombros. Estava tão concentrada em sair por aquela porta que levou um segundo para perceber que ouvia vozes vindas da cozinha.

E não era qualquer voz.

Ao fazer a curva, olhou para a mesa aconchegante na cozinha da tia, a mesa ao redor da qual ela fazia velas, arrancava pétalas de flores para preparar sais de banho e nunca, *jamais*, tomava café da manhã, e ali estava Rhys, segurando uma caneca de café com uma das mãos e um pão doce na outra, sorrindo para a tia dela.

Que retribuía o sorriso de modo quase... carinhoso. Indulgente.

E então Vivi percebeu que a cozinha não cheirava à mistura habitual de ervas e fumaça, mas, sim, a açúcar e canela.

— Tia Elaine — disse ela, ignorando Rhys com firmeza —, você... *cozinhou*?

As bochechas da tia chegaram a ficar meio rosadas.

— Não precisa parecer tão escandalizada, Vivi — respondeu ela, balançando a mão enquanto se levantava da mesa e cruzava a cozinha para pegar a cafeteira. — Eu *sei* cozinhar, tá? Só que normalmente escolho não fazer isso.

— O que é um crime e um pecado — comentou Rhys, lambendo um pouco de glacê do polegar, um gesto que fez o rosto de Vivi corar de uma hora para a outra. Como ele podia estar tão bonito depois da última noite? Vivi achava que suas olheiras mereciam um CEP próprio e, ao olhar para baixo, percebeu que a camisa estava mal abotoada. E ali estava ele, usando jeans escuros e um suéter cor de carvão, o cabelo ainda fazendo O Negocinho, embora a maldição evidentemente fosse real, e, por apenas um segundo, Vivi pensou seriamente em amaldiçoá-lo de novo.

Em vez disso, também se dirigiu à cafeteira e pegou uma caneca da prateleira logo acima. Era um dos modelos que elas vendiam na loja, branca com a silhueta roxa de uma bruxa voando em uma vassoura, com os dizeres "A Bruxa Tá Solta!" em letras redondinhas abaixo da borda.

— O que você está fazendo aqui, Rhys? — perguntou Vivi assim que a cafeína fez efeito. A princípio, ela queria resistir aos pãezinhos doces, mas eles estavam cheirosos demais para recusá-los, então Vivi pegou um ainda quentinho da assadeira, tomando cuidado para não sujar a saia enquanto se sentava à mesa.

Rhys se recostou na cadeira, entrelaçou as mãos sobre a barriga e a analisou.

— Bom, Vivienne, não sei se você se lembra, mas acontece que fui vítima de uma maldição terrível, então...

Vivi revirou os olhos e levantou a mão que ainda segurava o pão doce.

— Sim, eu sei, podemos deixar o sarcasmo de lado. Estou perguntando por que você está na cozinha da minha tia neste instante.

— Estamos pesquisando maldições — disse tia Elaine ao reunir-se a eles na mesa. Ela apontou com a cabeça para um bloco de notas amarelo e um grande livro aberto que, de alguma forma, Vivi não tinha visto, e agora a própria Vivi lambeu os dedos antes de pegá-lo.

O livro era pesado, a encadernação, antiga e rachada, e Vivi mal era capaz de distinguir as letras estampadas em lâmina de ouro na lombada. E, mesmo depois que conseguiu, não formavam nenhuma palavra que reconhecesse.

— Acho que é pedir demais que tenha um ritual antimaldição bastante claro e fácil de executar aqui dentro, né? — perguntou Vivi enquanto virava cuidadosamente as páginas. O papel era tão grosso que chegava a estalar um pouco, e havia ilustrações sinistras pintadas.

Vivi parou em uma que mostrava um homem pendurado pelos tornozelos em um galho de árvore, com as entranhas todas de fora.

— Eca — murmurou, e de repente ali estava Rhys, inclinando-se sobre o ombro dela para olhar.

— Ah, sim, o "Experimento de Gante" — disse ele. — Tivemos um ancestral que tentou isso. Não acabou bem. Você basicamente arranca as próprias entranhas e depois...

— Não quero saber — cortou Vivi, virando a página rapidamente e tentando ignorar como Rhys estava cheiroso.

Você não tem o direito de se sentir excitada quando a palavra "entranha" acaba de ser pronunciada, pensou.

— Até agora, não tivemos muita sorte — disse Elaine —, mas temos um lado bom. Graças ao Rhys ter usado a magia para alimentar as linhas de ley, boa parte da maldição provavelmente foi removida dele.

Ela deu batidinhas na capa de outro livro.

— A lei da transmutação. Rhys foi amaldiçoado, mas, ao canalizar a magia dele em outra fonte de poder...

— Passei parte da maldição para as linhas de ley — concluiu Rhys. — Então, continuo amaldiçoado, mas a maldição foi diluída. Quem sabe? Metade dessa página específica foi arrancada, então estamos só especulando.

— Ótimo — respondeu Vivi, sem forças. Era uma boa notícia que talvez Rhys pudesse passear pela cidade sem ser um ímã de desastres, mas ela ainda sentia a culpa pesar dentro dela feito uma pedra.

— Tenho uma pergunta — anunciou Gwyn ao entrar na cozinha. Ela ainda estava de pijama, com o longo cabelo ruivo trançado por cima do ombro.

— Só uma? — perguntou Vivi com as sobrancelhas arqueadas.

— Tá bom, várias, mas só uma por agora. — Ela apontou para Rhys. — O cabelo dele. Ainda está fazendo O Negocinho. E tem feito O Negocinho desde que chegou na cidade.

Rhys franziu a testa e deu uma puxadinha no cabelo.

— Que negocinho?

— Ah, como se você não soubesse — disse Gwyn, e Rhys franziu ainda mais a testa.

— Sério, que...

Tia Elaine silenciou os dois ao levantar a mão.

— Pelo que entendi, vocês duas especificaram alguma coisa sobre o cabelo do Rhys durante a maldição?

Rhys tirou a mão da cabeça e encarou Gwyn e Vivi.

— Vocês tentaram atacar meu *cabelo*?

— As maldições não funcionam assim — prosseguiu tia Elaine, ignorando-o. — Você só tem azar generalizado ou, se partirem para o lado sombrio, morte. Mas nada tão pequeno ou específico.

— Que bom — disse Gwyn. — Agora a gente não precisa mais sentir culpa pelo lance do clitóris.

— *Petiiiiiiiiscos.*

Ah, graças à deusa.

Vivi olhou para o ponto por onde Seu Miaurício tinha acabado de entrar na cozinha e depois viu o gato se enroscar nos tornozelos de Elaine enquanto ela o encarava.

— Ah, verdade — disse Vivi enquanto fechava o livro. — Hum. Ele fala agora. Mas basicamente só diz isso.

Elaine e Rhys processaram a informação antes de Rhys assentir e dizer:

— Ah, sim. Claro que sim.

Elaine se agachou para fazer carinho no gato e olhou para Vivi.

— Por que você está toda arrumada? — perguntou. Vivi olhou para o próprio corpo e também franziu a testa.

— Não estou, não — respondeu ela. — Só estou indo trabalhar.

— Na faculdade? — As sobrancelhas da tia Elaine sumiram por baixo da franja desgrenhada. — Hoje?

— Sim, hoje — disse Vivi enquanto se levantava e endireitava a jaqueta. — Por que não iria?

— Temos coisas importantes para fazer hoje. — Tia Elaine pôs uma das mãos na cintura e, com a outra, segurou uma colher de pau. — Assuntos de bruxa.

— E eu tenho uma aula às nove da manhã — rebateu Vivi. — Não posso simplesmente cancelar. A gente falou sobre isso ontem à noite.

— A gente falou sobre Gwyn reabrir a loja como se tudo estivesse normal — retrucou Elaine —, não sobre você ir dar aula. Isso — ela deu batidinhas no livro à sua frente — é mais importante agora.

— Posso fazer os dois — disse Vivi, ficando de pé. — A Penhaven também é uma faculdade bruxa, lembra? Posso dar aula e depois ir à biblioteca para ver se tem mais livros úteis por lá.

Com muito esforço, ela conseguiu não franzir a testa ao dizer isso. Vivi tinha feito de tudo para manter a vida profissional separada da vida bruxa, o que significava que muito raramente lidava com qualquer coisa que envolvesse as aulas mais secretas da Penhaven. Mas, quando se tem um problema de bruxa, parecia burrice não recorrer a esse recurso.

Por mais que esse recurso normalmente cheirasse a patchouli.

Rhys já estava pegando o casaco dele no encosto da cadeira.

— Vou junto.

Vivi o encarou.

— Para a faculdade?

126 Rachel Hawkins

Ele deu de ombros.

— Por que não? Sou ex-aluno, afinal.

— Você veio para um curso de verão, e acho que não assistiu a mais do que... o quê? Cinco aulas?

Rhys deu uma piscadela.

— E a culpa é de quem?

Certo, estavam entrando em um território perigoso agora, e Vivi se afastou para tirar as chaves da bolsa e cortar o contato visual antes que fizesse algo vergonhoso, tipo corar.

De novo.

— Além disso — disse Rhys —, claramente não é seguro que eu fique sozinho agora, todo amaldiçoado e tal, então é melhor ficar perto da pessoa que começou tudo isso.

— Você nunca vai superar?

— Com certeza vai ser tema de conversa por um tempinho, sim.

Vivi olhou feio para ele e estava prestes a lembrá-lo de que nem sequer *haveria* uma maldição se Rhys não tivesse sido tão babaca nove anos antes, mas, antes que abrisse a boca, notou as sombras abaixo dos olhos dele, a tensão no sorriso mesmo quando tentava sorrir daquele jeito jovial de sempre. Por mais horrível que parecesse, na verdade era meio que reconfortante saber que Rhys estava surtando com isso.

Todo aquele deboche e aquele consumo de doces não passavam de um disfarce.

Será que sempre tinha feito isso?

Vivi não conseguia se lembrar.

É claro, só tinha convivido com ele por alguns meses fazia quase uma década. Era esquisito pensar que alguém que tinha ocupado um lugar tão importante na vida amorosa dela durante tanto tempo era basicamente um estranho.

Vivi deixou o pensamento de lado e se afastou de Rhys.

— Tá bom. Pode vir. Eu vou dar aula e você pode dar uma olhada nas Coleções Especiais na biblioteca da faculdade.

— Isso é um código? — perguntou Rhys. — Eu realmente espero que seja um código.

— Não — respondeu Vivi, já pegando o celular para mandar um e-mail à chefe da biblioteca da Penhaven. — É exatamente o que parece.

CAPÍTULO 13

A Penhaven College era menor do que Rhys se lembrava.

E, enquanto atravessava o campus com Vivi, ele se deu conta de que era muito estranho que um lugar que levava o nome de sua casa sombria e deprimente pudesse ser tão leve, tão alegre, repleto de prédios de tijolinhos vermelhos com acabamentos brancos, gramados cheios de vida e folhas de outono em cores tão vibrantes para onde quer que olhasse.

— Um belo lugar para trabalhar — comentou com Vivienne, que estava a cerca de dois passos à frente dele, os saltos baixos estalando no caminho de tijolos.

— É mesmo — respondeu ela, mas era evidente que estava distraída, olhando de relance ao redor, e Rhys apertou um pouco o passo para alcançá-la.

— O que houve? — perguntou baixinho. — Alguma coisa errada?

Ela negou com a cabeça.

— Não, nada que eu esteja vendo agora, mas...

— Mas você está de olho.

A MALDIÇÃO DO EX   129

— Exatamente.

Rhys também olhou em volta, embora não soubesse ao certo o que estava procurando. Não havia nenhuma estátua que pudesse cair em cima dele, nenhum carro que pudesse derrapar na sua direção sem mais nem menos. Mas quem poderia dizer que um buraco não se abriria no chão ou que um galho solto não despencaria dos céus?

O quanto antes eles dessem um jeito naquilo, melhor.

Além disso, uma vez que não estivesse mais amaldiçoado, quem sabe pararia de se sentir um completo babaca.

Ele sabia que Vivienne tinha ficado brava com ele, até mesmo furiosa, e que era merecido. Mas saber que a tinha magoado a ponto de levá-la a fazer aquilo...

Porra, como isso o incomodava.

Havia uma escada de concreto logo à frente deles, que levava a um prédio branco na base da pequena colina. Vivienne parou no primeiro degrau e virou para olhar para ele.

— Cuidado.

— Com... cinco degraus?

Ela fechou a cara e pôs a mão na cintura.

— Será que eu preciso te lembrar do que está acontecendo?

— Não — assegurou-lhe —, mas você ouviu o que Elaine disse. É quase certo que a maldição esteja agindo sobre a cidade agora, não sobre mim. Além disso, você realmente acha que esses degraus vão me destruir? Quer segurar minha mão enquanto desço?

Vivienne murmurou algo baixinho, deu as costas e desceu os degraus, deixando que Rhys a seguisse.

Com cuidado.

Rhys não sabia o que esperar do escritório de Vivienne, e, ao segui-la pelo corredor do prédio claro e arejado que abrigava o departamento de história, ele se deu conta de que nunca tinha parado para pensar direito em nada relacionado à Vivienne Adulta.

Era quase como se estivesse congelada na memória dele com dezenove anos, mas ali estava ela, uma mulher adulta com um escritório e uma carreira, e de repente ele se viu desesperado para saber tudo sobre ela.

— Por que história? — perguntou Rhys quando os dois pararam em frente a uma porta branca com janela fosca, "V. Jones" estampado em letras pretas no vidro. — E por que história normal, afinal?

Vivienne olhou para ele enquanto abria a porta do escritório.

— Por que não história bruxa, você quer dizer?

Rhys deu de ombros e se apoiou na parede.

— É uma boa pergunta.

Vivienne parou, com a chave ainda na fechadura. Por um momento, Rhys achou que talvez ela não fosse lhe dar nenhuma resposta.

E então, por fim, ela suspirou e disse:

— Acredite se quiser, mas eu realmente gosto de história "normal", e também... sei lá. Acho que passei boa parte da minha vida sendo mais ou menos uma pessoa normal, então é assim que me sinto mais confortável.

Com isso, ela abriu a porta. Instantes depois, Rhys entrou atrás dela.

O escritório era minúsculo, mal cabia uma mesa, duas cadeiras e uma estante ligeiramente torta, mas era acolhedor e aconchegante, o que o lembrava um pouco do espacinho nos fundos do Templo das Tentações. Havia plantas, pôsteres coloridos de tapeçarias medievais, uma chaleira elétrica pintada com flores enormes e, na mesa, ele viu fotos dela com Gwyn e Elaine, além de algumas com pessoas que não reconheceu.

Ele gostaria de ter dito que não verificou se tinha algum cara, mas seria a mais deslavada das mentiras. Com certeza estava dando uma olhada para ver se tinha uma foto de Vivi com suas roupas de bolinha e o braço de algum desgraçado em volta da cintura dela.

Mas não, não havia nada assim.

— Que tipo de história você ensina? — perguntou ele, voltando a atenção para a estante. Nossa, até o cheiro dela estava ali dentro, aquele aroma quente e suave que, das duas, uma: ou não se lembrava ou era novo. Outra parte dessa nova Vivienne que ele queria descobrir.

— O básico — respondeu ela, distraída ao vasculhar a própria mesa atrás de alguma coisa. — Introdução à Civilização Ocidental.

— Ah, então você está presa aos alunos de primeiro ano.

— Aqui a gente chama de "calouros", e sim, mas eu realmente gosto de dar aula para eles. — Ela ergueu os olhos e sorriu de leve. — É legal ter a chance de apresentar algo que você ama de verdade aos alunos.

Foi então que ele pôde ver como ela devia ficar quando dava aula. O jeito como as bochechas ficavam coradas quando entrava em um tema de seu interesse, o brilho nos olhos. Os alunos deviam amá-la.

— Sei como é — disse ele, assentindo. — É tipo quando eu organizo uma viagem para as pessoas para um lugar em que elas nunca estiveram. Eu amo ver o rosto delas quando elas voltam, amo ver as cinco milhões de fotos que elas tiram no celular. Tá, não chego a *amar*, mas mesmo assim é meio divertido.

O sorriso dela ficou mais largo.

— Aposto que sim.

Por um breve instante, eles poderiam ter sido dois desconhecidos, pensou Rhys. Apenas duas pessoas trocando ideias sobre seus empregos, talvez descobrindo coisas um sobre o outro.

E então, mais uma vez, ele teve a inquietante sensação de que, de certa forma, era isso que eles eram.

Só que ela jamais poderia ser uma estranha, jamais seria apenas uma mulher de quem Rhys gostava, e ele precisava parar de se distrair com aqueles olhos bonitos e aquele cabelo adorável e se lembrar de que estava amaldiçoado no momento.

Ele pigarreou e se voltou para as prateleiras. *Certo. Maldição. Problema a ser resolvido. Concentre-se nisso.*

— Você tem um monte de livros sobre o País de Gales aqui.

Puta merda, cara.

Quando olhou de relance para ela, viu que Vivienne não estava mais olhando para ele, e sim interessadíssima em alguma coisa na própria mesa.

— Sim. Esse, hum... esse foi meu foco. Na pós-graduação. Llewellyn, o Grande, Eduardo I, tudo isso.

Os olhos deles se encontraram.

— Por causa da história da cidade.

— Obviamente. Não tem nada a ver com você.

— Não ousaria achar isso.

De volta às prateleiras, ele estava folheando um livro sobre os castelos das Marcas quando Vivienne de repente perguntou:

— Você não gosta de lá?

Rhys devolveu o livro e se virou.

— De onde, do País de Gales?

Ela assentiu e ele suspirou, cruzando os braços enquanto se apoiava na estante. Por deus, como é que poderia explicar para Vivienne o que sentia pelo próprio país?

— Eu amo — disse por fim. — É o lugar mais lindo do mundo, de verdade. As montanhas, o mar, a poesia, o rúgbi. O animal que representa o país é um dragão, caramba. Como não amar?

— Mas você criou uma empresa que tem o intuito de viver viajando — falou ela, endireitando a postura. — E antes... quando a gente, hum... — Ela empurrou o cabelo para trás da orelha e as bochechas foram ficando vermelhas. — Quando a gente estava envolvido, você disse que não gostava de visitar sua cidade natal.

— Bom, sim, mas por causa do meu pai, não pela cidade em si — respondeu ele com o que esperava que fosse um sorriso jovial. Essa conversa estava começando a chegar perto demais de assuntos sobre os quais Rhys se esforçava muito para não pensar, então era necessário um pouco de jovialidade.

E claramente funcionou, porque Vivienne semicerrou os olhos, mas não insistiu no assunto. Depois de um instante, ela tirou algo do fundo de uma pilha de papéis.

— Pronto, achei meu cartão da biblioteca, então vamos até lá. É caminho para a minha primeira aula.

Mais um passeio pelo campus, agora mais curto, porque a biblioteca ficava logo acima do prédio de história, mas, dessa vez, Rhys sentiu algo... diferente.

Aquela parte do campus era igual às demais — os tijolos, as heras, tudo isso —, mas ele sentia alguma coisa no ar.

A magia.

Antes que ele chegasse a perguntar, Vivi assentiu.

— A outra parte da faculdade fica aqui. Naqueles prédios. — Ela apontou com a cabeça para um conjunto de quatro prédios de salas de aula menores, agrupados debaixo de um bosque de carvalhos enormes, que davam sombra mesmo naquele dia ensolarado.

— Quando eu estava aqui, elas ficavam misturadas com as salas normais — comentou Rhys, e Vivienne revirou os olhos.

— Verdade. Bom, isso só deu certo até a primeira vez que um aluno normal ficou vagando pelos corredores, foi parar numa aula de augúrio e tentou fazer um vídeo com o celular. Faz alguns anos que todas as aulas de magia foram realocadas para esses prédios.

— Faz sentido. E os alunos intrometidos? — perguntou Rhys enquanto observava duas garotas de jeans e suéter subirem correndo os degraus de um dos prédios mágicos.

— Foram afastados pelo mesmo feitiço repelente que protege a sala dos fundos da loja — respondeu Vivienne. — É mais fácil de manter e de fortalecer quando fica num lugar central, não num monte de salas de aula separadas. Além disso, com esse esquema ninguém enche o saco deles.

Tinham chegado à biblioteca, um prédio que Rhys com certeza não tinha visitado durante todo o tempo em que estivera na Penhaven. Era um espaço apropriadamente gótico, com colunas brancas enormes e janelas pontiagudas.

Mesmo assim, Rhys se deteve do lado de fora e virou a cabeça para a parte mágica da faculdade.

— Você nunca anda com essas pessoas? Por mais que também sejam bruxas?

Vivienne seguiu o olhar dele e negou com a cabeça.

— Não, elas... Olha, pode ir lá conhecê-las, se quiser. Você vai ver.

— Vivienne Jones, sua esnobe.

Ela bufou e fez um gesto para que ele a seguisse.

— Vamos. Podemos até não falar com elas, mas com certeza vamos usar alguns dos seus recursos.

CAPÍTULO 14

Vivi nunca tinha gostado da biblioteca da Penhaven. Talvez estivesse perto demais do lado bruxo da coisa, ou talvez fosse porque, ao contrário do restante do campus, ali dentro era escuro e levemente agourento, quase medieval com suas janelas estreitas e pedras escuras e as estantes altíssimas que bloqueavam o pouco de luz que conseguia entrar. Mesmo com as fileiras de computadores no meio do primeiro andar, Vivi ainda sentia que estava entrando no século XII ou algo do tipo toda vez que ia ali, e, enquanto conduzia Rhys até os fundos, chegou a tremer um pouco, puxando o casaco para mais perto do corpo.

— Cacete — murmurou Rhys ao lado dela. — Isso aqui é um frigorífico?

— Não costuma ser tão frio — respondeu ela, franzindo a testa. Falando sério, a biblioteca nem sempre era seu lugar favorito, mas normalmente não era *tão* fria e opressiva assim. Mas, quando ela olhou à sua volta, percebeu que os poucos alunos que estavam ali àquela hora da manhã claramente também estavam sentindo frio, amontoados nas cabines de estudo, os ombros encolhidos na altura das orelhas.

— O aquecedor deve estar quebrado — comentou ela antes de olhar para Rhys. — Que bom que você trouxe casaco.

— Que bom também que sou de um país em que as palavras "frio" e "úmido" poderiam estar escritas na bandeira ou quem sabe em algum tipo de lema — brincou Rhys.

Vivi abriu a boca para perguntar mais sobre o País de Gales, mas tratou logo de fechar, sacudindo a cabeça enquanto seguia em direção às Coleções Especiais. Já bastava Rhys ter descoberto que ela tinha estudado história galesa na faculdade e na pós-graduação. Não precisava bater mais papo furado com ele e correr o risco de revelar coisas demais.

Não que ela tivesse estudado o País de Gales por causa de Rhys — com certeza não era o caso. Nem um pouquinho. Na verdade, o fato de ele ter falado sobre o assunto naquele verão despertou o interesse dela, mas ninguém dedicava anos da própria vida a estudar algo porque um cara com quem saiu por três meses falou sobre o tema uma vez.

Assim como ela nunca ter ido ao País de Gales também não ter nada a ver com ele. Era um país pequeno, mas ela teria sido capaz de evitá-lo, porque quais eram as chances...

— Vivienne — sussurrou Rhys, aproximando-se tanto que a respiração chegou quente na orelha dela, e agora o frio não era a única causa do arrepio. — Estamos numa biblioteca.

Ela parou, confusa, e então Rhys levou o dedo aos lábios.

— Você está pensando alto demais.

Vivi não sabia se queria rir ou mostrar o dedo para ele, então optou por ignorá-lo.

E se sorriu um pouco quando estava de costas para ele, isso era problema dela.

***

Havia algo de errado com aquela biblioteca.

Rhys não estivera em muitas bibliotecas ao longo da vida, mas já tinha visitado o suficiente para saber que elas não costumavam ter esse clima. Caramba, nem mesmo a casa da família dele, o lugar mais assustador do mundo, tinha um clima assim, até onde ele se lembrava.

Não era só o frio no ar — por mais que, quando ele e Vivienne atravessaram duas portas pesadas de madeira para acessar os fundos da biblioteca, Rhys tenha ficado bem contente por ter vestido sua jaqueta de couro naquela manhã.

Era algo... anormal. Algo fora de lugar.

E a sensação percorreu toda a pele dele de um jeito que ele não gostou.

Vivienne também sentiu. Dava para ver pela inquietação nos olhos dela. Mas ela não estava dizendo nada, então ele também não ia tocar no assunto, por mais que soubesse que os dois estavam se perguntando a mesma coisa: será que isso tem a ver com a maldição e as linhas de ley?

Eles passaram por longas fileiras de estantes, e o espaço entre elas foi ficando cada vez mais estreito até que tiveram que andar em fila indiana, com Vivienne na dianteira. O cabelo dela estava preso em um coque bagunçado na altura da nuca, e, apesar de tudo, Rhys precisou controlar os dedos para não desfazer o penteado.

Qual seria a reação dela se ele fizesse aquilo?

Dar um chute no seu saco, como você merece, lembrou a si mesmo. Depois, soterrando esses sentimentos, continuou seguindo Vivi pelo labirinto de estantes.

Por fim, as estantes se abriram e eles foram parar em uma sala escura e circular, com uma mesa gigante de carvalho bem no meio, tão enorme que o queixo de Rhys mal batia na quina. Vivienne, alta do jeito que era, teve que ficar na ponta dos pés para olhar ali em cima.

— Dra. Fulke? — chamou ela baixinho, e um rosto ancião e enrugado surgiu de repente.

— Srta. Jones?

Com um sorriso de alívio, Vivienne ajustou a postura e segurou a alça da bolsa.

— Sim. Esse é o meu... assistente de pesquisa. — Ela apontou com o polegar para Rhys, que olhou para a anciã por trás da mesa e ficou pensando se isso realmente daria certo. Se ela fosse uma bruxa e trabalhasse na Penhaven, era bem provável que soubesse quem ele era.

Mas a mulher na mesa não pareceu ligar muito. Mal deu uma olhada superficial em Rhys antes de assentir e digitar alguma coisa no computador à sua frente.

— Duas horas — disse, e ouviu-se um pequeno zumbido enquanto a impressora imprimia uma etiqueta. Ela a entregou a Vivienne, que, por sua vez, virou-se e a entregou a Rhys.

Nela, lia-se V. JONES CONVIDADO, com a hora marcada na parte de baixo, e Rhys franziu a testa.

— Isso é... muito mais prosaico do que eu esperava.

— Vivemos no século XXI — disse a dra. Fulke de sua posição elevada enquanto cruzava os braços sobre o peito estreito. — Perdoe-nos por não escrever seu nome em um pergaminho com uma pena.

— Bom, não preciso de um *pergaminho*, mas uma pena de vez em quando seria...

— Obrigada, dra. Fulke — disse Vivienne depressa, afastando Rhys dali.

— Seu assistente de pesquisa? — perguntou ele enquanto avançavam pelas estantes.

— Foi a primeira coisa que eu consegui pensar — sussurrou ela. — E, quer dizer, não é *completamente* mentira.

Quando chegaram ao fundo da sala, ela parou e apontou com a cabeça para uma fileira de portas.

— Pode pegar tudo que conseguir encontrar em uma dessas salas e te encontro aqui daqui a mais ou menos uma hora, assim que eu sair da aula. Se precisar de ajuda, é só falar com a dra. Fulke ou com qualquer outro bibliotecário, mas não...

— Vivienne. — Ele a parou quando chegou mais perto e estendeu as mãos para segurá-la pelos ombros, mas acabou pensando melhor e recuou novamente. — Já sou bem grandinho — disse em vez disso. — Acho que sei como pedir ajuda sem dar com a língua nos dentes.

Os lábios franzidos de Vivi lhe disseram que talvez não acreditasse naquilo, mas ela assentiu de qualquer maneira.

— Que bom. Vou ajudar assim que voltar.

Com isso, ela se afastou em um redemoinho de cabelos dourados e saia preta, deixando Rhys sozinho naquela biblioteca completamente assustadora.

Não só assustadora, mas *pesada*. A magia antiga, aquela verdadeiramente antiga e profunda, zumbia pela sala como uma corrente elétrica. Era o tipo de magia que fazia a gente se sentir meio desconfortável, a pele sensível demais de uma hora para a outra, os dentes levemente doloridos.

Com uma careta, Rhys girou os ombros e entrou pela brecha.

Quinze minutos mais tarde — e sem nenhum tipo de ajuda, muito obrigado, Vivienne Jones —, Rhys estava com uma pilha de livros e se dirigiu a uma das portas nos fundos.

A sala de estudos era minúscula, quase claustrofóbica, sem janelas, a única luz vinha de uma lâmpada no teto, e não havia nada além de uma mesa grande de madeira no meio, feita de uma antiga tábua de carvalho que também parecia ter certas propriedades mágicas. Quando Rhys apoiou a mão sobre ela, sentiu uma leve vibração.

Com um suspiro, abriu o primeiro livro da pilha.

A maioria estava em latim, e Rhys sentiu aquela parte do próprio cérebro ganhar vida pouco a pouco enquanto lia. O latim não tinha lhe servido de muito desde a escola, e ele sentia uma espécie de prazer perverso em não ser tão fluente quanto o pai e os irmãos, insistindo que qualquer magia que exigisse esse nível de trabalho não valia a pena.

Talvez se arrependesse disso no momento.

Só um pouquinho.

E, conforme lia, não parava de pensar no pai, para quem definitivamente deveria ligar naquele mesmo instante, naquele minuto, várias horas antes, na verdade.

Simon saberia o que fazer. Sempre sabia. Mas isso não queria dizer que Rhys estava pronto para falar com ele sobre o assunto.

Será que era porque estava com medo da reação do pai quando ele descobrisse que, na verdade, estivera errado a respeito de algo?

Ou era por causa de Vivienne?

Rhys grunhiu e fechou o livro à sua frente. Em seguida, esfregou os olhos com uma das mãos.

Que zona do caralho estava tudo aquilo.

Como poderia explicar a Simon que Vivienne não estava tentando começar uma guerra, que era apenas uma adolescente que tinha sido magoada — por *ele* ser um completo cuzão — e seu poder tinha saído do controle? Simon não entenderia. Para Rhys, era provável que Simon nunca tivesse sido adolescente. Mais parecia que ele tinha brotado, já totalmente formado e assustador, de uma nuvem ou algo assim.

E então Rhys percebeu para quem poderia ligar.

Simon era carta fora do baralho, mas *existia* a versão mais jovem e um pouco menos assustadora do pai.

Rhys pegou o celular, fez as contas rapidamente de que horas eram em casa e discou.

Cerca de cinco minutos depois, já estava profundamente arrependido daquela decisão.

— Você precisa vir para casa.

— Ir para casa? Todo amaldiçoado e tal? Wells, eu sei que não sou sua pessoa favorita no mundo, mas desejar minha morte parece um pouquinho demais.

— Não desejo sua morte, seu imbecil, mas é óbvio que você não pode ficar aí com um coven de bruxas que te amaldiçoaram.

Com um suspiro, Rhys fechou os olhos e pressionou o dorso do nariz com o polegar e o indicador. Era isso que o preocupava.

— Você está fazendo parecer pior do que é. Não foi assim, foi...

— Não me importa como foi — disse Wells, e quase dava para visualizá-lo ali, atrás do balcão do bar, olhando feio para o celular. — Você precisa vir para casa, e precisa falar com nosso pai sobre isso.

— Ou — sugeriu Rhys — um plano secundário, mas também bom: eu não faço nenhuma dessas coisas e você me ajuda a pensar em algum jeito de acabar com essa maldição sem precisar envolver o Pa.

Do outro lado da linha, Llewellyn soltou um suspiro que Rhys praticamente foi capaz de sentir.

— Posso perguntar por aí.

— Discretamente.

Wells fez um ruído grosseiro.

— No dia que eu precisar da sua orientação de como ser discreto, eu me jogo lá de cima do Monte Snowdon.

— Vou aguardar ansiosamente, então — retrucou Rhys, alegre, e houve uma pausa do outro lado da linha antes de Wells dizer:

— Sério, cara. Toma cuidado. Seria... Se acontecesse alguma coisa com você... Eu sei que a gente...

Rhys endireitou a postura e olhou horrorizado para o celular.

— Meu Deus do céu, Wells, para com isso, por favor.

— Certo — concordou Wells, pigarreando. — Enfim, tenta se manter vivo por aí. Eu, como irmão mais velho, tenho direito à primeira tentativa de derrubar você, e Bowen é o segundo, então seria bastante injusto se você morresse aí nos confins dos Estados Unidos sem deixar a gente ter a nossa chance.

Aliviado de estarem de volta à zoação e não sendo sentimentais, Rhys assentiu e bateu a caneta na mesa.

— É justo, meu velho.

Ele encerrou a ligação e devolveu o celular ao bolso, desejando se sentir melhor a respeito da situação toda. Ter Wells a seu lado com certeza era uma bênção, mas não seria suficiente. Rhys precisava descobrir como reverter a maldição o quanto antes, e, até o momento, os livros não estavam sendo exatamente úteis.

Ah, havia informações sobre maldições, mas a maioria dizia como lançar uma. Ao que parecia, nenhum bruxo jamais quis *reverter* uma maldição.

Típico.

Cerca de uma hora mais tarde, quando Vivienne entrou na sala de pesquisa, os olhos de Rhys ardiam com a tentativa de decifrar letrinhas minúsculas, o cérebro doía de tanto traduzir e a mão estava com cãibras de anotar toda e qualquer informação que pudesse ser útil.

E ainda não sentia que tinha aprendido mais do que já sabia ao entrar ali.

— Imagino que não tenha trazido café — disse ele a Vivienne sem erguer os olhos. Havia acabado de se deparar com um caso de um fazendeiro escocês que suspeitava que suas safras estavam amaldiçoadas e tinha tentado reverter o feitiço.

A julgar pela ilustração, a história parecia ter terminado com ele virando um gato bem grande, mas, mesmo assim, era melhor do que nada.

— Se eu ousasse trazer café para essa parte da biblioteca, a dra. Fulke me penduraria pelas unhas dos pés, então não — respondeu Vivienne, aproximando-se para se acomodar na beirada da mesa.

Enquanto se ajeitava, Rhys sentiu aquele aroma de novo, aquele cheiro doce, quase açucarado, grudado na pele dela, e seus dedos seguraram a caneta com mais força.

— Como está indo? — perguntou ela, inclinando-se para ver o que ele estava escrevendo, e Rhys se recostou na cadeira, girando os ombros para aliviar um pouco da tensão que tinha se acumulado ali.

— Não muito bem — admitiu. — Mas, para ser justo, faz pouco tempo que estou nisso. E, é claro, como não posso chamar a atenção dos outros bruxos daqui sobre o que estou fazendo, estou meio que no escuro.

Vivienne fechou a cara e uma ruga surgiu no nariz dela; Rhys sentiu vontade de suavizá-la com o polegar.

Em seguida, ela se levantou.

— Bom, estou aqui agora e posso ajudar. Quais livros você ainda não olhou?

Meia hora depois, ela suspirou e fechou o último livro, fazendo a lombada soltar um rangido ameaçador.

— Esse aqui é inútil. — Debruçando-se sobre a mesa, ela fez menção de tirar mais um da pilha, mas, quando seus dedos se aproximaram da capa, Rhys fez que não com a cabeça.

— Já tentei esse aí.

— E esse? — perguntou ela, indicando outro livro. Rhys mal ergueu os olhos antes de balançar a cabeça de novo.

— Também foi um fracasso.

Vivienne endireitou-se na cadeira.

— Tá, então toda essa empreitada foi um fiasco?

Por fim, Rhys olhou para ela.

— Você achou que ia ser fácil?

Vivienne levantou-se da cadeira, esfregando a nuca.

— Não, mas é que... não deveria ser tão difícil reverter uma maldição. Ainda mais uma tão idiota. — Levantando as mãos, ela acrescentou: — Quer dizer, a gente mal tinha alguma coisa.

Rhys estava cansado. Mal-humorado. E estava literalmente amaldiçoado, então devia ser por isso que as palavras... o irritaram.

Mais do que irritaram, na verdade.

As palavras o enfureceram.

— Mas foi o suficiente para você me amaldiçoar quando fui embora.

Vivienne franziu a testa e voltou a pressionar a nuca.

— Você não foi embora — ela o lembrou. — Eu *te deixei* depois que você lembrou de uma hora para a outra que estava *noivo*.

Rhys inclinou a cabeça em direção ao teto e grunhiu.

— Eu não estava *noivo*, estava *prometido*, o que não é...

— Eu sei — disse ela ao se levantar. — Não é a mesma coisa. Você tentou falar na época, mas devo dizer, Rhys, eu não estava no clima para debater semântica naquele dia, e definitivamente também não estou agora.

Será que tinha se esquecido da capacidade que ela tinha de frustrá-lo ou esse era um novo traço, uma nova faceta da Vivienne Adulta que ele não conhecia?

Levantando-se da cadeira, Rhys se aproximou dela, de repente muito consciente do tamaninho da sala de estudos e da proximidade dos dois.

Caramba, ele deveria ir para casa. Para o País de Gales. Deveria mandar tudo isso à merda e ir embora.

Em vez disso, falou:

— Aquele verão foi importante, Vivienne. Teve significado.

Os lábios dela estavam entreabertos, a respiração, acelerada, e cada célula do corpo de Rhys queria tocá-la, por mais que sua mente estivesse gritando para que se afastasse.

Em seguida, Vivienne semicerrou os olhos e chegou mais perto dele.

— Foi um casinho de três meses do qual mal me lembro direito.

— Mentira — rebateu ele.

— Totalmente verdade.

Ela nem disfarçava mais a cara amarrada, e cerrou os punhos enquanto ele se aproximava mais.

— Então você não se lembra da primeira vez que a gente se beijou?

Rhys lembrava. Lembraria até morrer. Estavam sentados no alto de uma colina, a noite ao redor dos dois em um tom suave de violeta, o cheiro da lenha queimando nas fogueiras e do verão pairava no ar, e, quando perguntou se poderia beijá-la, ele estava a ponto de prender a respiração, desejando mais do que tudo na vida que ela dissesse sim.

— Já beijei muitos caras — disse Vivienne, dando de ombros. — Chega uma hora em que eles acabam se misturando.

— Ah, é? — perguntou Rhys. De alguma forma, ele e Vivienne estavam muito perto um do outro agora, perto o suficiente para que ele pudesse ver o tamanho das pupilas dela, o rubor que lhe subia o pescoço.

— É — respondeu Vivi, e Rhys viu o olhar dela ir parar nos lábios dele. — Acho que você deveria ter se esforçado para ser mais marcante.

— E se eu te beijasse agora — disse Rhys baixinho enquanto olhava para ela —, será que refrescaria sua memória?

Ela ia mandá-lo à merda. Ou lhe daria um tapa. Talvez um chute no saco. Ele estava preparado para todas essas coisas.

O que Rhys não esperava era que ela fosse chegar tão perto que seus corpos se alinhariam, peito com peito, quadril com quadril.

— Pode vir.

CAPÍTULO 15

No instante em que os lábios dos dois se encontraram, Vivi percebeu que tinha cometido um erro terrível.

Provavelmente era querer demais esperar que os anos que se passaram tivessem, de alguma maneira, feito Rhys beijar pior. Mesmo com a maldição.

E, é claro, tinha mentido ao dizer que não se lembrava do beijo dele. Quando se tratava dele, ela se lembrava de tudo. De cada beijo, de cada toque.

Aqueles meses com Rhys Penhallow tinham sido sua principal fonte de fantasia ao longo dos anos, seu próprio caderno de recortes proibido para menores de dezoito anos.

Mas talvez Vivi não tivesse mentido, afinal, porque enquanto ele a beijava, ela se deu conta de que não se lembrava exatamente de como era bom. De como *ele* era bom naquilo.

Ele a beijou como se estivesse morto de vontade de beijá-la durante todos esses nove anos — um grunhido baixo retumbou no peito de Rhys quando sua língua encontrou a de Vivi, que sentiu aquele som até os dedos dos pés.

Segurando o rosto dela nas mãos, Rhys inclinou a cabeça, intensificando o beijo, e Vivi enterrou os dedos nos ombros dele, sentindo a vontade, a necessidade de ficar o mais perto possível.

Quando ele recuou, puxando-a consigo, seu quadril roçou na mesa. Quase a distância, Vivi escutou a frágil pilha de livros tombar no chão ao se virar para apoiar o corpo na mesa, os olhos fechados, o sangue tão quente nas veias que era surpreendente que não estivesse soltando fumaça.

— Meu Deus, eu tinha me esquecido — murmurou Rhys no pescoço dela, a boca quente. — Como foi que eu me esqueci?

Tudo que Vivi pôde fazer foi balançar a cabeça, porque ela também tinha se esquecido. Ou talvez "esquecer" não fosse a palavra certa. Tinha tirado da cabeça a lembrança daquela conexão, daquele calor, com tudo que restava de Rhys. Não se permitia lembrar como as coisas entre os dois eram boas, porque isso significaria que o casinho de verão que tivera aos dezenove anos era superior a todos os relacionamentos que tivera na vida adulta, e cogitar essa ideia era deprimente demais.

Ou talvez você estivesse com medo, uma vozinha na mente dela a lembrou. *Porque se ele foi o melhor, você o perdeu cedo demais.*

As mãos de Rhys deslizavam pelo quadril de Vivi, subindo o tecido da saia, e por mais que Vivi dissesse a si mesma que seria uma completa loucura transar com o ex em uma *maldita biblioteca*, não estava fazendo nada para impedir. Na verdade, estava ajudando Rhys, arrancando o casaco daqueles ombros largos enquanto sentava-se com mais firmeza na beirada da mesa.

Rhys estava de pé entre as pernas dela e ela podia senti-lo, duro e quente através dos jeans, pressionando o corpo contra a abertura das suas coxas enquanto seguiam se beijando, e Vivi apoiou a mão atrás do corpo, na mesa, para que pudesse se preparar para se apertar ainda mais contra ele.

O som que Rhys emitiu quando ela esfregou os quadris nele fez a adrenalina percorrer sua coluna, e Vivi inclinou a cabeça para trás para lhe dar mais acesso ao seu pescoço, fechando os olhos enquanto os dedos se agarravam ao casaco dele.

Em seguida, ele voltou a beijar seus lábios, a língua roçando na dela, os quadris se esfregando de um jeito que a enlouqueceu.

— Vivienne — murmurou Rhys no pescoço dela, a mão lhe acariciando a coxa, e ela assentiu, cheia de desejo.

— Me toca — ela ouviu-se dizer. — Rhys, por favor...

Vivi estava de meia-calça, mas ainda dava para sentir a pressão daqueles dedos pela costura entre as pernas, e ela se entregou, arfando, ao toque dele.

— Então tá, essa parte da maldição definitivamente não deu certo — murmurou ela, e Rhys levantou a cabeça, o olhar enevoado de desejo.

— Quê?

— Nada — disse ela, balançando a cabeça. — Só faz isso de novo.

Ele fez, e Vivi encostou a testa no ombro dele, agarrando sua camisa com tanta força que ficou surpresa de não ter rasgado o tecido.

Aquilo era insano. Irresponsável. Estúpido.

E mesmo assim ela estava entregue.

Quando Vivi ouviu o primeiro grito, a primeira coisa que passou por sua cabeça atordoada e cheia de tesão foi que alguém tinha flagrado os dois.

Mas não, quando ouviu outro grito ficou claro que não vinha de tão perto.

Rhys também congelou, com a cabeça levemente inclinada em direção à porta.

— Imagino que esse não seja um som frequente na biblioteca.

Ainda sem saber direito o que estava acontecendo, Vivi negou com a cabeça e piscou, surpresa.

— Não, isso...

O terceiro grito foi seguido por um ronco baixo, e Vivi se pôs de pé de um salto, alisando a saia sobre as pernas com uma das mãos enquanto Rhys segurava a outra e a puxava em direção à porta.

— Vem.

Quando deixaram a sala de estudos, a dra. Fulke já tinha saído de sua enorme mesa e olhava por trás das estantes para a parte normal da biblioteca, com o rosto ainda mais enrugado de preocupação.

— Tem alguma coisa errada — comentou, sacudindo a cabeça, e Vivi teve a sensação de que a dra. Fulke não estava nem falando com eles.

E então Rhys puxou Vivi pelas estantes na mesma direção pela qual tinham vindo aquela manhã, cada vez mais perto daquela terrível gritaria.

O estranho era que, quanto mais se aproximavam da origem do som, mais forte o coração de Vivi batia, não só de medo, mas por conta daquela sensação avassaladora de magia que tinha sentido mais cedo, aquela sensação fria de erro que tinha se infiltrado desde o instante em que entraram na biblioteca.

Ela e Rhys se afastaram da fileira de estantes e o frio quase deixou Vivi sem ar. Antes estava frio. Mas agora estava um gelo, tão frio que quase doía, e ela olhou ao redor com os olhos arregalados.

Os alunos estavam encolhidos debaixo das mesas de estudo, amontoados nos cantos, e no meio do recinto...

— Aquilo ali é... — perguntou Rhys, e Vivi só conseguiu assentir, estupefata.

— É um fantasma.

Rhys ficou encarando a aparição à frente deles enquanto se perguntava como alguém que cresceu onde ele havia crescido nunca tinha visto um fantasma.

Na verdade, ele não acreditava que essas criaturas existissem, porque, se fosse o caso, não haveria melhor lugar para elas do que a Mansão Penhaven.

Aquilo ali parecia bem real.

A mulher tinha um tom de pele azul-esverdeado reluzente, os olhos bem abertos no rosto pálido, os pés só um pouquinho suspensos do chão. Mas a parte mais estranha a respeito dela eram as roupas. Ela estava de jeans, com uma camisa de flanela por cima de uma camiseta e um par de All Star de cano alto com desenhos de canetinha nas pontas, o cabelo escuro preso em um rabo de cavalo bagunçado enquanto olhava feio para eles.

Seja lá quando tenha morrido, não fazia tanto tempo assim, e Rhys achou isso mais inquietante do que era capaz de explicar.

O rapaz mais perto dele, um cara alto e magrelo com um casaco de moletom da Penhaven College e calças jeans, estava sentado no chão com as mãos levantadas na altura da cabeça como se estivesse se protegendo de um golpe.

— Que porcaria é aquela? — perguntou ele a Rhys, que resistiu ao impulso de responder: "Por que caralhos eu saberia?"

Vivi se aproximou um pouco da aparição.

— O que será que ela está procurando? — perguntou.

O fantasma ainda se mexia para a frente e para trás, a cabeça balançando de um lado para o outro, e, sim, definitivamente parecia estar procurando alguma coisa nas estantes, com o rosto pálido contorcido em uma careta.

E então ela pareceu vê-lo.

— Filha da mãe — murmurou Rhys baixinho.

— Acho que ela está olhando para... — começou Vivienne, mas, antes que pudesse concluir a frase, ouviu-se um grito de furar os tímpanos, e o fantasma já estava voando na direção dele.

Por um instante, o frio que Rhys sentira antes pareceu percorrê-lo da cabeça aos pés, envolvendo-o como se tivesse caído no mar.

E então estava voando.

Bem, não voando, mas tombando um pouco acima do chão, batendo as costas dolorosamente em uma estante. Ouviu vagamente o móvel ranger e balançar, ouviu os gritos dos alunos na biblioteca, os passos apressados e Vivienne chamando o seu nome. Mas, acima de tudo, ainda ouvia aquele berro estridente que tinha vindo do fantasma, como o apito da chaleira do Satanás, e, enquanto tentava se sentar, acabou se encolhendo, pressionando as costelas. Não pareciam ter quebrado, mas com certeza estavam doloridas, e se aquela coisa decidisse atacá-lo mais uma vez...

A MALDIÇÃO DO EX   153

O fantasma agora estava de costas para ele, concentrado nas prateleiras à sua frente, e, enquanto Rhys assistia à cena, dedos espectrais se esticaram para pegar um livro, mas a criatura uivou de frustração quando sua mão atravessou o que quer que estivesse tentando segurar. Mesmo assim, ela tentou repetidas vezes, com movimentos mais bruscos e frenéticos, e Rhys engoliu em seco enquanto tentava ficar de pé.

Vivienne ainda estava ali parada, franzindo a testa para a criatura, e, quando deu mais um passo hesitante à frente, Rhys levantou a mão.

— Vivienne! — gritou ele, e a cabeça do fantasma virou de supetão, com olhos semicerrados.

Ele sentia o fantasma reunindo energia e a temperatura da sala despencando ainda mais, tornando o ambiente tão frio que dava para ver a própria respiração, e cada pelo de seu corpo parecia ter se arrepiado.

Rhys se preparou para outro ataque, cerrando os dentes.

Mas então o fantasma parou e flutuou levemente para a direita, olhando feio para Vivienne, que ainda estava ali parada, analisando a criatura como se fosse um quebra-cabeça que ela não conseguia solucionar.

Com um som entre um suspiro e um lamento, o fantasma baixou a cabeça e, tão de repente quanto uma bolha de sabão estourando, desapareceu.

A sala ficou mais quente quase que de imediato, e Rhys olhou ao redor.

Os poucos alunos no recinto tinham fugido, deixando Vivienne e ele sozinhos em meio a mesas reviradas, livros abandonados e folhas de caderno caídas no chão. De uma hora para a outra, a biblioteca ficou muito quieta depois de todo aquele caos.

Rhys se aproximou de Vivienne e pegou suas mãos. Estavam congelantes, e ele esfregou os dedos dela entre as palmas.

— Você está bem? — perguntou baixinho.

Momentos antes, estavam se beijando. Mais do que isso, na verdade. Rhys sabia quando um beijo não passava de um beijo e quando era o prelúdio de algo a mais, e o que estavam fazendo na sala de estudos definitivamente estava se encaminhando a algum lugar. Ainda dava para sentir o gosto dela em sua língua, a umidade que tocara entre suas pernas.

Mas agora ela estava tirando as mãos das dele e se afastando com o olhar meio distante.

— Estou — respondeu ela. — E você?

Rhys voltou a tocar as costelas com cautela.

— Nada que um banho quente de banheira e um bom uísque não resolvam.

Ela fez que sim, depois olhou para a estante que o fantasma estava vasculhando.

— O que será que ela estava procurando?

— É com isso que você está preocupada? — perguntou Rhys, arqueando as sobrancelhas. — Não com o fato de que fantasmas existem?

— Essa parte também — respondeu ela, aproximando-se da estante e franzindo a testa ao passar os olhos pelos títulos que estavam ali. — Você já tinha visto algum?

— Com certeza não — disse Rhys ao enfiar as mãos nos bolsos com um calafrio. Ainda sentia o frio sobrenatural do espírito deslizando sobre ele e se lembrava de como, de uma hora para a outra, parecia ter perdido o controle do próprio corpo.

Horripilante pra caralho.

E não foi só o frio que sentiu: aquela coisa estava com *raiva* dele. Mas por quê?

— Srta. Jones.

Havia uma mulher parada na porta entre a biblioteca normal e as Coleções Especiais, e a dra. Fulke pairava atrás dela, nervosa. Ela podia ter qualquer idade entre cinquenta e oitenta anos, de alguma forma atemporal e antiga ao mesmo tempo, o cabelo branco brilhante contra a pele negra e, pelo que Rhys podia ver, usava cerca de sessenta e oito lenços.

Ao lado dele, Vivi soltou um suspirou profundo.

— Dra. Arbuthnot — disse ela. Em seguida, olhou para Rhys. — Diretora de bruxaria.

CAPÍTULO 16

Vivi nunca estivera no departamento de bruxaria antes, e ficou surpresa de ver que era bem parecido com os prédios comuns do campus, só que mais bonito. O piso era de mármore em vez de linóleo, as paredes eram revestidas de um papel com padrão de damasco verde-escuro e as cadeiras do escritório da dra. Arbuthnot eram de veludo em vez do plástico duro e do poliéster do escritório de Vivi.

Mas, mesmo assim, o escritório ainda era pequeno, havia apenas uma janela, e, quando a dra. Arbuthnot passou uma xícara de chá para Vivi, ela percebeu uma pilha de trabalhos na beirada da mesa, esperando a correção.

— Será que vocês poderiam me dizer o que estavam procurando nas Coleções Especiais? — perguntou a dra. Arbuthnot ao se sentar de frente para Vivi e Rhys do outro lado da mesa.

Vivi não sabia o que estava se passando na cabeça de Rhys, mas ela sentia como se tivesse sido chamada na sala da direção nos tempos de escola, e bebericou o chá enquanto tentava recuperar um pouco da compostura. Entre o beijo e

A MALDIÇÃO DO EX 157

o fantasma, parecia que seu cérebro tinha se partido em um milhão de pedaços, e ela sabia que ia precisar de cada fragmento daquele cérebro para encarar a diretora de bruxaria.

— Tivemos uma espécie de contratempo mágico — comentou Rhys com um sorriso enquanto levava a xícara de chá aos lábios. — Alguma coisa deu errado quando fui recarregar as linhas de ley, minha responsabilidade como membro da família fundadora da cidade.

Charme e autoridade, normalmente uma combinação vencedora, mas Vivi viu a dra. Arbuthnot fechar a cara.

— Um contratempo — repetiu ela com voz monótona, e logo se ocupou de recolher os papéis em cima da mesa. — Bem, ao que parece, esse contratempo libertou um fantasma de um feitiço de vinculação muito poderoso, então sugiro que você dê um jeito nisso o quanto antes.

— Um feitiço de vinculação? — Vivi inclinou-se para a frente. Já tinha ouvido falar daquilo antes, mas era uma magia intensa, muito mais séria do que qualquer coisa que já tivesse tentado. — O fantasma que a gente viu hoje tinha sido amarrado?

Os cantos da boca da dra. Arbuthnot se contraíram, mas ela fez que sim.

— Piper McBride, em 1994. Uma das nossas melhores alunas. Infelizmente, se interessou demais pelas artes das trevas e, quando tentou fazer contato para além do véu, acabou se sacrificando por acidente. É por isso que somos tão rígidos quanto à proibição de certos tipos de magia. Se mexer com a coisa errada, pode ser mortal, como Piper lamentavelmente aprendeu.

A dra. Arbuthnot devolveu os papéis à mesa com a expressão distante.

— E quando um bruxo morre como resultado de magia sombria, não temos escolha a não ser amarrar seu espírito.

Vivi nunca tinha ouvido falar daquilo, mas fazia sentido. Magia era energia, mais ou menos. Se houvesse um excesso, ela poderia sugar sua força vital. E se você morresse fazendo algo especialmente poderoso, essa energia precisava ser direcionada para algum lugar.

Tipo um fantasma.

— Mas agora — disse a dra. Arbuthnot, recuperando o tom enérgico — a magia que amarrava o espírito de Piper se desfez, então ela está livre para causar estragos. O que obviamente é uma preocupação para nós.

A dra. Arbuthnot entrelaçou os dedos e pôs as mãos sobre a mesa enquanto analisava Rhys e Vivi.

— As partes normais da faculdade e as partes mais... especializadas convivem em harmonia, algo que eu acho que você sabe muito bem, srta. Jones. Mas fantasmas na biblioteca obviamente vão ser um grande transtorno para a administração.

Vivi chegou a sentir um pedacinho da sua alma murchar sob o olhar da dra. Arbuthnot.

— Com certeza — concordou ela. — E é por isso que...

— E é por isso que vocês vão dar um jeito nisso — respondeu a dra. Arbuthnot com todas as letras, e Vivi assentiu com tanta vontade que quase derramou o chá.

— Sim. Sim, claro que vamos.

— Que bom. — Ela os encarou por um instante, depois gesticulou em direção à porta. — Podem ir agora.

Tanto Rhys quanto Vivi devolveram as xícaras à mesa tão depressa que elas chegaram a chacoalhar. Em seguida, dirigiram-se à porta.

Quando voltaram ao campus e se abrigaram em segurança no escritório de Vivi, Rhys respirou fundo e se jogou na cadeira de frente para a mesa dela.

— Tá, agora eu entendo o que você quis dizer.

— Obrigada — disse ela, pressionando a mão no peito como se isso pudesse controlar as batidas do coração. — Elas são intensas, né?

— Extremamente. E como a gente faz para refazer o feitiço de vinculação de um fantasma?

Vivi sacudiu a cabeça, deu a volta na mesa e sentou na cadeira.

— Não faço a menor ideia. Mas precisamos descobrir.

Então, uma ideia lhe ocorreu e ganhou forma tão depressa que quase dava para vê-la.

— Rhys — chamou ela, apoiando as palmas na mesa.

Ele a olhou com desconfiança.

— Sim?

— É isso que temos que fazer. Vamos levar um tempo até descobrir como reverter a maldição, mas, enquanto isso, podemos pelo menos resolver todos os problemas que a maldição causou. Assim como consertamos as coisas na loja ontem à noite.

Rhys a olhava como se tivesse brotado outra cabeça nela.

— Mas não foi a gente que consertou aquilo. Foi sua tia.

Vivi simplesmente sacudiu a cabeça, livrando-se um pouco daquele horrível sentimento de culpa. Os dois conseguiriam dar um jeito. Corrigiriam os erros que tinham causado sem querer.

— Mas você conseguiu convencer aquelas garotas de que não estava acontecendo nada fora do comum. Poderia ter sido uma cagada danada, mas não foi.

— Em primeiro lugar, com certeza foi meio que uma cagada, sim — disse Rhys, tirando o casaco e pendurando-o no encosto da cadeira. — E em segundo lugar, Vivienne, a gente não pode simplesmente sair apagando incêndios a torto e a direito. Ainda mais quando a gente nem sabe como podem ser esses incêndios.

— Talvez não — falou Vivi, recostando-se na cadeira. — Mas a gente pode tentar.

— Eu gosto do seu otimismo, Vivienne. Gosto mesmo.

Ela fez uma careta.

— Deixa de ser cínico, Rhys. Não em relação a isso.

— Não costumo ser — disse Rhys. Ele soltou um suspiro e passou a mão pelo cabelo, que voltou perfeitamente ao lugar, sem dúvida fazendo O Negocinho, e Vivi grunhiu por dentro. Não era nem um pouco justo. Todas as partes *ruins* da maldição estavam acontecendo, mas as bobas, não? Que tipo de compensação era essa?

Para Vivi, uma besteirada completa.

De repente, o celular de Rhys tocou, e ele o pegou de dentro do bolso, com a testa franzida, murmurando:

— Ah, cacete.

— Que foi?

— Deu alguma merda no trabalho — disse Rhys sem tirar os olhos do aparelho enquanto movia os polegares freneticamente pela tela.

Vivi sentiu um frio repentino na barriga.

— É por causa disso tudo?

É por minha causa?

— Claro que não — respondeu Rhys na mesma hora, erguendo brevemente o olhar para lhe dar um sorriso. — Essas merdas acontecem no ramo de viagens.

Ele estava mentindo. Vivi sabia disso. Primeiro porque ele não sabia mentir direito, de alguma forma seus olhos o entregavam. Segundo porque ela sabia que parte da magia de Rhys envolvia sorte. Quer habilidade melhor quando se tratava de planejar viagens para as pessoas? Se algo estava dando errado, era por causa da maldição, o que significava que era, consequentemente, culpa dela.

Seria totalmente justo se Rhys a culpasse, mas, em vez disso, estava tentando fazê-la se sentir melhor.

Isso também era profundamente injusto.

— Meu parceiro! — disse alegremente ao telefone. A postura estava tensa, por mais que a voz fosse puro charme e descontração. — Ouvi dizer que você se meteu em apuros.

— "Em apuros"? — articulou ela sem emitir som, e ele revirou os olhos e deu de ombros enquanto mudava de posição na cadeira.

— Não, não, não tem nenhum problema — dizia Rhys enquanto procurava freneticamente alguma coisa na mesa.

Vivi lhe entregou um bloco e uma caneta, e ele respondeu com um joinha ao se inclinar para rabiscar no papel.

— Com certeza posso resolver tudo isso para você, sem problema nenhum.

Vivi passou os dez minutos seguintes sentada na mesa observando Rhys deixar de ser o charlatão despreocupado com que estava acostumada para se tornar o homem mais competente do planeta.

Ligações foram feitas. Bilhetes foram escritos. Mais ligações e, depois, vários e-mails. A certa altura, ele arregaçou as mangas e se sentou de frente para ela, com o celular grudado na orelha e os cotovelos apoiados nas coxas bem abertas, e Vivi quase desmaiou.

Quando finalmente terminou todas aquelas ligações, e-mails, mensagens e sabe-se lá mais o quê, Rhys se jogou na cadeira e se curvou tanto que chegou a apoiar a cabeça no encosto, e Vivi *não* saiu voando de onde estava para pular no colo dele, o que foi uma prova de muito autocontrole da sua parte, pensou ela.

Mesmo assim, deve ter dado alguma bandeira, porque ele a olhou com curiosidade.

— Que foi?

Vivi sacudiu a cabeça, pigarreou e pegou a coisa menos sexy em que conseguiu pensar, uma cópia do seu programa de estudos.

— Nada.

CAPÍTULO 17

— **Um fantasma** — **disse Gwyn** enquanto olhava por cima do ombro para Vivi. Elas estavam no Templo das Tentações, mas Gwyn tinha pendurado a placa de FECHADO na porta assim que Vivi entrou, e no momento estava reabastecendo as prateleiras com diários de couro e grimórios.

Vivi fez que sim e apoiou os cotovelos no balcão.

— Um fantasma.

— Do tipo Gasparzinho.

Vivi negou com a cabeça.

— Muito mais assustador, vai por mim.

Ela contou para Gwyn, o mais breve possível, o que tinha acontecido na biblioteca, e acrescentou:

— Até aí tudo bem...

— Como assim "até aí tudo bem" com a porcaria de um fantasma?

— Pois é. Os bruxos que trabalham na faculdade estão envolvidos agora.

Agora foi a vez de Gwyn revirar os olhos.

— Aqueles esquisitos.

Os bruxos que trabalhavam na Penhaven sempre mantiveram distância de Vivi e da família dela, provavelmente porque muitos deles tinham sido transferidos, e, como Vivi suspeitava, porque não gostavam da loja. Nunca tinham pisado ali. Eram sérios e acadêmicos demais em relação à magia para esse tipo de coisa.

O problema é deles, pensou Vivi enquanto analisava um conjunto de cristais empilhados sobre o veludo roxo do balcão.

— Enfim, eles querem que a gente "dê um jeito nisso". Bom... também é o que eu quero.

Gwyn bufou.

— Fala sobre a maldição com eles. Você vai ter um artigo de cinquenta páginas sobre maldições até a semana que vem, mas provavelmente nenhuma solução de verdade.

— Rhys disse que a gente estava sendo esnobe em relação a eles.

Gwyn soltou uma gargalhada.

— Ah, meu Deus, um Jovem Bruxo Penhallow chamando *qualquer pessoa* de esnobe é hilário pra caralho. E pode dizer a ele que eles foram grossos com a minha mãe primeiro.

— Eu tentei — disse Vivi —, mas não queria entrar nesse assunto, sabe? Quanto menos eu e Rhys nos falarmos, melhor.

Ela só não acrescentou que, quando não estavam se falando, estavam se beijando, o que já era um problema por si só.

Vivi ainda não conseguia acreditar que aquilo tinha acontecido. Mesmo agora, era como se fosse um sonho ou alguma coisa que tinha acontecido com outra pessoa. Certamente não tinha sido tão *burra* a ponto de ficar com Rhys como... o quê? Um desafio? Uma aposta?

Era por isso que tinha se metido naquela situação, para início de conversa. Ela costumava ser uma pessoa totalmente calma e racional, mas Rhys Penhallow a fazia perder o juízo. Por isso eles precisavam reverter a maldição e mandá-lo de volta para casa o mais depressa possível, antes que ela fizesse algo verdadeiramente louco, tipo transar com ele.

De novo.

Gwyn terminou de organizar os produtos e deu a volta, esfregando as mãos nas coxas.

— Bom — começou —, minha mãe vai ficar animadíssima...

Ela parou de falar de repente e olhou fixamente para Vivi.

— Que foi?

Gwyn semicerrou os olhos e se debruçou no balcão para chegar mais perto.

— Vivienne Jones. O que aconteceu entre você e Rhys hoje?

— Nada — respondeu Vivi na mesma hora, mas o fato de literalmente sentir o rosto ficando vermelho não ajudou.

E Gwyn sabia. Dando um gritinho, ela começou a bater palmas.

— Você trepou com ele no seu escritório?

— Quê? Não!

— Na biblioteca?

— Não — disse Vivi enquanto se afastava do balcão e demonstrava um grande interesse repentino pelo baralho de cartas de tarô. — Ninguém trepou com ninguém.

O que era verdade. Ela e Rhys não tinham feito nada além de se beijar.

Tecnicamente.

Mas e se não tivessem sido interrompidos?

Vivi nunca tinha sido muito chegada a sexo em lugares públicos, mas tinha esquecido que Rhys era capaz de despertar essa vontade nela, como se ela fosse morrer caso não o tivesse no mesmo instante. Como se sua pele estivesse tensa demais e a dele, muito longe, como se quisesse ir rastejando para dentro dele.

Por isso Rhys era perigoso. Quando estava com ele, esquecia-se de si mesma, e olha o que tinha acontecido.

— Garota, se beijar ele já te deixa com essa cara, preciso dizer que fico menos surpresa com o fato de você ter ficado tão devastada com o término. Todo o lance da maldição faz muito mais sentido agora.

— Ha-ha — respondeu Vivi antes de esconder o rosto com as mãos e grunhir. — Foi... uma coisa tão absurdamente idiota de se fazer.

— Meu anjo, vou repetir, você tinha dezenove anos, estava bem chateada e...

— Isso não. Quer dizer, isso sim, isso fica no topo da escala de coisas idiotas, mas estava falando de ter beijado ele hoje. Só complica as coisas.

— Como?

Quando Vivi não fez nada além de ficar encarando Gwyn, a prima levantou as duas mãos.

— Não, estou falando sério. Como? Você não tem mais dezenove anos. Não está achando que ele vai ser o cara ideal nem está planejando se casar com ele numa colina cheia de coelhinhos.

— Coelhinhos?

— Acompanha aqui meu raciocínio. Você é uma mulher adulta passando por um momento estressante na vida, e agora seu ex gostosérrimo voltou à cidade e quer te beijar todinha. Eu sugiro que você aproveite enquanto é tempo, meu bem.

Vivi não pôde deixar de sorrir enquanto brincava com um dos cristais no balcão.

— Essa sempre foi sua filosofia de vida, Gwyn, mas não é a minha.

— Mas poderia ser — insistiu Gwyn. — Por que não?

Vivi percebeu que não tinha uma resposta.

O beijo de hoje tinha sido bom. Muito bom.

Por que não repetir se quisesse?

O corvo acima da porta grasnou e Vivi e Gwyn se viraram para ver Rhys entrar. Ele não estava com a mesma roupa daquela manhã, embora ainda estivesse, como sempre, de jeans e suéter, dessa vez verde. Vivi teve que conter um suspiro ao vê-lo.

No entanto, Gwyn percebeu e lançou um olhar para a prima enquanto se virava para terminar de abastecer as prateleiras.

— Oi, cuzão — disse ela, e Rhys levantou a mão.

— Muito bom ver você também, Gwyn. Imagino que Vivienne tenha te contado sobre nosso encontro de hoje de manhã, né?

Vivi deixou o cristal cair no chão, fazendo um barulho surpreendentemente alto na loja silenciosa, e o sorriso de Gwyn ao olhar por cima do ombro foi da mais pura felicidade.

— Ah, ela me contou, sim.

— *Gwyn* — sibilou Vivi, mas Rhys parecia despreocupado ao caminhar até o balcão.

— Devo dizer que nunca achei que fosse ver um fantasma — prosseguiu ele, e Vivi revirou os olhos para si mesma.

Mas é claro. Ele estava falando do fantasma, não do que tinha acontecido entre os dois.

Então, ao se acomodar ao lado dela e apoiar os cotovelos no balcão, Vivi pensou ter visto o cantinho dos lábios dele se levantar bem de leve.

— Consigo pensar em poucas coisas mais deprimentes do que assombrar uma biblioteca — comentou Gwyn.

— Pelo menos, se você estiver em um cemitério ou algo do tipo, tem coisas pra fazer, sabe? Uma moral a zelar. Mas ficar presa em uma biblioteca porque se esqueceu de pagar uma multa em 1994 ou sei lá o quê? Mas que bosta.

— Acho que ela estava procurando alguma coisa — disse Vivi, tentando ignorar a curta distância que a separava de Rhys e o quanto ele estava cheiroso. Será que tinha tomado banho depois da biblioteca? Devia ter tomado. Ou talvez simplesmente fosse cheiroso o tempo to...

Tá, ela ia ter que se controlar.

Vivi pigarreou e se afastou do balcão.

— Também é estranho que ela tenha dado as caras agora.

— É por causa da maldição, né? — perguntou Gwyn enquanto descia da escada.

Rhys fez que sim, virando levemente o corpo para ficar de frente para Vivi.

— Ou por causa das linhas de ley, para ser específico.

— O que mais será que as linhas de ley amaldiçoadas poderiam fazer? — questionou Gwyn, franzindo a testa enquanto observava os dois. — Brinquedos demoníacos, fantasmas...

— A gente não sabe — admitiu Vivi com um suspiro. — E essa é a questão. Toda a magia da cidade ficou caótica e... aleatória. Então tudo pode acontecer.

Ela pensou mais uma vez no rosto exaltado do fantasma da biblioteca, na forma com que seus olhos se moviam inquietos pelas prateleiras. A criatura parecia confusa e assustada, e isso era... culpa dela.

A maldição dela tinha feito aquilo.

Uma maldição que não estava nem um pouco perto de conseguir reverter.

A MALDIÇÃO DO EX 169

CAPÍTULO 18

Depois do dia que tinha tido, Rhys precisava de cafeína, e como a cafeteria ficava bem pertinho do Templo das Tentações, tinha sugerido que ele e Vivienne fossem lá tomar alguma coisa.

No caminho para lá, ele teve que admitir que Graves Glen era um lugar bonito. O sol se punha atrás das montanhas baixas que rodeavam a cidade, tingindo o céu de um roxo intenso. As luzes penduradas entre os postes piscavam, e em cada uma das vitrines havia um arranjo encantador — uma pilha de abóboras, bruxas de papelão em vassouras, mais pisca-piscas.

— É como estar em um cartão-postal — disse Rhys. — "Saudações da Cidade do Halloween."

Vivienne deu uma risadinha e cruzou os braços.

— Não tenho como discordar.

— Eu entendo por que você gosta daqui.

— Definitivamente é um bom lugar para ser bruxa. Mesmo uma bruxa secreta.

— Tecnicamente todos nós somos bruxos secretos — comentou Rhys —, mas entendo seu ponto de vista.

A noite tinha esfriado ao redor deles, mas era o tipo de frio agradável e suave, bem característico de noites de outono perfeitas, e não o frio anormal da biblioteca. O País de Gales também tinha essas noites, mas aconteciam mais no início da estação e não costumavam ser tão amenas.

Mesmo assim, enquanto passeava com Vivienne pelas ruas de paralelepípedos, Rhys sentiu uma estranha saudade de casa se instalar em seus ossos. Vivienne fazia parte daquele cenário, e ornava tão bem quanto uma joia.

A que lugar ele pertencia?

Como não queria se embrenhar nessa linha de pensamento particularmente sentimental, Rhys deu uma leve cutucada em Vivienne e perguntou:

— Então, como funciona, exatamente? O lance de ser uma bruxa secreta. Ainda mais com a faculdade. Você consegue detectar outros bruxos, certo?

Vivienne deu de ombros e colocou uma mecha de cabelo atrás da orelha.

— Normalmente, sim. E, para dizer a verdade, não é tão difícil esconder das pessoas quanto você imagina. Muita gente explora a bruxaria agora, então não é exatamente esquisito ter interesse nesse tipo de coisa.

— Ou ter uma loja — comentou Rhys, e ela fez que sim.

— Ou isso.

— Mas os outros alunos da faculdade ainda não sabem que estudam no mesmo lugar que bruxos, certo?

— Certo — confirmou Vivienne quando chegaram à cafeteria. Como todas as lojas e restaurantes daquele trecho da rua principal, o lugar estava decorado para o Halloween, com pequenas abóboras presas na vitrine e um cordão de luzinhas que pareciam caldeirões minúsculos cobrindo a porta.

Ao entrarem, Rhys segurou a porta para uma família com um bebê todo embrulhado em um carrinho, sorrindo para o neném balbuciante enquanto passavam. Ao erguer o olhar, viu que Vivienne olhava para ele com uma expressão estranha.

— Que foi? — perguntou, mas ela só balançou a cabeça e gesticulou para o balcão.

— Chá?

— Chá — confirmou ele.

Assim que fizeram o pedido — um chá preto simples para Rhys, algo com mel e lavanda para Vivienne —, os dois se dirigiram a uma mesa perto dos fundos e Rhys de repente se deu conta de como aquele ambiente era aconchegante, de como era... íntimo.

— Então.

— Então.

Estavam sentados com suas canecas de chá fumegantes em cima da mesa, mas nenhum dos dois fez menção de beber. Em vez disso, Rhys olhava para Vivienne, e Vivienne olhava para todos os lados, *menos* para ele, remexendo os dedos com nervosismo nas luvas sem pontas que estava usando e puxando a costura até Rhys ficar com medo de que ela pudesse se desfazer.

Ele esticou o braço e cobriu uma das mãos de Vivi com a própria, e, caramba, mesmo através da lã da luva, mesmo que sua palma mal chegasse a tocar a pele do *nó dos dedos* dela, Rhys sentiu aquele toque até as solas dos pés, e sua pele se iluminou com a noção da presença dela.

— Acho que a gente precisa conversar sobre a biblioteca.

Vivienne já estava negando com a cabeça, o cabelo dourado caindo sobre os ombros.

— Não. Não, não, não, não. Não precisa. Esse é um assunto que de forma alguma precisa ser conversado.

— Vivienne.

— Foi uma burrice, e foi só um beijo — prosseguiu ela.

Ele arqueou as sobrancelhas.

— Só um beijo? Sério?

Um rubor subiu pelo pescoço de Vivienne, mas ela puxou a mão que estava por baixo da dele e repetiu:

— Só um beijo.

Analisando o contexto, Rhys não tinha conhecido Vivienne por tanto tempo, mas reconhecia a expressão no rosto dela. Aquele assunto estava encerrado, e pressioná-la não o levaria a lugar algum.

Assim, ele recolheu as mãos, apoiou-as na beirada da mesa e tamborilou os dedos enquanto olhava ao redor.

— Bastante movimento aqui.

Claramente aliviada com a mudança de assunto, Vivienne fez que sim e pegou a caneca de chá.

— Vive lotado. Tivemos sorte de achar uma mesa.

Rhys se debruçou sobre a mesa e apontou discretamente a cabeça para a barista, uma garota baixinha com cabelo turquesa brilhante e um par de óculos de aro grosso.

— Bruxa? — perguntou em voz baixa, e Vivienne nem precisou olhar para ver de quem ele estava falando.

— É. Eles só contratam bruxos nesta loja. Alunos da faculdade, normalmente. É um dos motivos para as coisas funcionarem tão bem por aqui. Tem algum tipo de encantamento leve neste lugar, o que significa que os pedidos nunca saem errados, ninguém nunca deixa cair um copo, esse tipo de coisa.

Os dois pareceram se dar conta das palavras dela ao mesmo tempo e, devagar, olharam para os próprios chás.

— Então quer dizer que a magia ajuda a gerir esta cafeteria.

— Aham.

— E a magia é algo... ruim agora.

— Talvez não afete esta loja?

Dava para ver Vivienne se preparando ao pegar a caneca, e ele já estava com a mão estendida e o nome dela nos lábios quando ela fechou os olhos, levou a caneca bruscamente à boca e tomou um golão.

Os dois ficaram sentados ali, paralisados, enquanto ela engolia, e então, para seu imenso alívio, Vivienne sorriu, com os olhos castanhos reluzentes.

— Está bom — disse ela, pousando a caneca na mesa.

— O chá está totalmente normal, não tem nenhuma magia desastrosa em andamento.

Rhys tomou um gole do próprio chá e ela estava certa: o gosto estava bom e não havia nenhum indício de magia nele.

— Tá — disse ele, e então fez tim-tim com as canecas.

— Então talvez este lugar tenha passado batido da maldi...

O som de louça se estilhaçando o interrompeu, e Rhys sentiu um terrível formigamento na nuca enquanto se virava lentamente para olhar em direção à origem do barulho.

Ali, perto da porta, havia uma mesa tombada, copos e canecas destroçados pelo chão. E, em meio a todos aqueles cacos de vidro, havia um corpo.

Rhys se pôs de pé quase sem pensar, atravessando o recinto até chegar ao local em que um homem mais velho, vestindo calça cáqui e mocassim, estava deitado, os dedos de uma das mãos ainda curvados como se estivesse segurando uma caneca e o rosto contraído em uma expressão de surpresa.

— Está respirando — disse Vivienne, surgindo ao lado de Rhys com os dedos pressionados no pulso do homem. — E a pulsação está normal. Ele só está...

— Congelado — concluiu Rhys de modo sombrio ao observar aqueles olhos esbugalhados e a boca entreaberta.

E então percebeu que a caneca que o cara estava segurando estava caída no chão ao lado dele enquanto o conteúdo se espalhava lentamente pelo piso de madeira.

Podia até não ter nenhuma magia envolvida no chá de Rhys ou de Vivienne, mas claramente havia no que quer que aquele homem estivesse bebendo. Praticamente dava para sentir o feitiço, que pairava feito um miasma sobre o líquido derramado, e então Rhys voltou a olhar para o balcão.

A mulher que Vivienne tinha indicado como dona da loja estava falando ao telefone enquanto alternava o olhar entre o homem e a multidão de curiosos, mas não havia nada no rosto dela além de preocupação. Nenhum sinal de culpa, nenhum sinal de medo.

Em seguida, ele olhou para a direita, onde a garota de cabelo turquesa estava parada com os braços cruzados em volta do corpo e o lábio inferior pressionado entre os dentes.

E, quando viu que Rhys estava olhando para ela, deu um pulinho de susto antes de abrir a porta atrás do balcão e desparecer na despensa.

— Vivienne — disse Rhys baixinho, dando-lhe uma cutucada, mas ela já estava de pé e de olho no lugar para onde a garota tinha desaparecido.

— Eu vi.

Lá fora, as sirenes soavam distantes, mas o homem já estava começando a se mexer de leve, com as pálpebras agitadas, e Rhys presumiu que o feitiço não era forte o suficiente para durar muito.

Um pequeno alívio.

Ao se levantar, Vivienne se aproximou dele e os dois conseguiram se embrenhar na multidão reunida ao redor do cara. Quando a ambulância parou do lado de fora, a dona da loja devolveu o celular ao bolso e correu até lá, deixando o balcão vazio sem que ninguém prestasse atenção em nada a não ser nos paramédicos que estavam entrando naquele momento.

Com isso, Rhys e Vivienne tiveram facilidade de entrar de fininho no depósito.

Ao contrário da área privativa do Templo das Tentações, esse espaço não tinha nada de mágico. Era como a área privativa que se encontra em qualquer cafeteria de qualquer cidade. Estantes altas de metal recheadas de pilhas de copos de papel, sacões de grãos de café no chão e várias caixas de plástico cheias de canecas.

Para dizer a verdade, Rhys estava meio decepcionado.

A garota de cabelo turquesa estava sentada em uma dessas caixas, vazia e virada de cabeça para baixo, com os joelhos dobrados contra o peito e as pontas das botas viradas para dentro.

Assim que ouviu a porta se abrir, ela levantou a cabeça, e seus olhos escuros pareciam enormes naquele rosto pálido. O crachá preso na camisa dela dizia SAM.

— Ele está bem? — perguntou ela, e Vivienne fez que sim.

— Já está perdendo a força — disse Sam, que soltou um longo suspiro enquanto relaxava os ombros. — Que bom.

— Quem sabe você não nos diz o que fez na bebida dele para que ficasse daquele jeito? — perguntou Rhys, e, quando ela o olhou, parte da frieza sarcástica da garota estava de volta.

— É um feitiço feito sob medida — disse Sam, endireitando a postura. — Você não entenderia.

— Magia hipster, que ótimo — murmurou Rhys enquanto esfregava a nuca. Será que também tinha sido assim quando era um jovem bruxo? Todo cheio de arrogância e certeza das próprias habilidades?

Na verdade, só imaginar aquilo já era uma bobagem. Ele sabia que tinha sido igual.

Ao lado dele, Vivienne se ergueu um pouco mais.

— O que deveria fazer?

— Vocês dois são a Polícia da Magia ou algo do tipo? — perguntou Sam com uma careta, e Rhys enfiou as mãos nos bolsos, balançando nos calcanhares.

— Não, tenho bastante certeza de que isso não existe. Se existisse, com certeza eu teria sido preso em algum momento. Sou só um colega bruxo tentando descobrir o que aconteceu ali.

Ele apontou o polegar para a loja, e a garota perdeu um pouco da confiança ao olhar na direção da porta.

— É uma idiotice — murmurou ela, e Rhys deu de ombros.

— Muita coisa na vida é assim. E aí, qual era o feitiço?

Sam puxou a bainha da camiseta, sem olhar nos olhos de Rhys.

— Ele queria uma poção para fazer com que... hum. Sabe como é. — Ela fez um gesto estranho com as mãos, levantando as palmas e depois agitando-as na direção do colo de Rhys. — Tipo Viagra — disse por fim. — Só que mágico.

Rhys ficou bastante orgulhoso de si mesmo por não demonstrar um pingo de surpresa ou imaturidade diante da situação. Sério mesmo, ele merecia uma medalha. Quem sabe até um desfile.

De onde estava, simplesmente pigarreou e disse:

— Entendi.

— Eu descobri como se faz esse tipo de feitiço de brincadeira — prosseguiu ela —, mas aí servi para alguém que pediu e ele contou a um amigo, eu acho, e esse amigo contou a outra pessoa, e agora esses caras ficam vindo aqui algumas vezes por semana por causa disso. Mas o feitiço nunca tinha feito *aquilo*.

— Então peraí — disse Vivienne, dando um passo à frente de Rhys e cruzando os braços. — Você tem feito o quê? Tráfico de poções?

Sam revirou os olhos.

— Tá, falando assim fica parecendo suspeito. Não é *traficar*, é *dar*.

Vivienne arqueou as sobrancelhas.

— Você simplesmente sai distribuindo as poções?

Sam fez um som de frustração e agitou a mão.

— Dã, não. Eu cobro por elas. Cem dólares por dose, e fica mais caro se a poção for complicada ou se der muito trabalho para conseguir os ingredientes. — A expressão presunçosa no rosto da garota perdeu a força. — Ah, pera, acho que isso configura *mesmo* tráfico. Hum. — Ela deu de ombros. — Enfim, sim, eu tenho um mercado paralelo inofensivo de poções por aqui.

Em seguida, olhou feio para Vivienne.

— A mensalidade da faculdade para quem é de fora do estado não é barata, não, moça.

— Entendo — respondeu Rhys, chegando um pouco mais perto de Vivi —, mas você percebe que o que estava fazendo era perigoso, né? Mexer com poções não é brincadeira.

— É, bom, normalmente não tem problema nenhum, e eu jamais faria nada que pudesse machucar alguém. Estamos falando de magias levíssimas aqui. Uma poção para fazer seu delineador durar o dia inteiro. Uma que faz com que você passe o dia inteiro sem se atrasar. — Ela olhou para Rhys enquanto empurrava os óculos para o dorso do nariz. — Essa é boa para a semana de provas finais. Ela garante que você não durma demais, mas não faz nada assustador, tipo te deixar acordado por dias nem nada assim. Deu um trabalhinho, mas...

— Sam, estamos definitivamente impressionados com as suas habilidades, mas você não pode sair fazendo poções e vendendo para as pessoas. É perigoso, e, se a faculdade descobrir, você está ferrada.

Toda a bravura de Sam explodiu feito bola de sabão, e Rhys se deu conta do quanto ela era jovem. Dezenove anos, talvez vinte. A mesma idade que ele e Vivienne tinham no verão em que se conheceram.

Caramba, ele não tinha percebido como eram jovens até ver alguém daquela idade sentado diante dele como se tivesse sido mandado para a maldita sala do diretor no colégio.

— Vocês não vão contar a eles, vão? — perguntou ela, dirigindo seu olhar suplicante para Vivienne. — Eu sei que você trabalha lá. Com os normaizinhos, não com a gente, mas...

— Não vou contar — respondeu Vivienne. — Contanto que você me prometa nunca mais fazer isso de novo.

— Prometo — disse Sam rapidamente enquanto levantava a mão, os anéis de prata amontoados em seus dedos brilhando nas luzes fluorescentes. — Pode acreditar, não quero que nada parecido com isso aconteça de novo.

Então ela se levantou e limpou as mãos no avental antes de ajeitar o gorro. Em seguida, parou e voltou a morder o lábio inferior.

— É só que... eu realmente não acho que tenha sido minha poção. Não fiz nada de diferente. Até a fase da lua foi a mesma quando preparei a bebida. — Ela abriu um sorriso atrevido para eles. — Sempre faço essa na lua crescente. Por causa do lance todo do "crescimento"...

— Tá — disse Rhys, interrompendo-a. — A gente sacou, valeu.

— A questão é — prosseguiu Sam — que alguma coisa deu errado, mas não foi a *minha* magia. — Ela balançou a cabeça. — É como se a magia estivesse esquisita por todo o lado. Hoje mesmo alguns alunos normaizinhos entraram em uma das minhas aulas de herbologia, e isso com certeza não deveria acontecer.

Rhys sentiu uma pontada na base da cabeça. Maldição, fantasmas e agora poções desastrosas. Voltou a pensar naquelas linhas de magia serpenteando da caverna e disparando em direção à cidade e desejou voltar no tempo para dar vários chutes na própria cabeça.

Ele sabia que havia algo errado. Tinha sentido isso.

E, como sempre, tinha ignorado coisas como "autopreservação" e "bom senso" e decidido seguir em frente mesmo assim.

E agora olha só onde estavam.

— De repente é melhor dar uma segurada na magia por um tempinho — sugeriu Vivienne ao se aproximar para tocar o braço de Sam. Parecia tão cansada quanto Rhys, e ele teve que resistir ao impulso de apoiar a mão na lombar dela, de puxá-la para perto e de deixar que descansasse a cabeça no ombro dele.

Sam deu um riso debochado.

— "Dar uma segurada"? — repetiu. — É tipo pedir que eu pare de respirar. Sei que você não entende isso, já que não é bruxa...

— Eu sou bruxa — confidenciou Vivienne, recuando um passo, e Sam contraiu o rosto, confusa.

— Peraí, sério? Mas você é professora das matérias normais.

— Sim, porque...

— E, tipo, esse cara obviamente é mágico — prosseguiu Sam, apontando para Rhys —, dá pra sacar, mas você? Sério mesmo?

Rhys viu Vivienne engolir em seco e, pela milésima vez, no mínimo, desejou que uma de suas habilidades fosse a de ler mentes. Claro, do jeito que as coisas estavam indo agora, provavelmente seria capaz de ouvir cada pensamento perdido de cada pessoa em um raio de cento e sessenta quilômetros e acabaria surtando, mas talvez valesse correr o risco para saber o que estava se passando por trás dos olhos castanhos brilhantes de Vivienne.

Ela jogou os ombros um pouco para trás, ergueu o queixo e disse:

— Enfim, ainda sou uma bruxa e ainda acho que você precisa tomar cuidado com sua magia enquanto as coisas estiverem descontroladas.

Sam continuava olhando para Vivienne como se não acreditasse no que estava ouvindo, com os olhos arregalados e os lábios ligeiramente entreabertos.

— Quer dizer, sabia que você era parente das donas do Templo das Tentações, mas achei que você fosse só...

— Você já disse. — Rhys a cortou enquanto Vivienne começava a semicerrar os olhos. Já tinha sido alvo daquele olhar e queria poupar Sam. — A srta. Jones tem razão — prosseguiu ele. — Dá uma segurada na magia até as coisas se acalmarem um pouco.

— Mas por que está tudo tão fodido, para início de conversa? — questionou a garota, e Vivienne voltou a fazer aquela cara assassina que fez com que Rhys se pusesse na frente dela.

— Simplesmente está — disse ele. — Mas a gente vai dar um jeito.

Bem que ele queria que aquilo fosse verdade. Até o momento, estavam nessa fazia quase vinte e quatro horas, e tudo que tinham para apresentar eram olhos cansados e possivelmente vestígios de ectoplasma no cabelo.

Sam fechou a cara, mas mesmo assim murmurou um "tá bom" antes de passar por eles e voltar à cafeteria.

Com um suspiro, Rhys quase se jogou contra uma estante alta de metal e passou perto de derrubar uma pilha de copos de papel. Vivienne, por sua vez, foi se recostar ao seu lado. Por um instante, ficaram em silêncio, com a mente em ebulição.

— Duro — murmurou Vivienne consigo mesma, e Rhys piscou, surpreso.

— Como é?

Alarmada, Vivienne olhou de relance para ele.

— Ah, hum. Só estava pensando aqui. Foi... foi nisso que a poção dela deu errado. Era para o feitiço fazer ele ficar... você sabe, e isso até *aconteceu*, só que foi... um efeito generalizado, em vez de... se limitar a uma região específica.

— Vivienne Jones, você está ficando vermelha?

Ela se afastou da estante revirando os olhos, mas ele viu as mãos dela voltarem a ficar inquietas.

— Definitivamente poderia ter sido pior — comentou a mulher.

— Agora você entende o que eu estava dizendo? — perguntou Rhys, chegando mais perto, perto o suficiente para poder ver a pequena constelação de sardas na bochecha de Vivi, perto o suficiente para tocá-la, se quisesse.

E era o que ele queria.

Mas não o que ia fazer.

— A gente não pode continuar apagando esses pequenos incêndios, Vivienne. A gente tem que dar um jeito nisso.

— Eu sei — disse Vivienne, levantando a cabeça.

Então ela diminuiu o tom da voz e abaixou a cabeça novamente.

— O Halloween é um acontecimento enorme nessa cidade. E a maior fonte de renda daqui também. Algumas lojas de Graves Glen fazem dinheiro para o ano todo com o Halloween. E, se a gente não der um jeito nisso até lá, talvez não seja seguro. A gente não pode correr esse risco.

— Também fico levemente preocupado com a *minha* segurança — disse Rhys —, mas entendo seu ponto de vista. Por sorte, a magia tende a ficar mais forte quando estamos perto do Samhain. E isso significa que se a gente agir rápido, qualquer tipo de reversão de maldição pode funcionar com mais força.

— Gosto da sua linha de raciocínio, Penhallow — respondeu Vivienne, apontando para ele. Rhys ficou radiante e abriu um sorriso para ela.

— Você acabou de me chamar pelo sobrenome? Como se a gente estivesse no mesmo time de algum esporte?

Para a surpresa dele, Vivienne chegou a sorrir um pouco.

— De certa forma estamos, né? Reverter uma maldição definitivamente acabou sendo muito mais... atlético do que eu tinha previsto.

— Caminhar pelo campus — observou Rhys.

— Lutar contra fantasmas — acrescentou Vivienne.

— Dar uns amassos na biblioteca...

Ao ouvir o comentário, o sorriso dela perdeu a força e ela se empertigou, afastando-se dele.

— Isso foi um erro — repetiu, e Rhys enfiou as mãos nos bolsos.

— Foi mesmo?

Vivienne se virou para ele e o olhou nos olhos. As bochechas não estavam mais vermelhas, as mãos não estavam mais inquietas.

— Você sabe que foi.

O que Rhys sabia era que beijá-la tinha sido como despertar. Como se tivesse passado os últimos nove anos meio sonolento até voltar a provar o gosto daquela boca e se lembrar de como era a sensação de estar realmente vivo. O beijo de Vivienne era melhor do que qualquer magia.

E ele não queria passar mais nove anos sem aquilo.

— Somos adultos — ele a lembrou. — Não somos mais crianças entrando de fininho no dormitório.

— E é por isso que a gente tem noção de que não dá pra complicar as coisas no momento — disse Vivienne, bastante sensata e, por mais que Rhys detestasse admitir, completamente certa.

Ele ia embora quando tudo isso terminasse.

Ela ia ficar.

O que eles tinham não era o tipo de coisa que funcionava a distância, e, caramba, até onde ele sabia, tudo que tinham era uma intensa química física que ia acabar se extinguindo.

Mas não se extinguiu em nove anos, aquela partezinha desgraçada do cérebro dele o lembrou. *Você acha mesmo que vai se extinguir agora?*

CAPÍTULO 19

Na tarde seguinte, Vivi estava sentada no escritório fingindo fazer anotações para a aula.

Para dizer a verdade, estava olhando para o cursor que passeava na tela do computador e pensando no beijo de Rhys ao mesmo tempo que desejava nunca tê-lo levado para o escritório. Aquele era o espaço *dela*, um território decididamente à prova de Rhys Penhallow, e agora, toda vez que olhava para a estante, ela o via ali, analisando os livros dela, fazendo perguntas e parecendo de fato interessado nas respostas.

Que desgraçado.

Por outro lado, toda vez que pensava no beijo dele acabava se lembrando do que tinha interrompido aquele momento, o fantasma na biblioteca, e de como estava tão certa de já ter visto aquele rosto em algum lugar. Pensava em como o fantasma claramente estava em busca de algo e em como tudo isso tinha que ter algum tipo de relação com a maldição, mas de que forma?

Sendo assim, não era de admirar que seu plano de aula sobre o funcionamento do sistema feudal consistisse em exatamente dois tópicos, com um deles sendo apenas: CAMPONESES??

Vivi sacudiu a cabeça, debruçou-se sobre a mesa e ligou a chaleira elétrica, na esperança de que uma xícara de chá forte pudesse botar as ideias dela no lugar. Gwyn e tia Elaine tinham lhe dado a chaleira rosa-choque no Yule anterior, e ela amou, mas amou mais ainda o chá que tinha vindo junto. Era uma das misturas da própria tia Elaine, e tinha gosto de menta, alcaçuz e algo levemente defumado, além de conter cafeína o suficiente para fortalecê-la até mesmo durante as sessões de correção mais entediantes.

Tinha acabado de preparar uma xícara quando ouviu uma batida na porta do escritório.

Ainda absorta em pensamentos sobre Rhys, ela quase esperava encontrá-lo ali de pé — ou inclinado, na verdade. Rhys nunca ficava de pé quando podia se apoiar em alguma coisa.

Mas a mulher parada na porta definitivamente não era Rhys, e tinha a postura mais ereta que Vivi já tinha visto, disso estava certa.

A mulher era jovem, provavelmente tinha a mesma idade que Vivi, e os cabelos escuros estavam presos para trás com um par de presilhas.

— Vivienne Jones? — perguntou a mulher, com expressão amigável e covinhas aparentes nas bochechas ao sorrir. — Sou Amanda Carter. — Ela entrou no escritório de Vivi e fechou a porta. — Do departamento de bruxaria.

A colher de Vivi bateu na lateral da caneca.

— Sério? — perguntou ela.

Amanda não devia ter nem trinta anos, o que facilmente fazia dela a bruxa mais jovem que Vivi já tinha visto ser contratada para o departamento de bruxaria.

E ela estava de *jeans*.

Será que era permitido usar calça jeans no lado bruxo? Se fosse o caso, Vivi ficou pensando se talvez não devesse pedir uma transferência, afinal.

— Foi a dra. Arbuthnot que mandou você? — perguntou ela, e Amanda fez que sim.

— Foi ela, sim. Para falar sobre toda aquela história do fantasma, sabe?

Excelente.

Vivi apontou para a cadeira de frente para a mesa dela e falou:

— Por favor, sente-se. Chá?

Amanda ergueu o queixo bem de leve e fungou.

— É uma das receitas da sua tia?

Surpresa, Vivi deu um sorrisinho e dirigiu-se à caixa de chá no cantinho da mesa.

— É, sim. Ela vende lá na loja, mas esse aqui é especialmente bom, pelo menos eu acho.

— Que demais — disse Amanda, entusiasmada, e Vivi sentiu o próprio humor melhorar. Alguém da Faculdade dos Bruxos que dizia "que demais" e usava jeans? Quem diria?

Ela preparou uma xícara de chá para Amanda e lhe entregou enquanto a mulher perguntava:

— Há quanto tempo você trabalha aqui?

Vivi soprou a superfície do próprio chá antes de responder.

— Três anos. E você?

— Alguns meses. — Amanda sorriu para ela. — Ainda estou me ambientando.

— Com certeza — disse Vivi, e então Amanda levou a mão em direção à bolsa que estava aos pés dela.

— Bom, como você sabe, o fantasma de Piper McBride está à solta.

— Sim — disse Vivi, lembrando-se do fantasma de camisa de flanela e All Star que andava de um lado para o outro pelas estantes. — Peço desculpas por isso.

Amanda lhe deu outro sorriso fácil e agitou a mão.

— Ei, acontece. E, pelo que me contaram, a Piper só se metia em confusão nos tempos dela. Era obcecada com alguma história da cidade, tentava invocar espíritos...

Vivi franziu a testa. A dra. Arbuthnot tinha lhe dito que Piper estava envolvida com magia proibida, mas ela não sabia que Piper tinha invocado espíritos. Isso mudava tudo. Não era à toa que tinha acabado morta.

— Enfim, a gente fez um feitiço de vinculação nela, mas, obviamente, o feitiço se desfez, então a questão é recapturá--la — prosseguiu Amanda.

— E como a gente faz isso?

Amanda recostou-se na cadeira e tirou uma vela de dentro da bolsa.

— O que você acha de casas mal-assombradas?

CAPÍTULO 20

Rhys não tinha nada de concreto planejado para a noite. Tinha pensado em se sentar no sofá terrivelmente desconfortável que o pai comprara para a casa e beber uma garrafa de vinho tinto. Em algum momento, tinha planejado arrumar um tempinho para fazer uma pesquisa meia-boca no Google sobre "remoção de maldições" e sentir pena de si mesmo, mas tinha acabado de abrir a garrafa de Syrah que ele certamente esperava que Simon estivesse guardando para uma ocasião especial quando seu celular tocou.

Vivienne.

Muitos pensamentos passaram pela cabeça dele ao ver que ela estava lhe pedindo para encontrá-la por volta da meia-noite e tinha lhe dado só um endereço, e apenas oitenta por cento desses pensamentos eram sacanagens.

Era um sinal claro de como Rhys havia amadurecido.

Assim, ele pegou o casaco, digitou no celular o endereço que Vivienne tinha lhe dado e torceu para que o carro alugado aguentasse o tranco dessa vez.

E aguentou, mas, ao parar em um caminho de terra bloqueado por um portão de metal, ele meio que desejou ter furado um pneu perto da casa, encerrar a noite por aí e voltar ao plano original.

Vivienne estava parada no portão, toda vestida de preto, com o cabelo preso em uma trança embutida, e, quando Rhys saiu do carro, ficou olhando a roupa dela, que incluía luvas pretas de couro.

— Você me trouxe até aqui para me assassinar? — gritou ele. — Porque isso provavelmente resolveria seus problemas, mas devo dizer que sou contra por motivos morais e pessoais.

Ela negou com a cabeça e se aproximou, e Rhys sentiu de novo aquele maldito aroma, doce e inebriante na noite fria e nublada de outono.

— A gente tem tipo uma... missão.

Pela primeira vez, Rhys notou a mochila transpassada no peito dela e a tocha — lanterna, lembrou a si mesmo — na mão.

— Uma missão para reverter a maldição? — perguntou, e ela franziu a testa.

— Tem a ver com a maldição.

Bom, aquilo era promissor, pelo menos.

Rhys deu tapinhas na lanterna que ela estava segurando e perguntou:

— Não confia no seu feitiçozinho de iluminação?

A lanterna se acendeu e ele finalmente pôde ver o rosto dela com clareza. As pupilas estavam enormes naqueles olhos castanhos e ela parecia meio pálida. Parecia nervosa também.

— Não achei que valesse o risco.

Ela enfiou a mão na bolsa, tirou outra lanterna e lhe entregou.

— Vamos.

Com isso, ela deu a volta e se dirigiu novamente para o portão, saltando com uma facilidade que não deveria tê-lo deixado tão excitado. Mas, por outro lado, já estava se acostumando a achar erótico literalmente tudo que Vivienne fazia. Andar, pular cercas, gostar de estampa de poás... tudo isso era imensamente atraente, e se Rhys ficou um pouco satisfeito ao notar os olhos vidrados dela quando ele pôs a mão no portão e pulou com facilidade, bem... ele era simplesmente humano.

O que também significava que, no segundo em que os pés dele esmagaram as folhas secas que cobriam o caminho, um arrepio de apreensão lhe percorreu a coluna.

Estavam no meio do nada, em uma floresta, às — ele conferiu o relógio — 23h47. A noite estava tão escura que parecia pressioná-lo, então ele parou e pegou o cotovelo dela com uma das mãos.

— Tá, eu me orgulho de ser o tipo de cara para quem não existe tempo ruim, mas falando sério. Aonde a gente está indo?

Vivienne apontou para o caminho com a cabeça.

— Tem uma casa ali em cima. Bom, uma cabana, na verdade. Vários alunos bruxos da Penhaven já alugaram essa cabana no passado.

Vivienne parou e brincou com a lanterna. Rhys, por sua vez, cutucou de leve o pé dela com o dedão.

— Continua.

Ela pigarreou.

— Inclusive Piper McBride, o fantasma que a gente viu na biblioteca, e agora temos que capturá-la.

Vivienne fez menção de seguir em frente pelo caminho, mas Rhys a pegou pelo cotovelo de novo.

— Desculpa, você disse que a gente vai capturar um fantasma?

Vivienne bufou e jogou as mãos para cima.

— Não exatamente capturar. A gente só tem que... Peraí.

Ela revirou a bolsa de novo, e Rhys se perguntou se aquela era uma espécie de bolsa da Mary Poppins. O que ela tiraria dali de dentro agora? Uma espada? Uma planta?

— A gente só tem que acender isso — disse Vivienne, e Rhys semicerrou os olhos para a vela prateada que ela estava segurando.

— Uma vela de Eurídice? Onde foi que você conseguiu isso? — Rhys só tinha visto uma vela daquelas uma vez, em um armário trancado à chave na biblioteca do pai, e tinha certeza de que Simon ameaçara bater nele caso encostasse o dedo naquela coisa. Eram peças raras de se encontrar, e a magia que usavam era poderosa.

— Amanda — respondeu Vivienne. Como Rhys só continuou a encarando, ela enfiou a vela na bolsa. — É do grupo dos bruxos que trabalham na faculdade. A dra. Arbuthnot mandou ela ir ao meu escritório com a vela. Aparentemente, tudo que a gente precisa fazer é ir até a casa de Piper, achar o lugar onde ela mantinha o altar e acender a vela. Aí a vela vai...

— Absorver o espírito dela, prendê-lo dentro da vela, que então pode ser acesa em outro lugar, e liberá-la com mais segurança.

— Isso — falou Vivienne, assentindo. — E aí os bruxos da faculdade podem refazer o feitiço de vinculação nela.

Lá no alto, uma coruja piou, e Rhys jogou a cabeça para trás para analisar o céu noturno. A lua estava quase cheia, as árvores esqueléticas apontavam para as estrelas, era a noite perfeita para invocar fantasmas do mal. E, lá no fundo, Rhys sabia que aquela era uma péssima ideia.

— Por que elas mesmas não podem vir fazer isso? — questionou ele. Vivienne suspirou enquanto tirava uma mecha de cabelo da testa.

— Tem que ser a gente. Fomos nós que a libertamos, então somos nós que precisamos capturá-la. Mas a vela vai fazer todo o serviço. A gente só precisa acendê-la, esperar o espírito dela ser, sabe — ela fez uma espécie de rodopio com a mão —, sugado, e aí pronto! — Ela sorriu para ele, possivelmente o sorriso mais falso que Rhys já tinha visto na vida. — Molezinha!

— Tão mole quanto rapadura, só se for, né? Porque nada disso me parece particularmente fácil, Vivienne.

— Amanda disse que seria.

— Ah, bom, se Amanda disse que seria fácil, então não tem nenhum problema! Nossa boa e velha amiga Amanda.

Vivi revirou os olhos e se afastou.

— Talvez eu devesse ter vindo sozinha.

— Talvez nenhum de nós devesse ter vindo e você devesse ter mandado aquela bruxa se ferrar. Achei que você nem gostasse dos bruxos da faculdade.

— Não gosto mesmo — concordou ela, esmagando as folhas secas com as botas enquanto avançavam floresta adentro. Rhys se empertigou e puxou a gola do casaco. Ali não era o sul? Não era pra ser quente no sul?

— Mas Amanda foi legal, ela só queria ajudar, e já que a culpa desse fantasma estar solto por aí é minha...

— É nossa culpa — disse ele. — Toda essa história é um desastre causado por duas pessoas, Vivienne.

Então ela parou de andar e voltou a se virar.

— Bom, já que a culpa também é sua, então talvez você devesse parar de mimimi sobre ter que ajudar.

— Eu não estou de *mimimi* — insistiu ele, mas aí percebeu que era quase impossível dizer aquela frase *sem* parecer que estava de mimimi, então pigarreou e disse: — Só acho que num momento em que, como nós sabemos, a magia está pifando, talvez acender uma vela de Eurídice seja uma ideia ruim.

—Ah! — Vivienne apontou para ele, mas, como usou a mão que segurava a lanterna, Rhys foi momentaneamente cegado.

Ele levantou a mão para se proteger da claridade e Vivienne baixou a lanterna no mesmo instante.

— Desculpa. Mas, como eu estava dizendo, ah! Também pensei nisso. Só que tem umas brechas. Primeiro, nós não vamos fazer nenhuma magia. Nenhum feitiço, nenhum ritual. A vela vai fazer todo o serviço, e segundo...

Ela o chamou com o dedo, e Rhys ficou consternado com a rapidez com que o gesto lhe pareceu um puxão no peito.

Sentiu a mesma coisa lá embaixo, seu pau ávido por segui-la aonde quer que fosse, e Rhys pensou mais uma vez naquele beijo na biblioteca, na sensação de tê-la em suas mãos, na rapidez com que ela se entregou para ele.

— Rhys — disse Vivienne, e, cacete, ela o chamou com o dedo de novo. — Vem cá.

Ele era mesmo um idiota, o imbecil mais apaixonado do mundo inteiro, porque ali estava o puxão de novo.

Com as mãos nos bolsos ao se aproximar dela, Rhys arqueou as sobrancelhas.

— O quê?

Vivienne apoiou a mão no ombro dele e o empurrou levemente para a direita. Em seguida, olhou para ele com aquele sorriso radiante.

— Esqueci de te contar. A tia Elaine descobriu uma coisa. Sabe a maldição? Ela só existe dentro dos limites da cidade. Provavelmente porque a magia só alimenta Graves Glen.

— Todo mundo diz que Gryffud era um filho da mãe bem meticuloso, então faz sentido — reconheceu Rhys.

— Certo — disse Vivienne. — E, a partir de agora, estamos oficialmente a dois... não, a *três* passos de distância de Graves Glen.

Com isso, ela levantou a mão do ombro dele e agitou os dedos.

Aquela bolinha de luz que ela tinha conjurado na primeira noite de Rhys de volta à cidade ganhou vida e pairou acima deles. Ela não explodiu imediatamente em uma bola de fogo que arrancou suas sobrancelhas, então Rhys presumiu que Vivienne tivesse razão. A maldição não ia além dos limites da cidade.

Finalmente um alívio.

— Agora, bora lá. A gente tem um fantasma para capturar.

Eeeee lá se foi o momento de alívio.

Eles passaram alguns minutos avançando pela estrada enquanto as árvores ficavam cada vez mais espessas e o caminho estreitava. Apesar de Rhys não estar com o mesmo pressentimento ruim que tinha sentido na biblioteca, ainda desejava estar em qualquer lugar, menos ali.

E então, quando o caminho afunilou ainda mais, o ombro de Vivienne roçou no dele e, de repente, estar em uma estrada em meio à floresta, indo em direção a uma casa mal-assombrada, não parecia tão ruim. Talvez ele não quisesse estar sozinho no sofá. Talvez ele...

— Ah, puta que pariu.

Rhys parou de repente e encarou a casa que, de repente, surgiu diante dele.

Se você pesquisasse "casa mal-assombrada" na internet, pensou ele, aquela era a imagem que apareceria. Parecia algo saído de algum filme de terror ruim, e, ao ver aqueles degraus empenados, a persiana despencando em uma janela e a porta da frente toda bamba, Rhys sentiu menos medo dos fantasmas do que de pegar tétano.

— Talvez a biblioteca precise de um fantasma — disse Rhys enquanto estudava a casa. — Talvez seja melhor deixar ele por lá. Dá um pouco de personalidade para o lugar, sabe?

Ao lado dele, Vivienne respirou fundo.

— A gente só tem que entrar e acender uma vela. Aposto que conseguimos entrar e sair em, tipo, três minutos.

— Isso já é quatro minutos a mais do que eu quero ficar dentro daquela casa — retrucou Rhys, mas então olhou para Vivi, a viu morder o lábio inferior e soube que eles não iam embora até que concluíssem a missão.

Então, respirando fundo, Rhys lhe ofereceu a mão.

— Vamos lá capturar um fantasma.

CAPÍTULO 21

Vivi tinha dito a si mesma que não tinha como a parte de dentro da cabana ser mais assustadora do que a parte de fora. Provavelmente seria um daqueles casos em que todo o horror estaria do lado de fora e, por dentro, não passaria de uma coisa velha e oca. Nada de muito sinistro.

No curto espaço de tempo que durou o movimento de Rhys abrir a porta, Vivi se permitiu mesmo acreditar nisso.

Então eles entraram na sala de estar e...

— Eu cresci em uma casa mal-assombrada de verdade, e isso aqui é pior — comentou Rhys.

— Muito pior. Quer dizer, nunca vi sua casa, mas acredito.

A parte de dentro da cabana já tinha sido coberta de papel de parede em algum momento, no que provavelmente era um tom de damasco muito bonito, mas agora estava descolando das paredes em camadas, revelando tábuas manchadas e empenadas por baixo. Mofo e bolor se espalhavam pelo teto e em um dos cantos havia um sofá de veludo que parecia apodrecido, sem uma perna e com um buraco no assento do meio.

Os outros móveis estavam em um estado semelhante de deterioração, quase todos cobertos por uma camada grossa de poeira, mas o chão estava surpreendentemente limpo, e Vivi olhou ao redor enquanto se perguntava se outras pessoas já estiveram ali.

Rhys parecia ter percebido o mesmo, e franziu a testa enquanto olhava à sua volta e apontava a lanterna para uma foto emoldurada presa na parede. Piper estava ali com mais alguns adolescentes, todos ostentando um estilo bem característico de meados dos anos noventa e posando na frente de um dos prédios da Penhaven College.

— Bom, pelo menos a gente sabe que está no lugar certo — deduziu ele, e então girou a lanterna pela sala. — Mas por que será que o chão está tão limpo?

— Talvez ela tivesse um feitiço — sugeriu Vivi. — Algum tipo de feitiço de limpeza que meio que continuou ativo depois que ela morreu?

Rhys deu de ombros.

— Pode ser. Coisas mais estranhas já aconteceram.

Desviando dos cacos de vidro de uma janela quebrada, Vivi seguiu pela sala. Uma tábua do piso parecia meio podre quando ela pisou, emitindo um rangido assustador.

— Bom — disse ela, engolindo em seco. — A gente só precisa descobrir onde ficava o altar dela, acender a vela...

— E vazar daqui. Com vontade — concluiu Rhys, e Vivi assentiu.

— Isso, com muita vontade.

Por sorte, a cabana era pequena. Tinha só a sala de estar com um armário minúsculo, um cômodo pequeno que provavelmente tinha sido o quarto de Piper e uma cozinha, cujos eletrodomésticos estavam velhos e enferrujados.

Vivi tinha achado que o quarto seria a melhor opção, mas o cômodo estava completamente vazio e, ao contrário da sala de estar, coberto de poeira. Além disso, não havia nenhum sinal de magia remanescente ali, nenhuma antiga mancha de cera nem marcas de fuligem na parede, todas as coisas que Vivi esperava encontrar.

Em seguida, verificou a cozinha, mas, assim como o quarto, estava vazia, a não ser por uma velha mesa e cadeiras meio apodrecidas, parecendo uma pilha de madeira.

Rhys ainda estava dando uma olhada na sala de estar, agachado perto da lareira com a lanterna apontada para o tijolo rachado.

— Não estou sentindo nada — comentou, e Vivi olhou para ele, com aqueles jeans esticados nas coxas, os ombros largos ao espiar a chaminé, a luz da lanterna dela realçando a precisão das maçãs do rosto dele, o contorno da mandíbula.

— Hum. É. Também não — disse ela, então se afastou antes que ele a flagrasse praticamente babando em cima dele.

Ela estava ali para capturar um fantasma, basicamente a coisa menos sexy do planeta.

É claro, as salas de estudo da biblioteca também deveriam ser zero sexy, mas eles com certeza provaram o contrário.

Ela e Rhys em espaços pequenos e pouco iluminados claramente era sinônimo de escolhas ruins, então o quanto antes ela acabasse com aquilo, melhor.

— A gente só pode estar deixando passar alguma coisa — disse Vivi. — Quem sabe...

Eles ouviram o som ao mesmo tempo.

Passos.

A boca de Vivi ficou seca e, de repente, ela sentiu os joelhos bambos e um embrulho no estômago. Ver um fantasma em plena luz do dia em um prédio cheio de gente já tinha sido assustador o bastante. Ver um bem ali, no cenário de um daqueles programas cafonas de caçadores de fantasmas de que Gwyn gostava tanto?

Vivi estremeceu. Não, obrigada.

Rhys se levantou e desligou a lanterna. Vivi fez o mesmo, desfazendo o feitiço de iluminação, e os dois ficaram ali, parados na sala escura, iluminados apenas pela luz da lua, ouvindo.

Os passos estavam mais próximos, mas Vivi se deu conta de que vinham do lado de fora. Dava para ouvir o som de folhas e pedrinhas esmagadas no caminho externo, e à medida que quem quer que fosse se aproximava, ela ouviu os sussurros do que parecia ser mais de uma pessoa.

Com um suspiro de alívio, Vivi olhou para Rhys.

— *Não é fantasma* — disse ela sem praticamente emitir som, e ele assentiu, mas apontou para a porta.

— *Mas então quem é?* — respondeu ele também sem som, e Vivi foi em silêncio até a janela rachada, mantendo-se nas sombras para olhar além da escuridão.

Só havia uma lanterna, mas era evidente que duas pessoas se aproximavam da casa, apoiadas uma na outra, as cabeças juntinhas. E então, quando a lua saiu de trás de uma nuvem, Vivi conseguiu dar uma boa olhada em um dos rostos.

Você só pode estar de sacanagem comigo.

Ela deu a volta e correu da janela o mais rápida e cuidadosamente possível.

— É um dos meus alunos — sibilou ela para Rhys. — Hainsley. Que, aliás, vai ser reprovado porque só sabe *colar*, e...

— Que tal me dar os detalhes mais tarde? — Rhys sussurrou em resposta. Em seguida, apontou para a porta da frente com a cabeça. — Aquela é a única saída. Qual vai ser a jogada?

— A jogada? — repetiu Vivi. Dava para ouvir Hainsley e a garota que o acompanhava chegando mais perto, e ela estava rindo. Hainsley a respondia bem baixinho.

— Olha, agora o chão limpo está fazendo sentido — disse Rhys com a voz quase inaudível. — Aqui é obviamente um lugar de pegação, então quer fingir que é por isso que estamos aqui, na cara de pau mesmo?

Vivi piscou, surpresa, enquanto ouvia o ranger da porta da frente se abrindo.

— A ideia dos meus alunos pensando em mim como um ser sexual é pior do que eles descobrirem que eu sou uma bruxa.

Rhys assentiu com firmeza.

— Então tá. A gente se esconde.

Assim, ele pegou a mão dela e a puxou em direção ao pequeno armário na sala de estar, fechando a porta atrás deles no mesmo instante em que ouviram os passos nos degraus da frente.

O coração de Vivi batia forte, as mãos tremiam e, por um segundo, ela estava tão ocupada se concentrando no fato de quase terem sido pegos se escondendo em uma cabana mal-assombrada, e logo por *Hainsley Barnes*, que não se deu conta de como aquele armário era pequeno.

E de como Rhys estava perto dela.

Mal havia espaço para os dois. As costas de Vivi estavam coladas na parede e Rhys estava tão perto que não teve escolha a não ser pôr as mãos na parede atrás dela. Era isso ou encostar nela, e as mãos de Vivi estavam bem juntinhas nas laterais do corpo porque quase tinha pegado na cintura dele enquanto a porta se fechava.

Rhys pareceu se dar conta disso ao mesmo tempo. Vivi sentiu que ele respirou fundo, o corpo pressionado no dela, os seios colados no peito dele, os quadris alinhados, e até mesmo os joelhos se encostavam.

E a boca dele...

Rhys virou a cabeça, tão perto que os lábios de Vivi quase roçaram a bochecha dele, e então ela sentiu aqueles lábios bem ali, pertinho da sua têmpora.

— Desculpa — disse ele quase sem ar, e então ela balançou a cabeça.

— Sem problema. — As palavras foram pouco mais do que um movimento dos lábios, mas ele pareceu entender o recado e relaxou de leve, o que, de alguma forma, o aproximou ainda mais.

Embora Vivi não conseguisse enxergar nada dentro do armário, ela fechou os olhos.

Tá bom. Tá bom, ela era capaz. Talvez eles não fossem ficar ali por muito tempo. Talvez ela não tivesse que passar pelo pesadelo de ouvir Hainsley Barnes transando com alguém.

A porta da frente se abriu com um grunhido e Vivi ouviu as risadas de Hainsley e da garota. Em seguida, se calaram enquanto os pés faziam barulho no chão de madeira.

— Esse lugar é uma nojeira — comentou a garota.

Então cada som vindo de fora do armário era bem nítido.

Talvez a maldição funcionasse ali.

— Você está louco se pensa que vou ficar pelada aqui — prosseguiu a garota, e Vivi sentiu os lábios de Rhys se contraírem sobre sua têmpora.

Isso, pensou Vivi, *é muito nojento. Não fica pelada aqui, por favor, por favor, por favor.*

Mas Hainsley disse:

— Você não acha isso sexy? Transar em uma casa mal-assombrada.

Rhys apoiou a testa na parede atrás de Vivi com o que ela tinha bastante certeza de ser um gemido silencioso.

— Não — disse a garota, mas já estava dando risadinhas de novo, e o silêncio que se seguiu foi ensurdecedor.

Quando Hainsley voltou a falar, a voz estava mais baixa.

— Vamos, Sara. Vai ser legal, prometo.

Vivi mal conseguiu conter a bufada, e deu para perceber que Rhys tinha sentido, porque o sorriso dele em sua têmpora ficou mais largo.

— Você prometeu isso da última vez e durou, tipo, dois minutos — retrucou Sara, e Rhys puxou a mão que estava atrás de Vivi para levá-la brevemente ao peito, imitando um tiro fatal.

Vivi mordeu o lábio para não rir, embora de repente tivesse ficado bastante ciente do dorso da mão de Rhys entre os dois, os nós dos dedos lhe roçando a clavícula. Por mais que não enxergasse a mão e os dedos dele, era capaz de imaginá-los perfeitamente, aqueles ossos elegantes.

— *Você tem mãos de músico — dissera-lhe ela uma vez. Estavam deitados na cama minúscula do dormitório dela, os pés de Rhys pendurados para fora, o lençol grudado nos corpos suados. Vivi estava sonhando acordada na calmaria pós-sexo, brincando com os dedos dele, entrelaçando e desentrelaçando os dedos nos dele, passando-lhe as unhas pelas costas da mão enquanto Rhys a estudava sob a luz de velas.*

— *Pardon, madam, são mãos de feiticeiro — respondera ele. — Não sabem tocar uma nota sequer.*

Então ela pegara aquela mão com a qual estivera brincando e a enfiara por baixo do lençol, entre as pernas dela, bem no ponto em que queria, um gesto tão ousado que a fizera corar, mas ela seguira em frente de qualquer forma.

— *Sendo assim* — *dissera ela* —, *sei de um feitiço que você pode fazer.*

E foi o que ele fez. Repetidas vezes.

Por muito, muito mais do que dois minutos.

Hainsley e Sara ainda estavam falando, mas Vivi não estava mais ouvindo, e, por mais que Rhys tivesse deixado bem claro que não conseguia ler a mente dela, ela sentiu que ele sabia exatamente quais eram seus pensamentos e suas lembranças naquele momento. Ele estava grudado no corpo dela, a respiração lenta e constante, e, ao inclinar a cabeça bem de leve, o nariz roçou na mandíbula dela, o que a fez estremecer.

Simples assim. Bastava um mínimo toque para que seus mamilos endurecessem e sua respiração ficasse um pouco mais ofegante enquanto cada nervo do corpo dela ganhava vida.

Pouco a pouco, ela foi afastando as mãos das laterais do corpo e as apoiou timidamente no quadril dele.

Rhys interpretou aquilo como o convite que ela pretendia que ele fizesse e se aproximou ainda mais. Nenhum acidente dessa vez, nenhum constrangimento. Era deliberado. Ele estava colado nela, e ela tirou um pé do chão e envolveu a panturrilha na dele, afastando o quadril da parede enquanto ele abaixava a cabeça e roçava os lábios no local em que o pescoço encontrava o ombro, fazendo-a apertar bem os olhos.

Uma das mãos estava na parte inferior de suas costas, enquanto a outra ainda estava encostada na parede no ponto perto da sua cabeça. Eles passaram um bom tempo desse jeito — o contato dos lábios dele não era firme o suficiente para ser um beijo, e Vivi teve que lutar contra o impulso de gemer ao sentir aquela boca percorrer seu pescoço, a respiração quente e úmida.

Ela tirou as mãos do quadril dele para lhe apertar as costas, sentindo o frio da jaqueta nas palmas. Rhys segurava sua nuca com firmeza, mas ainda não a tinha beijado, e ela se perguntou se ele também estava dizendo a si mesmo que, contanto que não passasse daquilo, dos toques e das provocações dos lábios na pele, não seria um erro.

Era fácil pensar isso na escuridão, sem poder vê-lo, sem poder falar. Mais fácil ainda simplesmente tocar e sentir.

Desejar.

Então, do lado de fora do armário, Vivi ouviu uma batida.

Ela ficou imóvel e sentiu Rhys tirar a cabeça do pescoço dela quando Hainsley disse:

— Você está certa. Esse lugar provavelmente é esquisito demais para entrar no clima. Quer pelo menos explorar a área ou alguma coisa assim? Ver que outras coisas assustadoras tem por aqui?

De repente, Vivi foi capaz de visualizar a cara de Hainsley ao abrir a porta do armário e encontrar sua professora de história — a professora cuja matéria ele estava prestes a reprovar — agarrada com um cara aleatório, o rosto vermelho, o cabelo bagunçado.

Não, isso não ia acontecer.

Estava na hora de Hainsley e Sara darem no pé e ela dar continuidade a essa história de fantasma.

Vivi deu um empurrãozinho no peito de Rhys, indicando que ele deveria recuar o máximo possível — e ficou feliz de ver que, de alguma maneira, ele a entendeu mesmo sem conseguir vê-la.

Erguendo a mão, Vivi pressionou a ponta dos dedos na lateral do armário e moveu os lábios para fazer um feitiço bem simples.

Esperava de coração que Amanda estivesse certa ao dizer que estavam longe o suficiente da cidade para que a magia amaldiçoada não fodesse com tudo.

Ouviu-se outra batida do lado de fora, dessa vez mais alta, e Vivi ouviu a voz de Sara, aguda.

— O que foi isso?

Ainda concentrada no feitiço, Vivi imaginou aquela foto na parede, fixando nela toda a sua energia, e então ouviu o estrondo da moldura batendo no chão e do vidro se espatifando. Em seguida, Sara gritou.

— Quero ir embora! — berrou ela, e Vivi torceu para que Hainsley não fosse o tipo de babaca que lhe diria que não era nada de mais, ou pior, que quisesse provar como era machão e enfrentar um fantasma.

Só para garantir, ela direcionou outra onda de magia para a porta da frente e, em seguida, a ouviu se encaixar de volta na dobradiça e bater contra a parede externa.

Dessa vez, Sara não foi a única a gritar, e Vivi secretamente deu um soquinho no ar quando ouviu os passos dos dois batendo em retirada e percorrendo o caminho que levava de volta à floresta.

— Muito bom — comentou Rhys, ainda falando baixo, e Vivi abriu um sorriso no escuro.

— Tenho meus momentos.

— Com certeza tem.

Agora, estavam sozinhos na casa. Não havia motivo para continuarem dentro daquele armário, agarradinhos na escuridão, mas nenhum dos dois se mexeu.

206 Rachel Hawkins

— Vivienne — disse Rhys, e dava para senti-lo dizendo seu nome, a respiração dele nos lábios dela. Ele ainda estava tão perto. *Eles* ainda estavam tão perto.

Ela estendeu a outra mão para tocar a parede oposta e se estabilizar um pouco enquanto ele abaixava a cabeça.

E então ela deu um grito quando sentiu os dedos formigarem, quase como se tivesse encostado em uma tomada.

— Que foi? — perguntou Rhys, e, na mesma hora, recuou, ligou a lanterna e a apontou para a parede à direita.

— Acho — disse Vivi ao olhar para as marcas pintadas ali — que a gente encontrou o altar de Piper.

CAPÍTULO 22

Rhys sabia que deveria estar animadíssimo por terem encontrado o que estavam procurando. Também tinha noção que era idiotice ficar ressentido porque, anos antes, uma bruxa tinha feito um altar naquele pequeno armário onde, décadas mais tarde, Rhys tinha chegado muito perto de beijar uma mulher linda antes de o tal altar empatar completamente sua foda, mas estava bem tarde, e ele não estava beijando Vivienne, então Piper McBride agora estava em sua lista de cancelados por mais um motivo além de tê-lo arremessado em uma biblioteca.

— Por que fazer um altar aqui dentro? — perguntou Rhys, direcionando a luz da lanterna para as runas que Piper tinha pintado tantos anos antes. Ele reconheceu algumas, mas outras não lhe eram familiares.

— Acho que nem todos sabiam que ela era bruxa — respondeu Vivienne, ajoelhando-se no chão e pressionando os dedos no piso. — Ou talvez fosse porque estava fazendo magia proibida, né?

Ela se apoiou nos calcanhares e franziu a testa.

— Enfim, não importa. O principal é a gente acender a vela, prender ela e meter o pé.

— É isso aí — murmurou Rhys, sem deixar de olhar para as runas. Havia algo de sinistro nelas, ainda mais aquelas que estavam na parte de baixo da parede, todas escuras e com marcas cortantes que não tinham sumido depois de todo aquele tempo.

Vivienne já tinha tirado a vela da bolsa, e Rhys ficou olhando enquanto ela a posicionava em um pequeno suporte de prata antes de pegar uma caixinha de palitos de fósforo.

Rhys não sabia se ela estava prendendo a respiração enquanto acendia a vela, mas ele certamente estava. Por que não tinha tentado dissuadi-la? Sabia que ela se sentia culpada por conta do fantasma, mas não era função deles cuidar disso. Se os bruxos da faculdade queriam capturar esse fantasma, então eles que lidassem com aquilo.

Ele estava se inclinando para dizer isso a ela — e possivelmente para apagar a porcaria da vela — quando a temperatura no armário pareceu despencar uns bons dez graus.

Tarde demais, então.

— Ela está aqui — sussurrou Vivienne, depois olhou para ele. — Isso soou bem assustador. Desculpa.

— É, realmente, foi só você dizer uma frase de três palavras que essa situação toda ficou perturbadora. Antes disso? Tão agradável quanto um dia no parque.

Vivienne voltou a olhar para a vela, mas ele viu o canto da sua boca se curvar em algo parecido com um sorriso.

Então, enquanto esperavam e o ar ficava cada vez mais frio, Rhys notou uma espécie de assobio, como se alguém tivesse deixado o gás ligado, e ao se virar para olhar em direção à porta da frente, ele viu o que parecia uma névoa serpenteando por baixo dela.

Ela brilhava, projetando uma luz azul misteriosa na sala enquanto se avolumava no chão e ondulava na direção deles.

O frio estava quase insuportável no momento, e Rhys pegou Vivi pelo cotovelo para ajudá-la a ficar de pé enquanto os dois saíam do armário e observavam a névoa crescer e se aglutinar, subindo até que a forma oscilante de Piper McBride surgisse flutuando na frente deles.

Ela parecia menos substancial do que na biblioteca e, graças à deusa, também parecia bem menos aborrecida.

Em vez disso, parecia apenas um pouco confusa e olhava inquieta por todas as partes de onde já tinha sido sua casa.

Enquanto Rhys e Vivienne observavam, pequenas partes da névoa que formava o fantasma de Piper McBride começaram a se desprender, curvando-se em direção à vela feito fumaça, e a forma dela foi ficando cada vez mais transparente.

— Acho que está funcionando — sussurrou Vivienne bem baixinho, e Rhys assentiu.

— Só acho que poderia ser um pouquinho mais rápido.

— Sinto muito se a magia antiga da vela que invoca fantasmas não é impressionante o suficiente para você, Rhys.

— Eu não disse isso, só...

— *Penhaaaaallllllow.*

O sobrenome dele saiu como um suspiro confuso, e uma onda genuína de medo percorreu a coluna de Rhys, gelado e ardente ao mesmo tempo.

O fantasma continuou oscilando no mesmo lugar conforme partes de Piper seguiam em direção à vela. Seus olhos eram do mesmo azul-claro do restante do corpo, as pupilas, tão dilatadas que quase absorviam a íris, e Rhys sentiu que ela olhava através dele, não para ele.

— *Maldito Penhallow* — acrescentou Piper enquanto sua forma se tornava bem fina. — *Maldito seja pelo que foi tirado.*

— Achei que eu tivesse sido amaldiçoado por ser um merda — murmurou Rhys para Vivi, mas ela estava franzindo a testa para o fantasma.

— Como assim? — perguntou ela. — O que ele tirou?

— *Nunca foi sua, babaca* — sibilou o fantasma. — *Você tirou.* — Ela estava se desintegrando, a cabeça flutuava para longe do pescoço, as mãos se afastavam em espirais de fumaça que desapareciam na chama da vela.

Foi uma das coisas mais assustadoras que Rhys já vira, e Vivienne estava *se aproximando dela*.

— Mas ele não tirou nada — disse ela, levantando o queixo enquanto a cabeça do espírito voava muito alto. — Tipo, nem a minha virgindade.

— É verdade! — disse Rhys a Piper. — E, de qualquer maneira, nem sou de tirar, sou do tipo que dá.

— Ela não está interessada nas suas proezas sexuais, Rhys — falou Vivienne, o olho vidrado no fantasma. — E nem sei se ela está mesmo falando de você.

Era difícil ver para onde Piper estava olhando no momento, já que a cabeça dela quase roçava o teto, mas o fantasma abriu a boca e emitiu um daqueles gritos fantasmagóricos enquanto suas últimas partes eram absorvidas pela vela, e Rhys se viu chegando mais perto de Vivienne.

— *O que foi errado deve ser consertado, o que foi tirado deve ser renunciado* — gritou Piper, e o ar de repente pareceu carregado, como se um raio estivesse prestes a cair.

Então, com outro grito e um som perturbadoramente parecido com algo descendo pelo ralo, o que tinha restado de Piper foi absorvido pela vela de Eurídice.

A chama vacilou uma, duas vezes, e por um breve instante ficou azul.

Em seguida, ela se apagou, deixando Rhys e Vivienne no escuro.

Sozinhos.

CAPÍTULO 23

Eram quase duas da manhã quando Vivi usou sua chave reserva para abrir o Templo das Tentações. A vela de Eurídice estava guardada dentro da bolsa e, embora parecesse uma vela normal, ela não queria ficar com aquilo além do que precisava, e categoricamente não queria que passasse a noite no apartamento dela.

A despensa da loja parecia o melhor lugar para guardá-la, e era para lá que a estava levando, com Rhys logo atrás.

Os dois não tinham conversado muito no trajeto, e definitivamente não tinham falado sobre aquele momento no armário, da mesma forma que não falavam sobre o beijo na biblioteca.

Vivi e Rhys estavam ficando craques em Não Falar Sobre Coisas, e era assim, pensou ela, que a situação precisava continuar.

Ao abrir a cortina que levava à despensa, ela se atentou para todo aquele lance de não ficar sozinha com ele em espaços pouco iluminados.

— Ah, puta merda — murmurou consigo mesma ao entrar na despensa.

Tinha esquecido que o feitiço da tia Elaine fazia a sala mudar de acordo com a hora do dia, de acordo até mesmo com o clima. Se estivesse chovendo lá fora, haveria fogo na lareira e velas brilhariam de modo aconchegante nas paredes. Se estivesse sol, haveria janelas deixando entrar suaves raios de luz.

E, se estivesse no meio da noite, haveria fogo na lareira, velas e um céu cheio de estrelas lá em cima.

— Sua tia vai se encontrar com alguém aqui? — perguntou Rhys ao olhar à sua volta, e Vivi focou no armário à frente dela quando disse:

— Não, é só... a vibe.

—A vibe — repetiu Rhys, claramente satisfeito. — Curti.

Vivi não disse nada em resposta, só abriu o armário e, com muita cautela, tirou a vela de dentro da bolsa. Ainda estava meio fria ao toque, mais do que uma vela normal, e Vivi tomou cuidado ao colocá-la entre uma pilha de velas brancas e vários potes de ervas secas.

Pela manhã, mandaria uma mensagem para Gwyn e Elaine para contar sobre aquilo, mas, por enquanto, só queria subir para o apartamento dela, tomar um banho bem quente e dormir por muitas horas.

— Caramba, está tarde — comentou Rhys com um suspiro, e Vivi assentiu enquanto terminava de acomodar a vela.

— Pois é. Estou feliz de não ter nenhuma aula amanhã de manhã.

Atrás dela, Vivi ouviu Rhys rir baixinho.

— Programar as aulas com base na bruxaria. Ou a bruxaria com base nas aulas, imagino.

— Essa é minha vida.

Só que havia séculos que Vivi não fazia tantas coisas de bruxa. E, apesar de a noite não ter sido incrivelmente maravilhosa, tinha uma parte revigorante naquela história toda. Andar furtivamente pela floresta até chegar em uma cabana mal-assombrada, invocar o espírito de uma bruxa morta havia muito tempo... Era o tipo de coisa em que Vivi tinha pensado quando soube quem — ou *o que* — ela era.

Talvez fosse por isso que não se sentia cansada, esgotada ou estressada por ter que dar aula no dia seguinte.

Vivi tinha entrado em uma casa mal-assombrada, acendido uma vela mágica e capturado uma porra de uma *bruxa fantasma*.

E tinha sido bem incrível.

— Obrigada pela ajuda — disse ela a Rhys, fechando o armário e girando a chave na fechadura. — Tenho certeza de que ser aterrorizado por um fantasma não estava no topo da sua lista de coisas para fazer hoje à noite.

Ela deu a volta, recostou-se no móvel e cruzou os braços. Rhys ainda estava parado do outro lado da sala, e a luz da lareira refletia no seu lindo rosto, o cabelo com certeza estava fazendo O Negocinho e a barba por fazer realçava todo aquele ar jovial.

Provavelmente foi por isso que Vivi disse:

— E vou acrescentar um agradecimento retroativo por você nunca ter tentado transar comigo numa casa mal-assombrada quando a gente estava na faculdade.

— O jovem Hainsley precisa mesmo repensar o jogo dele — reconheceu Rhys, imitando a postura dela contra o armário do outro lado. — Mas, para ser sincero, se a opção estivesse disponível na época, era provável que eu tivesse arriscado. Eu teria tentado transar com você em praticamente qualquer lugar. Numa casa mal-assombrada, num asilo abandonado, no Departamento de Veículos Motorizados...

— Se você tivesse tentado esse último aí, a gente também poderia ter tentado transar na cadeia — retrucou Vivi, ignorando a forma com que seu coração parecia palpitar tanto com as palavras dele quanto com o meio sorriso que ele estava ostentando. Ela desejou que tia Elaine não fosse tão comprometida com a estética daquele lugar, porque aquela sala, com a madeira quentinha, a iluminação suave e a grande quantidade de superfícies macias disponíveis não estava ajudando.

— Teria valido a pena — disse Rhys, e então o sorriso desapareceu conforme o olhar dele ficava mais afetuoso. — Eu era louco por você, Vivienne — falou em voz baixa.

Com sinceridade.

— Completamente louco.

Vivi engoliu em seco e abraçou o próprio corpo. Queria responder com uma piada, alguma coisa que perfurasse aquele momento como se fosse um balão.

Em vez disso, falou a verdade.

— O sentimento era bastante mútuo.

— Era? — Rhys se afastou do armário e chegou mais perto dela. Estava tarde, muito tarde àquela altura, e Vivi estava acordada fazia quase vinte horas, mas a sensação era a mesma do momento em que tocou aquelas runas na cabana de Piper.

Estava cheia de energia. Viva.

— Porque, quanto mais penso nisso — continuou ele, chegando cada vez mais perto, devagarinho, com as mãos nos bolsos —, menos eu acho que deveria ter falado no tempo passado. Será que devo tentar de novo?

Ele parou, olhando para ela, e Vivi sabia que se lhe dissesse não, se dissesse que eles deveriam ir embora, ele pararia, sem nenhuma dúvida. Era uma das coisas que amava tanto nele naquela época, a facilidade com que ele deixava o poder nas mãos dela. Ela poderia detê-lo naquele instante.

Ou poderia permitir que ele se aproximasse e dissesse o que tinha a dizer.

Sem ter certeza de que podia confiar em si mesma para falar, Vivi simplesmente assentiu, e um dos cantos da boca de Rhys se curvou.

— Eu *estou* louco por você, Vivienne Jones. De novo. Ou talvez eu devesse dizer "ainda", porque vou ser bem sincero com você, *cariad*. Acho que o sentimento nunca foi embora.

Cariad. Ele já tinha usado a expressão galesa para "amor" para se referir a Vivi naquele verão. Ela ainda sentia aquela palavra soprada em seu ouvido, sussurrada em sua pele, murmurada entre suas coxas.

Ele ainda estava parado a poucos metros dela, dando-lhe a oportunidade e o espaço para pôr um ponto final naquilo se quisesse.

Ela não queria.

Vivi fechou o espaço entre eles e apoiou as mãos no peito de Rhys. A pele dele estava quente por baixo do suéter, o coração batia forte sob suas palmas, e, ao se inclinar para a frente, conseguiu sentir o cheiro da pele dele, a fumaça da floresta, o aroma do ar noturno grudado em seu corpo. De repente, pareceu uma estupidez ter fingido não querer aquilo.

Levantando o rosto, Vivi levou os lábios aos dele.

O beijo na biblioteca tinha sido frenético, como fósforo em contato com gasolina, alimentado tanto pela raiva e pela frustração quanto pela luxúria.

Esse era diferente. Mais lento.

Ele segurou o rosto dela com as mãos e acariciou suavemente sua mandíbula com os polegares, e Vivi notou as próprias mãos apoiadas na cintura de Rhys, abriu a boca sob a dele e suspirou enquanto as línguas roçavam uma na outra.

— Esse seu gosto — murmurou ele quando se separaram. Em seguida, levou a boca ao pescoço de Vivi enquanto ela fechava os olhos e inclinava a cabeça para trás. — Não me canso dele. Nunca me cansei.

Mais uma lembrança. Aquela primeira noite da Festa do Solstício, aninhados na tenda dele. Vivi nunca tinha ido para a cama com alguém tão depressa, sempre tinha passado pelo que parecia o número apropriado de encontros para cada etapa. Beijo no segundo encontro, um pouco mais no terceiro, e assim por diante. Só tinha transado com um cara antes de Rhys, e só acontecera depois de um ano inteiro de namoro.

Mas, duas horas depois de ter conhecido Rhys, sua boca já estava em cima dela, e Vivi levou a coxa na altura do ombro enquanto ele a beijava, lambia, chupava e a deixava completamente louca, dizendo-lhe repetidas vezes como tinha um gosto bom, como ela era bonita, e ela se *sentia* bonita. Poderosa, até, desavergonhada, desinibida.

Às vezes, Vivi achava que, naquele verão, tinha mesmo era se apaixonado pela versão de si mesma quando estava com ele.

Mas, por mais agradável que fosse aquela lembrança, ela não queria pensar no passado quando o presente estava bem ali na sua frente, deslizando as mãos pelas laterais do seu corpo, roçando as pontas dos dedos na pele logo acima do cós do seu jeans.

— Vivienne, se você me deixar te fazer gozar hoje à noite, eu vou me considerar o homem mais sortudo do mundo.

As palavras foram murmuradas no ponto em que seu pescoço encontrava o ombro, e Vivi sentiu o corpo inteiro se contrair em resposta.

De uma hora para a outra, não havia nada no mundo que ela quisesse mais do que permitir que Rhys Penhallow a fizesse gozar na área privativa daquela loja, e não queria pensar muito a respeito, não queria analisar todos os motivos pelos quais não deveria permitir aquilo.

Tinha sido uma noite longa, ela estava se sentindo poderosa e *bem*, e um cara bonito estava oferecendo um orgasmo a ela.

Por que não deveria permitir aquilo?

Vivi o agarrou pela nuca e se inclinou para beijá-lo de novo, deixando que sua língua acariciasse a dele e adorando o som baixinho que saía da garganta de Rhys em resposta.

— Por favor — sussurrou na boca dele, e logo já estavam tropeçando no antigo sofá de veludo ao lado da lareira. Uma parte remota do cérebro de Vivi a lembrou de que o sofá tinha pertencido a alguma bruxa famosa e que, por isso, tia Elaine gostava muito daquele móvel, mas não conseguia pensar naquilo no momento, não conseguia pensar em nada que não fosse Rhys e as mãos dele no corpo dela.

Eles caíram no sofá, e Rhys estendeu o braço para garantir que não jogaria todo o peso do próprio corpo em cima dela. Vivi, por sua vez, envolveu a nuca dele com a mão enquanto ele acariciava sua mandíbula, seu pescoço.

Rhys estava tirando a camisa de Vivi de dentro do jeans e expondo seus peitos, e quando a boca do bruxo se fechou ao redor do seu mamilo por cima da renda do sutiã, Vivi arfou e contraiu os dedos.

A língua de Rhys fazia círculos lentos, e o arrastar do tecido mais o calor úmido da boca fizeram com que ela se contorcesse debaixo dele, suplicante, cheia de vontade.

O ruído do zíper de Vivi soou muito alto no cômodo silencioso, e Rhys olhou para ela de novo, olhos nos olhos, pupilas dilatadas de desejo.

— Tudo bem? — perguntou ele, e ela fez que sim, quase freneticamente, enquanto agarrava sua nuca e puxava sua boca para perto da dela.

— Mais do que bem — respondeu ofegante, e então a mão dele estava ali, deslizando pelo algodão da calcinha dela, e ela levantou o quadril do sofá em uma súplica silenciosa.

Por um instante, ele parou, apoiado em cima dela, o cabelo cobrindo a testa, os lábios entreabertos pela força da respiração, e poderia muito bem ter sido aquela primeira noite de novo. Lá na tenda dele, na Festa do Solstício, ele olhando para Vivi, aquele mesmo pingente piscando no seu peito.

— Meu Deus, você é linda — disse ele, com a voz abalada e o sotaque mais marcado, e só por isso Vivi já poderia ter chegado perto de gozar. A julgar pelo olhar dele, tão carinhoso quanto excitado, e não pela primeira vez, ela pensou que teria sido muito mais fácil se eles não tivessem gostado tanto um do outro. Se tivesse sido só sexo, paixão e desejo, e não esse afeto também.

— Me faz gozar, Rhys — ela se ouviu dizer, a voz fraca contra o crepitar da lareira e o rugido da própria pulsação nos ouvidos. — Agora.

Ela precisava que a paixão apagasse o afeto.

Se pudesse dizer a si mesma que aquilo não passava de sexo, só um orgasmo, seria mais fácil vê-lo ir embora quando chegasse a hora novamente.

Ou ao menos era o que ela esperava.

Durante algumas arfadas, Rhys seguiu olhando para ela, os olhos quase pretos, o peito subindo e descendo, e Vivi ficou tensa, imaginando se ele ia parar as coisas por ali ou se tentaria fazer daquilo mais do que de fato era.

E então aqueles dedos voltaram a encontrá-la, pressionando e fazendo círculos, mergulhando em sua umidade e usando-a para que seu toque deslizasse mais fácil, arrastando as pontas dos dedos pelo corpo dela. Vivi fechou os olhos, e gritos incoerentes saíram de seus lábios enquanto ele a tocava, a tocava e a *tocava*.

O orgasmo pareceu ter surgido de algum lugar nas profundezas do seu corpo, irradiando para os dedos dos pés, para as pontas dos dedos das mãos, para os mamilos, e Vivi o abraçou ainda mais forte enquanto faíscas explodiam por trás de seus olhos e ela se esquecia de tudo, menos dele, do mesmo jeito que tinha sido naquela primeira noite.

Dessa vez é diferente, disse a si mesma enquanto beijava o pescoço de Rhys, sua mandíbula, sua boca, todas as partes que podia alcançar.

Tem que ser.

CAPÍTULO 24

— Então isso é uma vela de Eurídice.

Vivi disfarçou o bocejo por trás da caneca de café enquanto assentia para Gwyn.

— Aham.

Elas estavam sentadas ao redor da grande mesa na despensa do Templo das Tentações, e as três ficaram observando a vela prateada entre as pilhas de ervas e os pavios que Elaine usava para confeccionar as próprias velas. À luz do dia, naquela salinha acolhedora e aconchegante, não parecia que ali dentro tinha um fantasma à espreita.

Mas Vivi ainda se lembrava de ver o fantasma de Piper McBride desaparecendo dentro da vela, e sentiu um calafrio. O quanto antes Amanda pegasse aquela coisa e a tirasse de suas mãos, melhor. Ela combinou de ir ao escritório de Vivi aquela tarde, mas, antes, Vivi queria mostrar a vela para a tia e para a prima, por isso a reunião improvisada na despensa.

Enquanto estudavam a vela, Vivi se esforçou ao máximo para não deixar o olhar vagar para o sofá encostado na parede oposta. Por mais que fizesse poucas horas, a noite anterior — bem, o início daquela manhã — parecia ter saído de um sonho.

Um sonho fantástico e muito erótico.

Mas tinha sido real demais, e, em algum momento do dia, ela teria que lidar com o que tinha acontecido.

Com o que aquilo significava.

Significava que você tinha tido uma noite difícil e merecia aquele orgasmo, disse uma parte do seu cérebro que soava suspeitamente como Gwyn, e Vivi estava inclinada a concordar. Apesar de estar exausta e de ter dormido umas três horas, ela se sentia... bem naquela manhã. Mais do que bem. Fazia um tempão que não se sentia tão bem, e por mais que estivesse buscando em si mesma a sensação de ter cometido um grande erro, ela sabia que não ia encontrar.

Porque não tinha sido um erro. Tinha sido *divertido*. E será que isso não era o suficiente?

Tia Elaine franziu a testa e se debruçou sobre a mesa, empurrando os óculos para o dorso do nariz.

— Não é muito a cara dos bruxos da faculdade usar alguma coisa desse tipo — murmurou. Uma das mãos pairava sobre a vela, como se fosse pegá-la.

— A bruxa que veio falar comigo era diferente — disse Vivi, dando de ombros. — Acho que eles podem estar modernizando um pouco as coisas por lá.

Gwyn reagiu com um barulho indelicado enquanto dobrava um dos joelhos e o abraçava.

— Essa é boa. Acho que só queriam que você fizesse o trabalho sujo por eles.

— Pode ser — reconheceu Vivi. — Mas, honestamente, não foi tão ruim.

Diante da cara que Elaine e Gwyn fizeram, ela acrescentou:

— Tá bom, foi bem assustador e nunca mais quero voltar naquela cabana, mas poderia ter sido muito pior.

— Fantasmas podem ser perigosos — disse Elaine, ainda de testa franzida. — Você deveria ter vindo falar comigo primeiro.

— Eu e Rhys demos conta.

Os olhos de Gwyn brilharam e ela abriu a boca, mas, antes que pudesse dizer algo, Vivi levantou o dedo.

— Não. Não me venha com "Tenho *certeza* de que Rhys deu conta do recado" ou com qualquer sacanagem que você ia dizer.

— Você é muito sem graça — retrucou Gwyn. — E a minha piada ia ser um pouco mais sofisticada que isso, eu juro.

— Com certeza.

Vivi se esticou na mesa para pegar a vela, mas, antes disso, tia Elaine pôs a mão na dela.

— É só isso que você queria contar? Que capturou um fantasma numa vela de Eurídice?

Por um instante, lhe ocorreu a terrível ideia de que Elaine sabia o que tinha acontecido ali na noite anterior, de que ali dentro havia o equivalente mágico das câmeras de segurança e de que Elaine tinha visto um espetáculo e tanto. Se fosse o caso, Vivi esperava que existisse algum tipo de feitiço que a fizesse desaparecer num buraco.

Mas tia Elaine não estava fazendo nenhuma cara de quem sabia de tudo. A pergunta era genuína, e Vivi se deu conta de que precisava dizer mais uma coisa às duas.

— O fantasma disse umas coisas antes de entrar na vela — falou enquanto ajustava a bolsa no ombro. — Sobre um "maldito Penhallow" e sobre tirar alguma coisa que não pertencia a ele. Mas não acho que ela estava falando especificamente do Rhys. Acho que pode se referir ao Gryffud ou a outro antepassado.

— Talvez seja válido investigar — refletiu Gwyn, apoiando o queixo no joelho.

— Vou dar uma pesquisadinha — disse tia Elaine. Em seguida, apontou com a cabeça para a bolsa de Vivi. — E você vai devolver essa coisa asquerosa à dona.

— Pode deixar — respondeu Vivi, fazendo uma pequena continência.

Então tia Elaine sorriu para ela, e seus olhos brilhavam por trás dos óculos.

— Estou orgulhosa de você, Vivi. Uma vela de Eurídice é magia séria.

Vivi dispensou o comentário com um aceno.

— Não fiz grande coisa, sério. Só acendi a vela. Não é exatamente feitiçaria de outro nível.

— Mesmo assim — insistiu tia Elaine, cobrindo a mão de Vivi com a dela. — Você é uma bruxa que não usa magia nem para limpar o apartamento, e agora olha só!

— Tá, mas é só porque aproveito esse tempo para botar meus podcasts em dia. Além disso, quando eu era criança, vi aquele desenho do Mickey com as vassouras do mal e fiquei apavorada.

— Eu amava aquele desenho — comentou Gwyn enquanto apoiava o queixo na mão, o que fez seus brincos de prata reluzirem.

— Claro que amava.

— Mas minha mãe tem razão — prosseguiu Gwyn, dando uma cutucada em Vivi. — Foi uma magia bem da hora.

— Não sei o que significa isso — respondeu tia Elaine —, mas suspeito que queira dizer "impressionante", e foi mesmo. Sua mãe também teria ficado orgulhosa.

Surpresa, Vivi olhou para Elaine.

— Só que minha mãe odiava magia, né?

Tia Elaine negou com a cabeça e recostou-se na cadeira.

— A magia a assustava. Ela sentia que ser bruxa era... não sei, uma coisa que *aconteceu* com ela, não algo que escolheu. Mas ela era boa. Muito boa quando queria ser. Ela só escolheu um caminho diferente.

Vivi tinha passado tanto tempo achando que a mãe era uma antimagia convicta que não sabia o que dizer.

Ela se levantou e foi até a cortina que separava a despensa do resto da loja. Em seguida, parou de repente ao ver a garota que estava ali, de olhos arregalados.

— Nossa — sussurrou a garota. — Eu nunca tinha visto essa parte da loja.

Gwyn pulou da mesa enquanto tia Elaine dava a volta.

— E aí, Ashley — disse Gwyn. Ela se aproximou da garota e a abraçou pelo ombro enquanto começava a conduzi-la de volta para a loja e lançava um olhar para Vivi e Elaine. — Aquela é só a sala dos fundos, nada de tão interessante, mas a gente *tem* umas varinhas muito maneiras se você quiser dar uma olhada...

A voz de Gwyn foi sumindo conforme ela avançava pela loja. Com um suspiro, tia Elaine se levantou e pôs as mãos na cintura.

— Bom, acho que agora sabemos que esse feitiço também não está funcionando como deveria.

Não era exatamente uma surpresa, mas um lembrete de que aquela situação precisava ser resolvida, e logo. E era nisso que Vivi tinha que se concentrar.

Por isso, ela só olhou de relance para o sofá antes de sair correndo da despensa.

O trajeto até o campus foi tranquilo, e Vivi estava trancando o carro quando ouviu alguém chamar seu nome.

Era Amanda, que estava correndo na direção dela com um sorriso radiante no rosto.

— Como foi?

Aliviada, Vivi enfiou a mão na bolsa para pegar a vela.

— Ótimo! Mas agora, por favor, pega essa coisa. Carregar um fantasma dentro da bolsa está me dando calafrios.

Amanda sorriu ainda mais quando fechou os dedos ao redor da vela de Eurídice.

— Sem problema. Vou levar para o nosso lado do campus e você pode seguir seu dia normalmente.

Como tinha que dar aula em cinco minutos, Vivi sentiu-se grata por poder fazer exatamente isso. Com um aceno de mão, dirigiu-se ao Chalmers Hall, o prédio onde sua turma se reunia.

O céu estava cheio de nuvens e as folhas corriam pelos caminhos de tijolos. Vivi estremeceu e deu uma volta mais apertada do cachecol no pescoço. Ao mesmo tempo, olhou de relance por cima do ombro e viu Amanda cruzar o estacionamento. Ela virou à esquerda e desapareceu por trás de uma fileira de árvores, e Vivi franziu a testa ao se virar de novo.

O lado bruxo do campus não é por ali.

Mas talvez Amanda conhecesse um atalho ou fosse pegar algo do carro.

Tinha que ser isso.

Vivi deu a primeira aula, depois a segunda, e se esqueceu de Amanda e da vela de Eurídice enquanto explicava a Carta Magna para uns cem alunos de primeiro ano. Chegou até a se esquecer de Rhys por um tempinho, e, quando voltou ao seu escritório, estava realmente começando a se sentir meio... tá, "normal" teria sido uma palavra forte demais, mas pelo menos mais satisfeita, mais segura de si.

Ainda precisavam lidar com a maldição, é claro, mas já tinham resolvido o problema da poção no Café Caldeirão e não havia mais um fantasma raivoso zanzando pelo campus.

Ela estava no controle da situação.

Com um sorriso de satisfação consigo mesma, Vivi se acomodou atrás da mesa e puxou uma pilha de trabalhos a serem corrigidos, ligando a chaleira no processo.

Tinha acabado de terminar os três primeiros quando ouviu uma batida na porta.

— Pode entrar — disse, sem levantar a cabeça.

Assim que a porta se abriu, a magia se agitou sobre sua pele, tão densa e pesada que Vivi precisou de um segundo para recuperar o fôlego, e, ao erguer o olhar, a dra. Arbuthnot estava ali.

— Srta. Jones? — entoou ela com voz de trovão. — Acho que precisamos conversar.

Rhys tinha passado o dia pensando em Vivienne, então, de certa forma, não ficou surpreso quando ela apareceu na sua porta aquela noite. Na verdade, ao abri-la, ele se perguntou se estava tendo uma alucinação especialmente vívida.

Mas, não, se estivesse conjurando Vivienne, com certeza não a teria feito parecer tão triste.

Não apenas triste. Derrotada. Os ombros estavam caídos, o cabelo escapulia do coque solto. Até as cerejinhas que rodeavam a bainha da saia pareciam meio murchas.

— Você estava certo — disse ela assim que ele a conduziu para dentro da casa. Ao trancar a porta, Rhys arqueou as sobrancelhas.

— Primeiro, posso gravar você dizendo isso? E, segundo, certo sobre o quê?

Com um suspiro, Vivienne jogou as mãos para as laterais do corpo.

— A gente não pode continuar apagando todos os incêndios que essa maldição causar. Ainda mais porque, no fim das contas, quando a gente tenta apagar um, pode ser que outros se iniciem, e... Sua casa é estranha.

Ela tinha entrado na sala de estar e estava olhando ao redor com uma expressão confusa, sem dúvida tentando processar o pesado lustre de ferro, os móveis vermelho-escuros, o verdadeiro pesadelo gótico que era aquele lugar.

— Como você dorme aqui? — perguntou Vivi. Em seguida, apontou para uma pintura na parede. — Quer dizer, talvez *eu* nunca mais consiga dormir só de ver aquilo.

— *Aquilo* é minha tia-bisavó, Agatha, mas é justo.

Rhys entrou na cozinha e gritou por cima do ombro:

— Esse é o tipo de conversa que pede um vinho?

Ele ouviu Vivienne suspirar mais uma vez e, depois, o ranger do couro quando ela se jogou no sofá.

— É.

Quando ele surgiu com uma garrafa e duas taças, ela estava recostada, avaliando o teto, e era esquisitíssimo vê-la naquele ambiente, Vivi e seus poás no covil do pai dele. E não gostou de como aquilo o fez se sentir... melhor.

Mais feliz.

São os hormônios sexuais que restaram da noite de ontem, cara, disse a si mesmo, mas ele sabia que era mais do que isso.

O problema era que ele não sabia que merda *fazer* com tudo aquilo. A situação na loja tinha sido um caso isolado, *precisava* ser um caso isolado, porque o cenário todo já era louco demais para que ainda acrescentassem sexo.

Por mais que ele quisesse.

Rhys atravessou a sala e lhe entregou uma taça de vinho, que Vivienne aceitou de bom grado. Em seguida, ela tomou um gole demorado antes de endireitar a postura e dizer:

— A gente fez merda.

Rhys se apoiou no braço da poltrona perto do sofá e cruzou os tornozelos.

— Está falando da noite de ontem?

— Óbvio — disse ela com uma careta, e então sua expressão mudou. — Ah. Você está perguntando sobre...

Com as bochechas coradas, ela tomou outro gole de vinho.

— Não, não estava falando daquilo. Essa é toda uma outra merda.

As palavras não deveriam doer. Ele mesmo tinha acabado de pensar a mesmíssima coisa, então era ridículo ficar magoado.

Mas, quando se tratava de Vivienne, Rhys tinha desenvolvido o hábito de ser ridículo.

— Lembra que uma das bruxas da faculdade nos deu a vela de Eurídice para que capturássemos o espírito de Piper McBride?

— Considerando que isso aconteceu literalmente ontem, *é claro* que lembro. É uma lembrança bastante vívida, na verdade.

Vivienne revirou os olhos e bebeu mais um pouco de vinho.

— Bom, acontece que "Amanda Carter" não trabalha na faculdade. Na verdade, nem bruxa ela é, o que eu deveria ter sacado, mas estava tão aliviada de ter uma ajuda com tudo isso que ignorei.

Balançando a cabeça, ela olhou de modo sombrio para a taça.

— O jeans deveria ter sido a dica.

Rhys apoiou a mão no braço da poltrona e olhou para Vivi sentada ali, quase engolida pelo sofá bizarro do pai.

— Como assim ela não era uma bruxa? Como tinha uma vela de Eurídice, então?

Vivienne levantou a cabeça, e dava para ver leves sombras azuis logo abaixo daqueles lindos olhos castanhos.

— Ela é uma golpista. E famosa, aparentemente. O nome verdadeiro é Tamsyn Bligh. Ela é traficante de artefatos mágicos, e já fazia um tempo que andava rondando Graves Glen. Os bruxos que trabalham na faculdade estavam de olho nela, mas, de alguma maneira, ela conseguiu passar despercebida e veio com tudo pra cima de mim.

Vivienne abriu a palma da mão e a estendeu à sua frente. Em seguida, balançou a cabeça.

— Enfim, a gente capturou o fantasma de uma bruxa muito poderosa e superassustadora e o entregou para uma pessoa que vai vendê-lo pelo maior lance, tudo porque sou uma idiota que confia nos outros.

— Não é, não — objetou Rhys automaticamente. Como ela ficou só olhando, ele deu de ombros. — Bom, você confia nos outros, mas não é idiota. Nem perto disso.

Com um grunhido, Vivienne pôs a taça na mesinha de centro e enterrou a cabeça entre as mãos.

— Parece que as coisas só pioram. Basta eu achar que está tudo sob controle, ou que de fato estou fazendo alguma coisa boa, que vou lá e estrago tudo.

Ela voltou a levantar a cabeça, apoiou as mãos na nuca e respirou fundo.

— Aí agora os bruxos da faculdade estão putos e, além disso, eles sabem da maldição e *também* estão putos com isso, e eu só...

Ela se interrompeu e olhou para ele, suplicante.

— Por que eu sou um desastre ambulante, Rhys? Eu nunca tinha feito nenhuma magia séria na vida, mas foi só fazer uma vez que amaldiçoei uma cidade inteira.

— Fui eu que fiz isso, Vivienne — disse Rhys. Em seguida, levantou-se e pôs a taça ao lado da dela na mesinha antes de se sentar na outra ponta do sofá, curvando-se no canto com as pernas esticadas.

— Tá, mas é aí que eu quero chegar — retrucou ela ao se virar para ficar de frente para ele. Mais uma parte do cabelo tinha se soltado, emoldurando seu rosto, e Rhys resistiu ao impulso de empurrar aquelas mechas para trás da orelha, aninhar o rosto dela nas mãos, esfregar o polegar naqueles lábios macios e rosados. — A gente é um desastre. Quando estamos separados, nossa vida corre tranquila. Perfeita, até.

— Meio exagerado isso aí — objetou Rhys, mas claramente não tinha nada que pudesse parar Vivienne no momento.

— E aí, assim que a gente se junta, vira uma merda generalizada. Até mesmo aquele verão. Aquele verão lindo e perfeito. Como foi que aquilo terminou? Caveiras demoníacas de plástico. — Ela começou a contar nos dedos. — Poções envenenadas. — Outro dedo. — Fantasma na biblioteca. — Mais um. — E agora isso, que...

Vivienne olhou para o dedo que tinha levantado e fez uma careta.

— Nem sei como definir isso. Só sei dizer que é um *desastre*.

— Você já disse. Várias vezes.

Vivi pegou o vinho e bebeu o resto que tinha na taça antes de devolvê-la à mesa e se jogar de volta no sofá.

Como Rhys não disse nada, ela ergueu um pouco o queixo.

— E aí, não vai tentar discutir comigo?

Rhys deu de ombros.

— Por que deveria? Você está certa.

— Estou? — Então, ela pigarreou e endireitou a postura no sofá. — Quer dizer, estou, sim. Eu estou certa, a gente é um desastre.

— Completamente — disse Rhys, tirando a mão do encosto do sofá. — A prova está na vela possuída, já dizia o ditado.

Vivienne sorriu um pouco ao ouvir isso.

— Nem existe esse ditado.

— Talvez devesse existir.

Os dois passaram um instante em silêncio, um olhando para o outro, e Rhys esperou para ver se ela iria embora. Provavelmente deveria, mas ao vê-la ali, relaxada e desgrenhada, desejou muito que ela ficasse.

Vivienne olhou ao redor da sala mais uma vez e jogou o cabelo para trás das orelhas.

— Ainda não acredito que você mora aqui.

— Eu não *moro* aqui — disse ele, inclinando a cabeça para trás de modo a olhar para o lustre. — Eu... estou residindo temporariamente aqui, mais ou menos contra a minha vontade. Uma grande diferença.

— Hunf — fungou ela, depois pegou uma das almofadas do sofá. Era preta, com o brasão da família bordado, e Rhys não tinha certeza se existia uma almofada menos acolhedora do que aquela.

Vivienne girou a almofada nas mãos e olhou para ele.

— Tá, se der errado, saiba que minhas intenções eram boas.

Com as mãos na almofada, Vivienne fechou os olhos e respirou fundo.

A MALDIÇÃO DO EX 233

Quando uma luz dourada começou a se juntar entre as pontas dos dedos dela, Rhys arregalou os olhos.

— Tá, Vivienne, quem sabe não...

Mas então a almofada meio que começou a brilhar e o brasão da família foi substituído por um dragão vermelho.

O dragão vermelho do País de Gales, especificamente, mas ele estava sorrindo e as garras estendidas no ar tinham o mesmo tom brilhante de roxo que as unhas de Vivienne.

Ao erguer a almofada de modo triunfante, ela abriu um sorriso.

— Muito melhor.

E merda.

Merda.

Era como se Vivi o tivesse acertado em cheio. Parecia aquela noite de verão de novo, e Rhys pousou a taça na mesinha de centro com um baque decidido antes de deslizar pelo sofá na direção dela.

A almofada caiu no chão, e Vivienne se aproximou no exato momento em que ele roçou os dedos em sua mandíbula e inclinou seu rosto para que pudesse vê-la.

— Mulher linda dos infernos. — Ele suspirou e ela levou as mãos aos punhos dele, não para afastá-lo, como provavelmente deveria ter feito, mas para aproximá-lo.

— Nem sei mais como dizer que isso é uma ideia ruim — murmurou Vivienne nos lábios dele, e Rhys sorriu, roçando o nariz no dela.

— A gente já cometeu muitos erros — concordou ele. — Mas não acho que esse seja um deles.

E não achava mesmo. Porque, independentemente do que tenha dado errado entre eles — e, nossa, dava para encher um livro inteirinho àquela altura —, aquilo ali, ela nos braços dele, não era um erro. Ele sabia disso tão bem quanto qualquer outra coisa.

Ela se inclinou ainda mais, deslizando suavemente as unhas pelo dorso das mãos dele, e se Rhys já não estivesse tão duro que chegava a doer, aquilo teria dado conta do recado. Assim como o jeito com que ela roçou os lábios nos dele ao murmurar:

— Vai pedir para me dar um beijo?

Rhys abriu um sorriso.

— Vou pedir para fazer muito mais do que isso, se você deixar.

CAPÍTULO 25

Minha, **murmurava a pulsação** de Rhys ao beijar Vivi, conduzindo-a escada acima, os lábios dela quentes, suaves e úmidos, o corpo à mercê das mãos dele. *Minha, porra, finalmente minha.*

Eles tropeçaram, cambalearam e riram com as bocas coladas uma na outra até chegarem ao segundo andar.

Rhys parou em frente à porta do quarto, e Vivi, ainda enroscada nele feito um cipó, aproximou-se ainda mais, os lábios em seu pescoço.

— Que foi?

— Ah. Tá.

Tirando suavemente a mão dela de seu cabelo, Rhys olhou para Vivi, para aqueles lábios inchados e úmidos e aqueles olhos em transe.

— Antes da gente entrar ali, tem uma coisa que você precisa saber.

Parte do transe se foi.

— É uma coisa meio alarmante de se ouvir logo antes de ficar pelada com alguém.

— Não é nada sério, prometo — disse a ela, inclinando-se para roçar os lábios em sua testa, mas logo se distraiu com a proximidade da boca de Vivi e voltaram a se beijar, girando de modo que ela ficasse de costas para a porta, as coxas se abrindo para o quadril dele, um som suave de desejo escapando dos seus lábios enquanto ele se movia colado nela.

— É o quarto — murmurou ele entre beijos.

— O que tem?

— Bom, você sabe que o resto da casa é...

— Um pesadelo gótico, sim.

Rhys deu uma risada que logo se tornou um gemido quando ela enganchou uma perna na dele e o puxou para mais perto.

— Certo, bom... o quarto provavelmente é o ápice dessa estética, por assim dizer. E, por mais impressionantes que tenham sido suas habilidades lá embaixo, não tem necessidade de você redecorar magicamente o quarto inteiro antes da gente trepar, então...

Vivienne se afastou um pouquinho e o observou com uma espécie de brilho profano no olhar que deveria ter lhe botado muito, muito medo.

— Rhys — disse ela conforme um sorriso ia se abrindo lentamente no seu rosto —, você está me dizendo que a gente vai transar no quarto do Drácula?

— Ele é... meio *Drácula* mesmo, é — admitiu Rhys, e então ela riu, recostando a cabeça na porta.

— Tem uma cama com dossel aí dentro? Por favor, me diz que tem uma cama com dossel.

Não só tinha uma cama com dossel, como a tal cama ficava em cima de uma plataforma.

Não que Rhys fosse lhe contar. Afinal, ela estava a poucos instantes de descobrir por conta própria.

Assim, estendendo o braço para além dela e segurando-a pela cintura para que não tropeçasse, ele girou a maçaneta.

Os beijos de Rhys eram tão entorpecentes e envolventes que, por um minuto, Vivi nem chegou a reparar no quarto em que estavam. Poderiam estar em qualquer lugar, em um espaço vazio onde só houvesse os dois. Era assim que se sentia com ele. Como sempre tinha se sentido.

E foi então que ela viu todo aquele cetim vermelho.

— Aaaaah, meu Deus — sussurrou Vivi, e Rhys grunhiu, dobrando os joelhos para apoiar a testa na clavícula dela.

— Era para você dizer isso por minha causa.

Com um risinho, Vivi saiu do abraço dele para explorar a câmara dentro da qual se encontravam.

E "câmara" de fato era a palavra certa, porque aquele quarto era uma *loucura*.

Havia um lustre no teto que parecia feito de algum tipo de cristal escuro, brilhando sombriamente na luz baixa, e a cama...

— *Rhys* — disse Vivi, pressionando a mão na boca. — Você está dormindo nisso todas as noites?

Com um suspiro, Rhys recuou um passo e se apoiou na parede.

— Passei algumas noites no sofá, porque não conseguia lidar com esse quarto — admitiu ele, e Vivi não podia culpá-lo.

O carpete abaixo dos pés era grosso e pesado, e havia uma lareira na parede oposta, um tapete de pele, além de uma quantidade enorme de arandelas e uma pintura especialmente gráfica de Circe seduzindo Odisseu acima da cama.

A cama em questão ficava sobre uma plataforma tão alta que a quina batia na cintura de Vivi, e grossas saias pretas e vermelhas rodeavam o enorme colchão, que estava coberto por...

Vivi deu uma espiada por baixo da colcha cor de damasco.

— Cetim preto? — perguntou ela, e sua voz ficou mais aguda na última sílaba. Rhys jogou a cabeça para trás, deixando o pomo-de-adão mais evidenciado.

— Eu avisei.

Sem deixar de sorrir, Vivi se virou para ele e levou as mãos aos botões da própria camisa.

— Por que você não me trouxe aqui antes?

— Por que eu não trouxe você para essa masmorra sexual absurdamente assustadora onde eu durmo? — perguntou Rhys com as mãos nas costas enquanto o olhar passeava pelo corpo dela de um jeito que fez seu sangue parecer mais quente. — Nem imagino.

— Talvez eu fosse gostar — disse Vivi, tirando a blusa e amando a forma com que o olhar dele ficou mais sério ao ver seu sutiã menos sexy de todos, o cor-de-rosa desbotado com um lacinho pendurado no meio, aquele que ela jamais teria usado se achasse que ia acabar ali, tirando a roupa na frente dele.

O olhar de Rhys de alguma forma se derreteu ainda mais.

— Como foi que eu pude abrir mão de você? — murmurou ele.

Vivi respirou fundo ao abrir o zíper da saia e deixá-la cair no chão, sem dar a mínima para o fato de estar usando uma das suas calcinhas velhas, aquela com limões e laranjas dançando pelo tecido e que não combinava nem um pouco com o sutiã.

Em poucos passos, Rhys já estava do outro lado do quarto, puxando-a para perto com força, beijando-a sem fôlego.

— Me diz o que você quer — sussurrou nos lábios dela, uma das ofertas mais atraentes que Vivi já tinha ouvido.

— Você sabe do que eu gosto — respondeu ela, com o desejo se acumulando no meio das coxas, e ele sorriu para ela, negando com a cabeça.

— Eu sei do que você *gostava* — disse. — Quero ouvir o que você quer agora.

Ela estava quase tonta de desejo, ensandecida, e isso lhe deu coragem. Ousadia.

— Me experimenta — sussurrou, e, de alguma forma, as pupilas dele ficaram ainda mais dilatadas, ainda mais escuras.

— Ah, *cariad*, não tem nada que eu queira mais.

Vivi deixou que ele a pressionasse contra o colchão, pulando um pouquinho para subir por causa da altura da cama, e, quando ela levantou o quadril, Rhys deslizou sua calcinha pelas pernas e beijou sua coxa, seu joelho, seu tornozelo.

Ela caiu de costas na cama, com o olhar fixo no dossel, e de repente não parecia mais tão bobo, tão exagerado. Parecia... romântico.

Mas talvez fosse só porque os lábios de Rhys estavam ali, exatamente onde ela queria que estivessem, e seu corpo estava entregue enquanto puxava o cabelo dele e ele a desvendava por inteiro com a boca.

O orgasmo foi chegando de fininho e ela agarrou o cabelo de Rhys; seu corpo se contraiu todo ao dizer o nome dele sem fôlego, tremendo e suando.

Ele se afastou, com a boca úmida, e então vasculhou a mesinha de cabeceira.

— Mais?

Ela sabia o que ele estava pedindo, e assentiu enquanto ele dava um suspiro de alívio e tirava uma camisinha da gaveta.

Vivi sabia que havia feitiços que serviam de preservativo, mas Elaine tinha ensinado tanto a ela quanto a Gwyn que, quando se tratava do próprio corpo, elas sempre deveriam confiar na ciência, não na magia, e ela ficou feliz por Rhys estar preparado.

Endireitando um pouco a postura, Vivi levou as mãos às costas e abriu o sutiã. Rhys gemeu, subindo pelo corpo dela para tocar um seio e fechar os lábios sobre o mamilo do outro enquanto Vivi arfava, reclinando-se com o apoio das mãos.

— Cheguei a sonhar com isso — murmurou Rhys contra a pele dela. — Como você é macia. Como você é linda. — Ele murmurou outra coisa, algo em galês, e por mais que Vivi não tivesse entendido, o corpo dela entendeu. O que quer que tivesse dito, era obsceno, e, embora tivesse acabado de gozar, ela se viu buscando por ele com mãos ávidas.

Havia algo de decadente em estar nua e estirada diante dele enquanto ele estava completamente vestido, mas agora ela precisava de mais. Precisava vê-lo, senti-lo.

Rhys claramente entendeu o recado, porque logo se levantou, tirou o suéter e, em seguida, desceu as mãos até o botão da calça jeans.

Vivi se apoiou nos cotovelos e o observou com olhar ávido. Os pelos no peito dele eram finos, davam a volta nos mamilos e se afunilavam ao chegar na cintura.

Ela se sentou de modo a poder traçar aquele caminho de pelos com a unha e amou o jeito com que Rhys fechou os olhos por um segundo e sua respiração ficou ofegante quando ela abriu o zíper da calça e deslizou a mão para pegar o pau dele.

Ele estava duro e grosso ao seu toque, e Vivi achou que fosse morrer se não o sentisse dentro dela.

— Agora, Rhys, *agora*, por favor.

Não precisou repetir. Vivi ouviu a embalagem sendo aberta, sentiu a mão de Rhys entre os dois, e então ali estava ele, penetrando seu corpo.

Já fazia um tempinho, e Vivi ficou tensa por um instante, mas ele começou sem pressa, com empurradas superficiais, e ela sentiu a respiração quente de Rhys em sua orelha.

— Quero fazer o melhor pra você, Vivienne.

Rhys só precisou de um leve empurrãozinho no ombro para se deitar de costas, e Vivi o acompanhou facilmente, apoiando as mãos no seu peito ao se levantar sobre ele, ajustando o ângulo, sentindo-o bem dentro dela, deixando a cabeça pender para trás e o cabelo roçar nas costas.

E então a mão dele estava ali, no ponto em que seus corpos se encontravam, os dedos trabalhando com habilidade, e Vivi sentiu que ia gozar de novo enquanto suas paredes internas se agarravam a Rhys e ele gemia e metia para cima, acompanhando cada movimento do quadril dela.

Ela chegou ao clímax quase num instante, a boca aberta em um grito silencioso, e Rhys se sentou sob ela, agarrando suas costas, os dedos pressionando sua pele, seu nome saindo dos lábios dele no momento em que ele gozou.

Ela caiu em cima dele quando ele tombou de costas no colchão, sem deixar de abraçá-la com força, ainda enterrado dentro dela, e, ao tentar recuperar o fôlego, Vivi percebeu que não tinha comparado aquilo às outras vezes que os dois transaram, nem uma vez sequer.

Não havia lembranças, não havia passado. Só aquilo. Só o presente.

Só ele.

Com um gemido, Rhys a virou de lado e saiu de dentro dela enquanto roçava sua coxa com a palma da mão, como se não conseguisse parar de tocá-la, e Vivi sabia que provavelmente era uma estupidez se sentir tão feliz quando as coisas estavam dando tão errado, mas esse era o perigo dos orgasmos múltiplos.

Vivi deu uma risada baixinha e ficou olhando para o dossel da cama realmente ridícula de Rhys. Ao seu lado, ele voltou a deitar de costas e virou a cabeça para olhar para ela.

— É bom que essa risadinha não seja pelas minhas habilidades — disse ele, ainda sem fôlego.

— Jamais — garantiu ela, balançando a cabeça com convicção. — É tudo por causa dos seus móveis.

— Ah — respondeu ele, voltando a atenção para o dossel. — Sendo assim, pode ficar à vontade. Este é um quarto realmente bobo para um homem adulto.

— Todos os quartos das casas do seu pai são assim? — perguntou Vivi ao se virar de lado, e Rhys olhou para ela, semicerrando os olhos.

— Esse é o seu jeito de tentar descobrir se eu cresci com uma cama com dossel?

Vivi aproximou o polegar e o indicador.

— Um pouquinho.

Então ele sorriu, e a expressão, como sempre, o fazia parecer mais jovem e mais agradável. Vivi desejou que não gostasse tanto dele, desejou que a Vivi de dezenove anos não tivesse visto Rhys naquele campo e entregado seu coração inteirinho de mão beijada.

Mas não era verdade.

E ela sabia.

CAPÍTULO 26

— Está óbvio demais?

Sentado no sofá de Vivienne, Rhys deu um giro para vê--la parada na porta do quarto com a mão na cintura. Nada de poás ou cerejas aquela noite; ela estava usando um vestido preto que realçava cada curva, meia-calça listrada roxa e preta por baixo das botas pretas de cano alto e um chapéu de bruxa equilibrado no cabelo, que estava solto na altura dos ombros.

Na última semana, Rhys a tinha visto pelada diversas vezes, tinha ficado com ela por cima, por baixo, na cama dele, na cama dela e, em um encontro bastante memorável, na escada da casa dele, mas, mesmo assim, respirou fundo ao vê-la ali, tão linda e, pior ainda, *fofa* que sentiu-se muito tentado a sugerir que simplesmente ficassem em casa aquela noite em vez de ir para o Festival de Outono, seja lá o que fosse aquilo.

— Eu acho que você devia usar isso todos os dias — disse ele ao se levantar do sofá para ficar de frente para ela, apoiando as mãos no batente da porta acima da sua cabeça. — Ou pelo menos todas as noites.

— Talvez eu pudesse ser persuadida — respondeu Vivienne, levantando o rosto para beijá-lo. — O que eu ganharia em troca?

— Posso te dar uma prévia — sugeriu Rhys ao soltar o batente e levar as mãos ao vestido dela, levantando-o nas coxas devagarinho enquanto ela ria.

— Se a gente chegar atrasado no festival, Gwyn vai nos matar — disse ela, mas já estava desabotoando os primeiros botões da camisa dele e deslizando as unhas pela corrente que ele usava no pescoço.

— Será que você poderia explicar mais uma vez como isso funciona? Vou ter que brincar de pegar maçãs ou coisas do tipo?

— Isso com certeza está na programação — respondeu Vivienne —, junto com beber sidra e ajudar a mim e a Gwyn nas vendas de itens bruxos no estande. Ela e tia Elaine ganham uma boa grana com isso todo ano. *E* a gente vai poder comer as tortas caseiras de maçã e caramelo da sra. Michaelson, tão boas que acho que talvez ela seja bruxa, por mais que Elaine jure que não é e que é só toda aquela manteiga que ela usa, e... *ah!*

Rhys tinha levantado o vestido dela o suficiente para mergulhar o polegar entre suas pernas, roçando de leve a seda úmida de sua calcinha, e, ao mover a mão, tocou a pele quente e despida.

Com um gemido, Rhys apoiou a cabeça no ombro dela.

— Quer dizer que eu ia ficar pegando maçãs sem saber que essas meias não eram meias-calças, no fim das contas? Você é uma mulher muito cruel, Vivienne.

— Não, eu ia deixar você me apalpar no passeio de carroça.

— Eu nem sei direito como funciona esse passeio de carroça, mas acho que já é minha parte favorita desse Festival de Outono.

Rhys inclinou-se e a beijou outra vez, prendendo o lábio inferior de Vivienne entre os próprios lábios e chupando-o bem de leve, o que a fez suspirar com a boca colada na dele e chegar mais perto.

A gola alta do vestido dela o impedia de tocá-la tanto quanto queria, mas ele se contentou em roçar as costas dos dedos na curva dos seios dela, perguntando-se vagamente por quanto tempo teria que tocá-la para se satisfazer. Naquele verão, Rhys a tivera por três meses e não tinha sequer começado a saciar sua sede por ela, ainda se sentia aos seus pés naquele último dia tanto quanto tinha se sentido no primeiro.

E ele sabia que, quando fosse embora dessa vez, seria a mesma coisa. Os dois podiam falar o quanto quisessem sobre "superar", mas isso não era o tipo de coisa fácil.

Você já conseguiu antes, vai dar um jeito de conseguir de novo.

Porque ele precisava. Os dois tinham concordado que a história deles não tinha futuro, que precisavam curtir o presente por enquanto, mas toda vez que a tocava, toda vez que a beijava, era difícil se lembrar disso.

Vivienne terminou o beijo e, com brilho no olhar, o incitou a ficar de joelhos.

Rhys se ajoelhou de muito bom grado, levantando ainda mais o vestido dela e observando as bordas rendadas das meias bem na parte mais mordível de sua coxa. E ele mordeu mesmo, delicadamente, amando o som frenético da respiração dela ao estender os braços para se equilibrar na porta, o puxão quase doloroso dos dedos dela no seu cabelo.

Ele levantou o rosto para olhá-la, sorrindo ao dar um beijo no local que tinha acabado de morder.

— Ainda se importa de chegar atrasada?

— Nem um pouquinho.

***

Vivienne pode até não ter se importado — e Rhys com certeza não dava a mínima —, mas tinha razão sobre Gwyn. Quando por fim chegaram ao Festival de Outono, quase uma hora depois do combinado, a prima de Vivienne estava esperando por eles no estacionamento de braços cruzados. Assim como Vivienne, estava vestida com a parafernália bruxa completa, embora estivesse usando um par de botas de cano curto de um laranja brilhante e meias-calças verdes.

— Ferrou pra gente — falou Vivienne, e Rhys deu de ombros ao tirar o cinto de segurança.

— Vou jogar a culpa em você. Dizer a Gwyn que você exigiu que eu te servisse antes da gente sair.

— Vocês estão atrasadooooos! — exclamou Gwyn conforme Vivienne saía do carro e acenava.

— Sim, eu sei, a gente...

— Vivi, você está brilhando mais do que uma abóbora de Halloween, então acho que sei o que vocês estavam fazendo.

Rhys teve que lutar com todas as forças para não demonstrar que estava se achando quando Vivienne lhe lançou um sorriso quase tímido, mas claramente não deu certo, porque Gwyn revirou os olhos para os dois e lhes deu as costas.

— Que nojo de vocês — resmungou, mas Rhys viu o sorriso que ela abriu para Vivienne ao enganchar o braço no da prima, puxando-a para perto e batendo quadris enquanto se dirigiam ao campo onde acontecia o festival.

Rhys observou as duas de cabeça junta e, de repente, ali estava de novo, aquela espécie de aperto no peito que o lembrava de que aquele era o lugar de Vivienne. Ela tinha feito um lar na cidadezinha em que a família morava havia muito tempo, criou uma vida ali, enquanto a própria cidade natal quase o tinha sufocado.

Outro lembrete de como os dois eram diferentes.

Mas, quando ela olhou por cima do ombro e sorriu, aquele sorriso afetuoso e radiante que fazia seu coração disparar, Rhys não soube dizer se ligava para isso.

O Festival de Outono sempre fora uma das partes favoritas de Vivi dos dias que antecediam o Halloween em Graves Glen. Acontecia no mesmo campo, aninhado em um vale entre as colinas, o ambiente inteiro cercado de pisca-piscas e lanternas de papel, o ar cheirando a fritura, pipoca e canela. E, embora as pessoas certamente levassem os filhos, o festival não tinha o mesmo clima família do Dia do Fundador. Tinha sempre um toque de ousadia, algo mais do que um pouco pagão.

Aquela noite, o céu estava quase todo limpo, com apenas algumas nuvens deslizando sobre a lua, e, ao embrulhar um baralho de cartas de tarô em um papel de seda para uma mulher no estande de Gwyn, Vivi cantarolava festivamente.

— Você está se comportando daquele jeito insuportavelmente alegre de quem trepou gostoso uma quantidade absurda de vezes — comentou Gwyn enquanto a mulher se afastava. Não tinha mais ninguém na fila, então ela sentou no balcão do estande e ficou balançando as pernas compridas.

— Estou mesmo — disse Vivi, toda feliz. — Insuportavelmente alegre *e* trepando gostoso uma quantidade absurda de vezes.

— Pois é, tô ligada — respondeu Gwyn, mas estava sorrindo. E então se aproximou para dar um chutinho carinhoso em Vivi com as botas laranja. — Você merece.

— Meio que mereço mesmo, na verdade — concordou Vivi, e seus olhos já procuravam Rhys em meio à multidão. Assim que o viu aproximando-se dela com vários sacos de papel vegetal na mão, sorrindo no instante em que os olhares se encontraram...

Nossa, Vivi sentiu aquele sorriso no corpo inteiro. Ela e Rhys tinham passado os últimos dias entregando-se a tudo em que conseguiam pensar, a tudo que desejavam, os corpos retomando o que tinham parado nove anos antes.

Mas, em momentos assim, com aquele friozinho na barriga, com as bochechas doendo de tanto sorrir ao vê-lo caminhar na sua direção, Vivi temia que talvez seu coração também estivesse retomando o que tinha parado.

— Espero que seja isso que você queria, *cariad* — disse ele ao lhe entregar um dos sacos. — Pelo tamanho da fila que peguei, parece até que eles são feitos de ouro maciço.

— Obrigada — respondeu Vivi ao olhar para o saco com o mesmo olhar que costumava reservar a Rhys. — Eu sonho com isso o ano inteiro.

— E pra você — anunciou Rhys, entregando um saco para Gwyn, que o aceitou com olhos levemente semicerrados.

— Você está fazendo minha prima muito feliz *e* me trazendo torta de maçã e caramelo? Claramente está se esforçando para ganhar outro apelido além de "cuzão", cuzão.

— A esperança é a última que morre — comentou Rhys, apoiando-se no balcão enquanto dobrava o papel vegetal e dava uma mordida na própria torta.

Vivi aguardou e ficou olhando para ele, e logo abriu um sorriso convencido ao ver a expressão sonhadora no rosto de Rhys.

— Tá bom, agora eu entendo a fila — disse ele, e então deu mais uma mordida. — Vivienne, foi mal, mas vou trocar você pela mulher que faz essas tortas.

A MALDIÇÃO DO EX 249

— Ela tem noventa anos.

— Não importa.

Com uma risadinha, Vivi finalmente começou a comer e fechou os olhos ao sentir a mistura de caramelo salgado, massa amanteigada e maçã com canela. — Tá, beleza, pode se casar com a sra. Michaelson. Só não esquece de me convidar para o casamento e servir essas tortas, tá?

— Fechado — disse ele, então lhe ofereceu a mão para selar o acordo. Quando Vivi a pegou, ele lhe deu um puxão, aproximando-a do balcão para poder beijá-la, e Vivi riu com os lábios grudados nos dele, sentindo o gosto de açúcar e sal.

Quando ela se afastou, Gwyn estava olhando para os dois com uma cara estranha. Sentindo-se de repente meio constrangida, Vivi limpou uma migalha de massa perdida no cantinho da boca.

— Que foi?

— Nada! — respondeu Gwyn, levantando as duas mãos. Mas, por experiência própria, Vivi sabia que o sorriso da prima indicava que as duas iam conversar mais tarde.

Ao terminar a torta, Rhys limpou as mãos e deu um tapinha em um dos baralhos de cartas de tarô dispostos sobre o balcão do estande.

— Você que fez?

Gwyn desceu de onde estava, assentiu e ficou frente a frente com Rhys.

— A gente vende vários baralhos na loja, mas as minhas cartas feitas à mão são as que mais vendem.

— Ela é muito humilde — provocou Vivi, cutucando Gwyn, que lhe deu uma cotovelada de volta.

— Você sabe ler as cartas? — perguntou ela a Rhys.

Ele negou, com os braços apoiados no balcão.

— Tenho um conhecimento rudimentar de algumas delas, mas não, não é meu atributo mágico mais forte.

A área do festival em que eles se encontravam ainda estava meio morta, então, quando Gwyn olhou para Vivi e disse: "Se importa se eu ler para ele? Talvez seja útil com todo o...", ela baixou o tom de voz ao completar: "lance da maldição".

— Fica à vontade — falou Vivi, e então olhou para Rhys. — Se você quiser, né?

— Já que estou aqui... — respondeu ele com certo entusiasmo. — Eu e Vivienne não fizemos nenhum avanço nessa área.

Não que não estivessem tentando. Nem tudo que fizeram foi só sexo.

Tá, tinha rolado *muito* sexo, mas, entre uma transa e outra, eles pesquisavam com afinco, na maioria das vezes no notebook de Vivi, já que ela não confiava mais em ficar sozinha com Rhys na sala de estudos da biblioteca. Além disso, levando-se em consideração como a dra. Arbuthnot tinha ficado brava em relação à vela de Eurídice, era provável que os dois nem pudessem mais pisar ali, de qualquer maneira.

Até o momento, Vivi sabia mais sobre maldições do que imaginava ser possível. Sabia as melhores fases da lua para lançá-las, sabia que o absinto as fortalecia, sabia que, em 1509, uma bruxa tinha conseguido amaldiçoar não só uma cidade, mas seis principados germânicos diferentes de uma só vez.

O que ela não descobriu foi como reverter uma maldição.

Bem típico que *essa* fosse a parte em que os bruxos tinham decidido ser vagos.

Distraída, ela se dirigiu à outra ponta do estande para reorganizar o arranjo de velas e conferir se a placa que dizia "TEMPLO DAS TENTAÇÕES — VENHA NOS VISITAR NA CIDADE!" estava retinha. Foi só quando Rhys a chamou que Vivi olhou para os dois.

A MALDIÇÃO DO EX 251

Ele estava segurando A Estrela, a carta dela, e sorrindo.

— Parece um bom sinal.

Vivi se aproximou novamente e se debruçou sobre o balcão enquanto tirava a carta da mão de Rhys.

— Depende da situação — falou, e Gwyn deu um tapinha no lugar de onde a carta tinha sido tirada.

— Estamos falando de passado, presente e futuro. Você é o presente, óbvio.

— Óbvio — repetiu Vivi, e olhou nos olhos de Rhys mais uma vez. Ele estava sorrindo para ela daquele jeito ao mesmo tempo doce e carinhoso, mas que de alguma maneira também expressava cada sacanagem que estava pensando em fazer com ela.

Era um dos seus sorrisos favoritos no planeta.

Gwyn estava virando a terceira carta, a que indicava o futuro, enquanto Vivi olhava para a do passado. Rhys tinha tirado Os Enamorados, o que também não era surpresa, mas quando Gwyn baixou a terceira carta, fez cara feia.

—Argh, O Imperador.

— Não é ruim — objetou Vivi, mas quando olhou para a versão que Gwyn tinha desenhado, teve que admitir que ele parecia mesmo meio agourento. A carta mostrava um homem de terno escuro sentado em um trono de madeira que parecia ter sido esculpido a partir de uma árvore antiga. Ele tinha a barba prateada e a testa franzida, além de um pesado bastão de ébano em uma das mãos.

— Não é *ruim* — concordou Gwyn, dando um tapinha na carta. — É só que, sabe como é. Autoridade. Regras, estrutura...

— Meu pai — disse Rhys, e Gwyn fez que sim ao pegar a carta.

— Exatamente, ele total representa...

— Não — disse Rhys, e algo no seu tom de voz fez Vivi olhar para ele.

Ele tinha se virado e olhava para a multidão com a expressão sombria enquanto um homem de roupa preta e cabelo escuro atravessava a feira em direção a eles, e tia Elaine ia atrás, a vários passos de distância.

Rhys voltou-se para Vivi com o olhar sério.

— É o meu pai. Ele está aqui.

CAPÍTULO 27

Rhys tinha estranhado ver Vivi na casa do pai dele, mas aquilo não era nada comparado a ver o pai na casa de Vivi.

Bom, a casa era da tia dela, tecnicamente, mas era como se fosse de Vivi, dado o tanto de tempo que ela passava ali e a naturalidade com que estava sentada à mesa da cozinha, com uma caneca de chá bem quente por perto.

Simon parecia um pouco menos à vontade, mas, para ser justo, estava diante de um gato falante.

— Petiscos? — pediu Seu Miaurício ao tentar dar uma cabeçada no braço de Simon. — *Petiiiiiiiscos?*

— Que raios é essa abominação? — perguntou Simon, recolhendo o braço ao mesmo tempo que Gwyn se levantava da cadeira e tirava o gato da mesa.

— Ele não é uma abominação, é um bebê precioso. Se bem que a gente precisa ensinar a ele bons modos à mesa.

— Mamãe — ronronou Seu Miaurício, olhando de um jeito adorável para Gwyn enquanto ela o tirava da cozinha, e Rhys viu o pai estremecer antes de pegar a caneca de chá que Elaine tinha lhe trazido. Ele ia beber, mas, no meio do caminho, pareceu pensar melhor, e devolveu a caneca à mesa tão bruscamente que a bebida esguichou para o lado.

— Não está envenenado, não — disse Elaine, que estava indo se sentar ao lado de Vivi enquanto lhe dava breves tapinhas no ombro.

Simon fungou, tirou um lenço do bolso e enxugou o chá derramado.

— Levando-se em conta a predileção dessa família por prejudicar membros da *minha* família, dá para entender minha preocupação.

— Pa — disse Rhys em voz baixa, e Simon o olhou de um jeito que ele já tinha visto mil vezes antes: aquela mistura de irritação e advertência, além de um leve traço de perplexidade, como se Simon não pudesse acreditar que aquele era seu filho.

— Estou errado? — perguntou ele a Rhys. — Você foi ou não foi vítima de uma maldição lançada por esse mesmo coven?

— Ah, pelo amor de Deus — disse Elaine, misturando uma colher de mel no chá. — Não somos um coven. Somos uma família. E essa maldição é completamente acidental, como Vivi e Rhys já explicaram.

Simon fungou em resposta e se endireitou na cadeira.

— Não existe maldição acidental. E agora, graças a essa baboseira, essa cidade inteira, o legado da minha família, aparentemente está amaldiçoada também. Pelo que entendi, isso resultou em vários acidentes, além de um fantasma à solta, sem contar aquele pesadelo que vocês chamam de gato.

Gwyn tinha acabado de voltar ao recinto e estava apoiada no batente da porta que separava a cozinha do corredor, os braços cruzados.

— Sério mesmo, cara, não me importa de quem você é pai ou o seu nível de sofisticação como bruxo, se continuar falando merda sobre meu gato, vou te chutar dessa montanha.

Ao ouvir isso, o rosto de Simon começou a ficar meio roxo, então Rhys deu um passo à frente de seu lugar perto do fogão e levantou as mãos.

— Beleza, vamos todos nos acalmar e nos concentrar no problema em questão.

Caramba, ele estava falando que nem *Wells*. Que pesadelo.

Vivienne pigarreou, sentou em cima da perna e olhou para Simon do outro lado da mesa.

— Temos feito todo o possível para reverter a maldição, sr. Penhallow. Todos nós, inclusive Gwyn. Estamos tentando consertar as coisas.

— E o que exatamente vocês têm feito? — questionou Simon. Seu tom de voz ainda era gélido, mas pelo menos ele não estava fuzilando Vivienne com o olhar. Pequenas vitórias.

Vivienne contraiu os lábios e prendeu uma mecha de cabelo atrás da orelha antes de dizer:

— Bom, temos feito algumas pesquisas.

— Livros? — perguntou Simon, unindo as sobrancelhas, e Rhys franziu a testa.

— Por que está dizendo "livros" desse jeito? Você ama livros. Se existisse um jeito legal de abrir mão de ser meu pai e de Bowen e se tornar pai legítimo dos livros, eu acho que você faria isso. E continuaria com Wells, obviamente...

— Porque não se encontra a resposta para esse tipo de magia em *livros* — retrucou Simon, olhando feio para Rhys.

— Uma maldição é uma magia complexa. Não existe uma solução universal. A cura está intimamente ligada à própria maldição. O que motivou a pessoa a lançá-la, o poder usado.

E, devo acrescentar, eu poderia ter contado tudo isso a você se tivesse me alertado sobre o que estava acontecendo aqui.

— Eu bem que tentei, não lembra? — disse Rhys, enfiando as mãos nos bolsos. — E você me disse que era ridículo sequer pensar que eu tinha sido amaldiçoado.

— É, sim.

Simon olhou para baixo e tirou um fiapo imaginário do casaco. Rhys, por sua vez, se perguntou se sempre ia acabar esses pequenos arranca-rabos com o pai querendo gritar.

— O argumento ainda é válido. Assim que você soube que a situação estava fora de controle, eu deveria ter sido informado.

— Como você descobriu? — perguntou Vivienne, inclinando-se um pouco para a frente. — Se não se importa que eu pergunte.

— Meu irmão — respondeu Rhys, então olhou para Simon com as sobrancelhas arqueadas. — Imagino que seja isso, não? Eu contei para Wells, aí ele contou para você?

— Llewellyn estava preocupado com você — retrucou Simon, e Rhys grunhiu, erguendo as mãos e prometendo a si mesmo que, da próxima vez que visse o irmão mais velho, o fratricídio estaria no cardápio.

— Eu sabia que deveria ter ligado para Bowen.

— Você não estava brincando quando falou de todo aquele lance de família disfuncional — ele ouviu Gwyn murmurar para Vivienne, que a silenciou.

Levantando-se da cadeira, Elaine estendeu as palmas das mãos e os anéis piscaram na luz fraca.

— Quem deveria ter contado para quem ou o quê ou quando não é a questão agora. É bom ter essa informação sobre a magia da maldição. Agora temos material para trabalhar.

A MALDIÇÃO DO EX 257

— Material além dos livros, sim — disse Simon, então olhou para Rhys com a expressão sombria. — Você está aqui há quase duas semanas, garoto, o que mais tem feito além de ler textos inúteis?

Rhys não olhou para Vivienne porque sabia que, seu rosto se voltasse para ela nem que fosse de relance, o pai entenderia na mesma hora exatamente o que Rhys andava fazendo.

— Também estamos trabalhando para reverter alguns dos efeitos da maldição — disse ele em tom neutro, e até mesmo Gwyn deu um jeito de não bufar ao ouvir aquilo. E era verdade, ele e Vivienne tinham passado algum tempo apagando vários incêndios causados pela maldição.

Mas ele sabia que não era suficiente. Sabia que os dois deveriam estar levando a situação mais a sério. O problema era que se distrair com ela era muito fácil, se deixar levar pelo fato de estarem juntos, e Rhys tinha sentido muita falta disso para poder abrir mão.

Por mais que devesse.

Simon virou-se na direção de Elaine e se debruçou com as mãos apoiadas na mesa.

— Existe alguma fonte de energia extra da qual um membro da sua família pudesse extrair algo? Um ancestral enterrado aqui, alguma coisa do tipo.

Elaine assentiu e empurrou os óculos para o dorso do nariz.

— Uma, sim. Uma tal de Aelwyd Jones. Ela veio na mesma época que o seu vangloriado Gryffud Penhallow. Mas, até onde a gente sabe, ela não tinha nada de especial. Só mais uma bruxa que veio para cá e morreu de alguma doença aleatória, como aconteceu com tantos.

Algo reluziu no rosto de Simon, mas surgiu e desapareceu depressa demais para que Rhys identificasse o que era.

258 Rachel Hawkins

— Muito bem — disse ele.

Então, Simon se levantou e jogou os ombros para trás.

— Preciso voltar para casa e consultar minhas fontes sobre o assunto. Rhys, acho que você deveria vir comigo.

Assustado, Rhys mexeu as pernas.

— O quê?

— Se você estiver em casa, vou poder ficar de olho em qualquer coisa que a maldição possa causar em você. Vai ser útil para a minha pesquisa.

As palavras foram duras feito pedra, distantes, e ele nem olhou para Rhys ao enfiar a mão no bolso em busca da Pedra Viajante. Por mais que Rhys soubesse — e ele *sabia* — da frieza do pai, ainda machucava, inclusive naquele momento. Mesmo depois de todo esse tempo. Ele queria que Rhys voltasse para casa porque Rhys seria um experimento intrigante sobre o funcionamento das maldições, não porque era filho dele; ele se importava porque alimentava seu interesse naquilo que realmente amava — a própria magia.

— Quero resolver isso daqui, Pa — respondeu ele, a voz surpreendentemente neutra, e quando o pai respondeu com apenas um "Que seja", Rhys disse a si mesmo que tinha dado sorte. Afinal, Simon tinha vindo do País de Gales só para repreendê-lo, e agora que tinha feito isso, ia embora. Com certeza já tinha sido pior no passado.

Mas então Simon parou e apoiou levemente a ponta dos dedos na mesa.

— Espero que a presença do meu filho não distraia as senhoritas do importante comércio de cristais e camisetas criativas.

— Pa — começou Rhys, mas Vivienne já estava se levantando.

— A gente vende mesmo um monte de cristais e camisetas criativas — disse ela com as mãos apoiadas na mesa. — A gente também vende grimórios falsos, abóboras de plástico e chapéus pontudos. A coisa toda, mesmo.

As rugas ao redor da boca de Simon se aprofundaram, mas ele não disse nada, nem quando Vivienne sorriu e falou:

— E, mesmo assim, ainda somos as bruxas que conseguiram amaldiçoar seu filho, e você não fazia ideia do que tinha acontecido. Então que tal baixar a bola?

Ela continuou sorrindo, com a expressão firme e as bochechas levemente coradas, e, sério, como um homem poderia não estar perdidamente apaixonado por ela?

Vivienne o olhou de relance e, como Rhys tinha quase certeza de que havia corações de desenho animado literalmente saltando dos seus olhos, ele se levantou e acenou com a cabeça para o pai.

— Eu te acompanho até a porta, pode ser?

Simon ainda estava olhando para Vivienne, mas, depois de um instante, assentiu e seguiu em direção à porta. Acompanhando o pai até a saída, Rhys parou no alto da escada da varanda.

— Sinto muito pela viagem desperdiçada.

Simon virou-se e olhou para ele, e Rhys viu as rugas fundas ao redor da boca do pai, as cavidades abaixo das maçãs do rosto.

— Rhys — disse o pai, e então balançou a cabeça com a Pedra Viajante já na mão. — Cuide-se.

— Sempre me cuidei — retrucou ele, mas mal deu tempo de as palavras saírem da sua boca antes que Simon sumisse, apagando-se feito luz e deixando Rhys sozinho na varanda.

— Quer que eu te acompanhe até em casa?

Ah. Não estava sozinho.

Vivienne estava parada na porta, ainda com o vestido de bruxa, o chapéu descartado havia muito, e Rhys assentiu.

— Eu gostaria, sim.

O trajeto da casa da tia dela até a casa de Rhys levou cerca de três minutos, e ele disse a si mesmo que deveria sentir alívio pelo pai ter vindo e ido embora tão rápido. Por ele não passar a noite naquela casa.

Ele jogou as chaves na mesa perto da porta e Vivienne vinha logo atrás.

— Obrigado — disse ao se virar para olhá-la. — Tanto por me acompanhar até em casa como uma dama quanto por aturar meu pai.

— Ele não foi tão ruim assim — disse ela, dando de ombros. — Bem menos assustador do que pensei que fosse ser.

— Vivienne, linda, você é uma mulher de muitos talentos, mas mentir não é um deles.

Em resposta, ela sorriu um pouco e depois cruzou a sala para ficar de frente para ele.

— Quer que eu vá embora? — perguntou ela, afastando o cabelo dele do rosto. — Quer ficar um pouco sozinho?

— Fica — pediu ele, pegando a mão dela e beijando a palma, depois o punho. E então começou a beijar seus lábios, com um desejo súbito e desenfreado, e as mãos dela já estavam nos botões do seu jeans. — Fica — murmurou Rhys mais uma vez, e ele sabia que não estava falando só daquela noite, mas, em vez de dizer isso, puxou Vivienne para junto dele no sofá.

— Sabe, o único lugar em que esse esquema de decoração funciona de verdade é aqui — comentou Vivi, recostada no peito de Rhys dentro da banheira vitoriana gigante que dominava o banheiro principal. Assim como o restante da casa, era todo decorado em tons de preto e vinho, mas Rhys tinha que concordar com ela: ali dentro, o clima definitivamente era mais romântico do que aterrorizante. É claro, talvez fosse por causa de todas as velas que eles tinham acendido e pelo fato de que Vivi estava ali, nua e molhada, coladinha nele. Mas, de qualquer maneira, Rhys de repente se viu muito afeiçoado àquele canto da casa.

— Obrigado — murmurou contra a têmpora dela, beijando o cabelo úmido que estava ali, e ela virou a cabeça para olhá-lo.

— Por elogiar seu banheiro?

— Por tudo. Por enfrentar meu pai.

— Ele te ama — disse ela baixinho, descendo a mão para entrelaçar os dedos nos dele debaixo da água. — Sim, é autoritário e meio exagerado, mas está assustado. Preocupado. E não dá pra culpá-lo por isso.

Rhys não queria pensar no pai agora, e não queria explicar a Vivienne que família não necessariamente era sinônimo de pessoas que se importavam com você. Ela tinha Elaine e Gwyn, tinha afeto, amor, um lar e todas as coisas que Rhys sempre esperou que Simon pudesse ser, mas nunca tinha sido.

Ela era uma sortuda.

E ele era um sortudo de tê-la, mesmo que não por muito mais tempo.

CAPÍTULO 28

Vivi acordou na manhã seguinte e teve a breve e confusa sensação de não saber onde estava.

Virando-se para o outro lado, ela afastou o cabelo do rosto e contemplou as pesadas cortinas de veludo e o papel de parede estampado.

A casa de Rhys.

A casa do pai de Rhys.

O pai de Rhys.

Com um suspiro, Vivi se deixou cair de costas enquanto as lembranças da noite anterior iam voltando. Simon não tinha errado ao dizer que os dois estavam ignorando a maldição, ou pelo menos deixando de prestar tanta atenção quanto deveriam. Eles tinham amaldiçoado a cidade inteira, e o que andaram fazendo na última semana?

Ela olhou para o lado de Rhys na cama, já vazio, e seu corpo ficou quente com as lembranças da semana que se passou. Parecia bobagem dizer que foi mágica, mas tinha sido mesmo. Simplesmente voltar a passar um tempo com Rhys, passear com ele por Graves Glen, jantar com ele no apartamento dela, ou ali, naquela casa bizarra que mais parecia um mausoléu, mas que, de alguma forma, começava a parecer mais acolhedora.

Ela até que gostava do dossel, para dizer a verdade.

Mas Simon estava certo: faltava apenas um dia para o Halloween, e eles tinham que levar isso a sério.

Quando se trata do Rhys, não é tão simples quanto parece, pensou ao afastar os lençóis.

Por isso, foi meio que um choque descer a escada e encontrar Rhys totalmente vestido na cozinha, com um par de óculos escuros pendurados na gola V profunda da camisa e duas canecas térmicas de café nas mãos.

— Bom dia, meu bem — disse ele, animado demais para quem já estava de pé às sete da manhã, como Vivi confirmou no relógio de pêndulo no corredor.

— Quem é você e o que fez com Rhys Penhallow? — perguntou ela, semicerrando os olhos enquanto pegava uma das canecas da mão dele.

— Eu sou um homem de negócios, sabia? De vez em quando acordo cedo e dizem até que sou bom de planilha.

— Ainda é cedo demais pra falar sacanagem.

Rhys reagiu com um sorrisinho e se inclinou para lhe dar um beijo na ponta do nariz.

— Vai lá se vestir e, no carro, te conto tudo sobre minhas planilhas a as pastas separadas por cores que tenho no escritório.

— No carro? — perguntou Vivi, desejando que o efeito do café batesse logo no cérebro.

— Temos uma tarefa a cumprir — respondeu Rhys, e a linha firme em que sua boca de repente se transformou somada à postura dos seus ombros disse a Vivi que tinha a ver com a maldição.

Vinte minutos e uma ligação para Gwyn mais tarde, Vivi estava de banho tomado e vestida com uma calça jeans que tinha deixado na casa de Elaine, um suéter listrado, que na verdade era de Gwyn, e as botas pretas da noite anterior, e ela e Rhys estavam no carro alugado dele, saindo de Graves Glen no sentido norte.

— Acho que agora seria um momento maravilhoso para você me dizer o que essa tarefa envolve — disse Vivi enquanto prendia o cabelo em um coque bagunçado.

Rhys a olhou de relance. Estava de óculos escuros, com as mangas da camisa de botão cinza-escura dobradas, e Vivi se perguntou como era possível ter transado tanto com aquele homem e ainda se sentir tão excitada com uma coisa tão básica quanto os antebraços dele enquanto dirigia. Seria uma espécie de fetiche até então desconhecido ou simplesmente tudo que envolvesse Rhys a excitava?

Então ele disse:

— A gente vai tirar aquele fantasma de dentro da vela — e a libido dela tomou um banho de água fria.

— Desculpa, o quê? — perguntou, com as mãos ainda congeladas em cima da cabeça e o elástico de cabelo esticado entre dois dedos enquanto o encarava.

— Piper McBride — respondeu Rhys, calmo e contido como sempre, e Vivi fez uma careta para ele ao baixar as mãos e deixar o cabelo cair sobre os ombros.

— Isso seria o "quem", Rhys. O que eu quis dizer foi: "Como assim tirar ela de dentro da vela, cacete?" A gente nem sabe onde aquela vela está agora.

— Na verdade — disse Rhys ao esticar o braço para pegar a caneca térmica —, a gente sabe, sim.

Casualmente, ele tomou um gole do café, e Vivi grunhiu enquanto voltava a arrumar o cabelo.

— Isso é um castigo por eu não ter te falado que íamos capturar o fantasma de uma vez, né?

— Um pouquinho, sim — reconheceu ele, então abriu aquele meio sorriso que sempre a acertava em cheio. — Muito bem, cartas na mesa. Fiquei sem sono na noite passada, e por mais que ficar olhando *você* dormir seja um passatempo precioso...

— Bizarro, você.

Aquele sorriso de novo, e um apertão rápido em sua coxa.

— Decidi dar alguma utilidade à minha insônia. Meu pai estava certo, por mais que eu sinta vontade de morrer ao dizer isso. Estamos quase no Samhain, e temos que nos concentrar na maldição. Aí pensei: "Rhys, seu desgraçado diabolicamente bonito, qual era a última pista realmente concreta que você tinha sobre a maldição?" Então me lembrei da velha Piper com aquele papo de "maldito Penhallow" e me ocorreu que talvez ela soubesse mais do que a gente deixou que revelasse antes daquela vela absorvê-la.

Vivi assentiu, por mais que sentisse um frio na barriga só de pensar em lidar com Piper de novo.

— Tá, entendo tudo isso — concordou ela. — Mas Tamsyn Bligh está com a vela, se é que já não vendeu. E só Deus sabe onde ela está.

— Ela está a duas cidades daqui — disse Rhys, virando à esquerda na estrada. — Num lugar chamado Cade's Hollow.

Vivi piscou, surpresa.

— Como você sabe disso?

Rhys escondeu os lábios e falou como se fosse um segredo:

— Não dá pra confiar em fazer magia em Graves Glen, mas isso não quer dizer que eu não possa arrumar outras pessoas para fazer magia por mim. Nesse caso, para ser específico, meu irmão Llewellyn. O babaca me devia uma. Então liguei para ele e pedi que fizesse um feitiçozinho de rastreamento. Se a senhorita Bligh já estivesse do outro lado do país, talvez tivéssemos precisado de um plano B, mas, no fim das contas, ela não foi tão longe.

— Mas pode ser que ela não esteja mais com a vela — disse Vivi, sem querer criar expectativas, e Rhys fez que sim.

— Pode ser — concordou ele. — Mas não vamos botar o carrinho na frente dos bois.

— Carroça. A expressão é "não botar a carroça na frente dos bois".

— Hum — foi a única resposta de Rhys, e Vivi se acomodou no banco do carro, observando o sol da manhã brincar com as montanhas azul-arroxeadas e os campos pouco a pouco irem se transformando em casas, e as casas deram lugar a uma cidade ainda menor que Graves Glen.

Quando o centro da cidade ficou para trás, Rhys virou para lá e para cá algumas vezes e, por fim, parou em frente a uma mansão vitoriana que parecia um bolo de casamento, toda cheia de adornos e telhados pontudos, com uma guirlanda de folhas de outono decorando a porta da frente.

Rhys desligou o carro e abaixou a cabeça para estudar a construção por trás do para-brisa.

— Ela está num hotel? — perguntou Vivi.

— Foi esse mesmo o endereço que Wells me deu — disse Rhys e, depois de uma pausa, acrescentou: — Sabe, quando a gente acabar, bem que podíamos reservar um quarto e...

— Rhys. — Vivi olhou feio para ele. — Foco, por favor.

— Desculpa, você está certa. Trabalhar na maldição agora, transar mais tarde.

Eles saíram do carro, com o clima fresco e ainda um pouco úmido da manhã e o brilho do orvalho nos arbustos espessos do lado de fora do hotel. E, ao subirem os degraus, Vivi sorriu para a pequena abóbora de Halloween em cima de uma mesa de vime junto à porta da frente.

Sinos soaram acima da porta quando os dois a abriram, e uma mulher loira e alegre por trás de um grande balcão de carvalho abriu um sorriso radiante para eles.

— Bom dia! Posso ajudar?

Vivi se deu conta de que não tinha perguntado a Rhys se ele tinha um plano de como iam falar com Tamsyn. Nenhum hotel que se preze ia simplesmente liberar o número do quarto de um hóspede, e Vivi não sabia por quanto tempo iam poder ficar de bobeira na recepção enquanto esperavam que Tamsyn descesse.

Rhys sorriu para a mulher atrás do balcão.

— Na verdade, a gente estava querendo dar um oi para uma amiga — disse ele com o sotaque mais carregado do que o normal, e Vivi lutou contra o impulso de lhe dar uma cotovelada nas costelas.

Charme. Era só isso o plano dele. Sorrir, soltar uma ou outra palavra em galês, dar aquela Debruçadinha no balcão enquanto seu cabelo fazia O Negocinho e esperar pelo melhor, ou seja, a especialidade de Rhys Penhallow.

Mas, antes que Rhys pudesse dar a Debruçadinha, eles ouviram passos pesados descendo a enorme escadaria à direita, e Amanda — quer dizer, Tamsyn Bligh — de repente estava ali, praticamente debruçada no corrimão.

— Oi, gente! — disse ela com a voz tão animada que Vivi ficou surpresa de não ter visto passarinhos de desenho animado surgirem ao redor de sua cabeça.

268 Rachel Hawkins

Então Vivi notou sua palidez, as sombras profundas abaixo dos olhos e o sorriso meio contraído.

Ela acenou para Rhys e Vivi.

— Vamos subir! Que bom que vocês vieram!

Rhys olhou para Vivi com a maior cara de "Que porra é essa?" que ela já tinha visto, e então o sorriso estava de volta, o charme espontâneo, e ele abraçou Vivi pela cintura ao conduzi-la à escadaria enquanto a mulher loira atrás do balcão voltava ao computador.

— Bom te ver também — disse Rhys ao subirem os degraus na cola de Tamsyn, que quase correu até o quarto.

O hotel usava chaves grandes e antiquadas, e Vivi viu as mãos de Tamsyn tremerem de leve ao abrir a porta.

Rhys e Vivi entraram atrás dela. No mesmo instante, Vivi arfou com o frio que fazia ali dentro, apesar do fogo crepitando na lareira, e puxou as mangas do suéter até as mãos enquanto olhava à sua volta. O quarto estava escuro, as cortinas, fechadas, e ali, bem no meio do chão, estava a vela de Eurídice.

Tamsyn fechou a porta e deu a volta para ficar de frente para eles.

— Vocês precisam me ajudar.

CAPÍTULO 29

— **E por que exatamente a gente faria isso?** — perguntou Vivi, cruzando os braços. — Você mentiu para mim.

— Menti, sim — retrucou Tamsyn, sem parecer muito arrependida. Em seguida, forçou um pouquinho mais de remorso no rosto. — E foi errado da minha parte, mas eu tinha um ótimo motivo.

— E qual foi? — perguntou Rhys, aproximando-se da lareira para apoiar a mão na cornija.

Tamsyn olhou dele para Vivi e suspirou.

— Tá, eu ia dizer alguma coisa sobre precisar de um fantasma capturado para salvar minha avó ou algo do tipo, mas, na verdade, eu só queria ganhar uma bolada. As pessoas pagam milhares de dólares por uma vela de Eurídice com um fantasma dentro, e uma com o *fantasma de uma bruxa*, então? Nossa. Eu ia passar o verão inteiro em Portugal só com o dinheiro dessa venda. Mas — ela olhou feio para a vela no chão —, no fim das contas, não consigo me livrar dessa coisa. Tem alguma coisa errada com ela.

Ela apontou ao redor do quarto.

— Estão vendo como está frio? Como está escuro? Ela está fazendo isso todos os dias desde que cheguei aqui, e só está piorando.

Vivi aproximou-se lentamente da vela e na mesma hora entendeu o que Tamsyn quis dizer. Aquilo estava irradiando uma espécie de energia sombria que indicava que o fantasma de Piper podia até estar preso ainda, mas não estava nem um pouco feliz com isso.

— Não é para as velas de Eurídice fazerem isso — disse Rhys em voz baixa ao se aproximar de Vivi.

— Nossa, não me diga — retrucou Tamsyn ao pôr a mão na cintura. — Já comprei um montão delas, mas essa daí? Está completamente estragada. Não posso simplesmente desovar a vela em algum lugar, e com certeza não queria levá-la para os bruxos da sua faculdade, então estava empacada aqui, tentando descobrir o que fazer, e aí vocês surgiram como dois anjinhos bruxos.

— Você não é bruxa, então? — perguntou Vivi, olhando por cima do ombro para Tamsyn.

— Definitivamente não — respondeu ela com um calafrio. — Só faço dinheiro com as coisas delas.

— E mente para as pessoas para conseguir as tais coisas — disse Rhys, ao que Tamsyn deu de ombros.

— Ninguém se machucou.

— Ainda — rebateu Vivi, agachando-se para pegar a vela. Estava tão fria ao toque que quase chegava a queimar, e ela se encolheu ao puxar novamente o suéter e cobrir a mão para poder tocar o artefato.

— Por que você ainda está tão perto de Graves Glen? — perguntou Vivi ao dar a volta com a vela ainda congelando sua mão. — Era de se imaginar que você fosse fugir para o mais longe possível.

— O plano era esse — disse ela com um suspiro, então apontou a cabeça para a vela. — Mas quem iria querer pegar um avião com esse treco?

— Verdade — murmurou Rhys, olhando ao redor do quarto obviamente mal-assombrado.

— Acho que a gente pode fazer o favor de livrar você disso — comentou Vivi, fingindo irritação em vez de alívio.

— Com um grande custo pessoal para nós mesmos — acrescentou Rhys com a voz solene e a expressão tão séria que Vivi precisou conter o sorriso.

— Ah, nossa, obrigada — disse Tamsyn, relaxando os ombros. — E sério, me desculpa por ter te enganado para que capturasse o fantasma para mim. Sério mesmo. Você parece legal. E gostei do seu escritório.

— Obrigada, acho? — respondeu Vivi, e então Rhys pôs a mão na lombar dela, conduzindo-a em direção à porta.

— Caramba, essa foi fácil — murmurou ele assim que chegaram ao corredor, e então olhou para as portas pesadas de madeira. — Sabe, a gente tem um tempinho sobrando agora. Eu esperava que isso fosse ocupar uma parte muito maior do dia. Então, se você *quisesse*...

— Não — respondeu Vivi, dando-lhe um cutucão no peito. — A gente não vai reservar um quarto. A gente vai levar essa coisa direto para tia Elaine.

Com um suspiro profundo, Rhys segurou o rosto dela com a mão e se inclinou para lhe dar um beijo na boca.

— Eu amo e odeio quando você é sensata, Vivienne.

***

Tá, provavelmente deveríamos ter reservado um quarto, pensou Vivi várias horas mais tarde, tremendo sentada na floresta além do chalé de Elaine. Eles tinham voltado a Graves Glen antes do meio-dia, mas Elaine insistiu que esse tipo de magia precisava ser feito à noite, sob a lua, embora no momento, enquanto se aninhava um pouco mais perto de Rhys, Vivi estivesse se perguntando se aquilo tinha mais a ver com a tia se deixando levar pela estética.

De frente para ela, Gwyn estava sentada com os joelhos dobrados sobre o peito enquanto observava Elaine fazer um círculo de sal no chão da floresta, a vela de Eurídice no meio, ainda irradiando frio.

— Isso é extremamente hardcore da nossa parte — observou Gwyn, e então olhou para si mesma. — Talvez fosse mais hardcore se eu não estivesse usando minha calça de pijama de abóbora, mas fazer o quê?

Rhys bufou e envolveu os ombros de Vivi com o braço, puxando-a para mais perto.

— Vai por mim, ter visto esse fantasma em... bom, dizer em carne e osso não é apropriado, mas ter visto ele... pessoalmente também não é bom, é? Enfim — disse ele, dando de ombros. — O fantasma já é hardcore o suficiente para todos nós.

— E esse fantasma odeia você, né? — perguntou tia Elaine, e os sininhos da sua saia tilintavam suavemente enquanto ela completava o círculo.

— Parece que sim.

— Hummm. — Ela empurrou os óculos para o dorso do nariz. — Então talvez seja melhor chegar um pouquinho mais para trás.

Rhys olhou para Vivi e ela fez que sim enquanto se lembrava do momento em que ele saiu voando pela biblioteca, da raiva nos olhos do fantasma ao vê-lo. A teoria de Elaine era que, como Piper McBride tinha sido uma bruxa, talvez fosse um pouco mais receptiva ao conversar com outras bruxas, ainda mais aquelas que iam libertá-la. Vivi tinha lembrado a tia de que ela *também* tinha sido encarregada de capturar Piper, mas Elaine tinha esperança de que Piper não fosse se lembrar dessa parte.

— Os fantasmas nem sempre têm uma boa noção do que está acontecendo — dissera ela. — O tempo não tem muito significado para eles.

Vivi esperava que a tia tivesse razão.

Rhys já tinha se levantado e recuado em meio à escuridão, apoiando-se em uma árvore enquanto Vivi e Gwyn ficavam de pé em lados opostos do círculo de sal.

— Vivi? Quer fazer as honras? — perguntou tia Elaine ao lhe entregar uma caixa de fósforos compridos.

E assim, pela segunda vez na vida, Vivi acendeu uma vela de Eurídice.

Foi diferente dessa vez. Não havia aquela sensação lenta e agonizante de quando um espírito era absorvido. Em vez disso, a vela cintilou, flamejou e, de repente, Piper McBride estava ali, em toda a sua glória — esvoaçante e muito, muito irritada.

Ela emitia luz o suficiente para projetar um brilho azul-esverdeado em todos eles, e, do outro lado do círculo, Gwyn arregalou os olhos.

— Cacete, um fantasma — sussurrou, e então agitou as mãos. — Quer dizer, eu sabia que a gente ia ver um, mas uma coisa é saber, outra é chegar a ver.

Piper foi flutuando até ficar frente a frete com ela e, mesmo na penumbra, Vivi pôde ver que Gwyn engolia em seco.

— *Hum. Camisa legal, aliás. Também curto Nirvana.*

O fantasma se virou lentamente, observando Vivi e Elaine, e, por mais que a expressão dela não tivesse mudado muito, Vivi não sentiu que Piper estava com raiva dessa vez.

Talvez Elaine estivesse certa.

— *Vocês são um coven?* — perguntou Piper, e sua voz parecia vir de muito longe. Era um efeito sinistro, levando-se em conta o quanto ela estava perto.

— Somos — disse Vivi, embora tecnicamente não fosse verdade, e o fantasma voltou-se para ela.

— *Você* — falou ela com o lábio superior levemente curvado. — *Já vi você.*

Com a boca de repente seca, Vivi lambeu os lábios.

— Isso. Na biblioteca.

Piper passou a rosnar.

— *Com um Penhallow.*

— Sim. E é sobre isso que a gente quer falar com você, na verdade. Você sabia que Rhys, o Penhallow, estava amaldiçoado. E estava certa. Fui eu que amaldiçoei ele, então...

— *Não foi você.*

As palavras saíram monótonas, quase entediadas, e Vivi ficou pensando se ela não tinha entendido errado.

— O quê?

— *Eu conheço a magia que cerca aquele Penhallow* — disse Piper, sem deixar de flutuar, mas começando a se parecer mais com uma adolescente e menos com um ser aterrorizante e sobrenatural. — *E não era sua. Ou não só sua.*

— Era de quem, então? — questionou Elaine, e Piper se virou de novo para encará-la.

— *Tem outra magia que corre nas veias dessa cidade* — disse Piper —, *magia que foi roubada pelos Penhallow. Escondida. Aelwyd Jones merece ter sua vingança.*

Aelwyd Jones.

A ancestral de Vivi, aquela que foi enterrada no cemitério da cidade.

Ela olhou para Elaine, cujo rosto estava contraído de tão confuso.

— Nossa ancestral não tinha uma magia poderosa — disse ela a Piper. — Era uma bruxa normal, como todas as mulheres da nossa família.

— *Ela era mais poderosa do que todos imaginavam* — rebateu Piper —, *mas Gryffud Penhallow a roubou, a usou, apagou o nome dela.*

— Como?

Vivi girou para ver Rhys dar um passo à frente no instante em que o olhar de Piper se fixou nele, e qualquer vestígio daquela garota normal sumiu. Os olhos dela ficaram pretos, os cabelos voaram para trás e, com o mesmo grito sobrenatural que Vivi tinha ouvido na biblioteca, ela se lançou contra Rhys.

Sem pensar duas vezes, Vivi deu um passo à frente, interpondo-se entre Piper e Rhys. Ela pisou no círculo de sal, desmanchando-o, e sentiu algo gélido inundá-la, invadi-la, e sua visão foi se apagando quando de repente os próprios pensamentos e as lembranças de Piper começaram a girar na sua mente.

Piper na biblioteca investigando a história de Graves Glen, o cabelo preto pendendo sobre um caderno, Aelwyd Jones escrito em tinta cor-de-rosa, Piper no altar da cabana, velas acesas, runas brilhando e um feitiço, um feitiço para elevar o espírito de Aelwyd, mas era demais, a magia era forte demais, e Piper sentia que ela a puxava, a sugava para baixo, e então tudo ficou escuro, tão escuro, e frio...

Vivi arfou, e as folhas rangeram debaixo dos dedos conforme o frio ia deixando seu corpo; o coração batia depressa e a visão ainda estava embaçada enquanto tentava entender o que tinha acabado de ver.

— Vivienne.

Rhys estava ajoelhado ao lado dela — como ela tinha ido parar no chão? — com as mãos nos seus ombros e o rosto pálido, e Vivi olhou atrás dele para ver Piper ainda pairando acima da vela, o círculo de sal consertado, Elaine parecendo exausta.

— Estou bem — conseguiu murmurar, por mais que não estivesse segura disso. — Sério.

Ela deixou Rhys ajudá-la a ficar de pé, apoiando-se nele com força ao encarar Piper.

— Tentar entrar em contato com Aelwyd matou você — disse com a voz ainda rouca, e Piper assentiu, embora continuasse olhando feio para Rhys.

— *Não foi culpa dela. Foi minha. Minha magia não foi forte o suficiente para romper os laços que a prendiam.*

Ela voltou o olhar para Vivi.

— *Mas a sua foi. Você a invocou com sua maldição, e ela te deu poder porque vocês têm o mesmo sangue.*

— Uma maldição de sangue — disse Elaine, franzindo a testa. — Nem cheguei a pensar nisso.

— Isso é ruim? — perguntou Gwyn, e então sacudiu a cabeça. — Tá, pergunta idiota, qualquer coisa que se chame "maldição de sangue" claramente é ruim.

— Então, como a gente faz para reverter? — perguntou Vivi a Piper, que sorriu.

— *Você não vai conseguir. Só Aelwyd é capaz de fazer isso.*

— Mas ela está morta — disse Gwyn com as mãos na cintura. — Porque pegou uma infecção de ouvido ou o que quer que matasse as pessoas naquela época.

— *Gryffud a matou* — retrucou Piper. — *Quando drenou a magia dela para alimentar a cidade. Ele encobriu a verdade dizendo que ela tinha morrido de gripe.*

Gwyn piscou, surpresa, e Vivi pensou outra vez naquela caverna, na magia que pulsava pelas linhas de ley. Não só magia, mas a própria força vital de Aelwyd, que foi tirada dela.

— Mesmo assim — prosseguiu Gwyn. — Você morreu tentando entrar em contato com ela, então parece que pedir para reverter essa maldição é meio que fora de cogitação.

— *Ela não reverteria, por mais que pudesse* — respondeu Piper. — *Eu vi o que essa maldição fez com a cidade. Esta cidade, o legado de Gryffud Penhallow, sofre. Assim como o herdeiro dele.*

Aquele olhar malévolo fixou-se mais uma vez em Rhys, que a encarou de volta, perplexo.

— Eu? — disse ele, pondo a mão no peito. — Não sou o "herdeiro". Somos vários.

— *Mas você é o que está aqui.* — Piper deu uma risadinha maliciosa. — *E amanhã é o Samhain, quando o véu fica mais fino e a magia de Aelwyd estará no auge do poder.*

Halloween. No dia seguinte.

Vivi olhou para o fantasma e, de repente, sentiu o sangue gelado e o estômago embrulhado.

— Então você está dizendo...

— *A maldição atinge seu auge amanhã à meia-noite* — disse Piper, seu sorriso tornando-se venenoso. — *Amanhã à noite, tanto esta cidade quanto Penhallow vão morrer.*

CAPÍTULO 30

Vivi sentiu uma dor no corpo inteiro enquanto ela e Rhys faziam o trajeto de volta para a casa dele, e estava mais cansada do que já tinha estado em toda a sua vida. Um tipo de cansaço profundo que fazia coisas como tirar o cinto de segurança e abrir a porta do carro parecerem impossíveis.

Rhys deve ter percebido, porque apertou o botão para ela e depois deu a volta no carro para abrir a porta e ajudá-la a sair.

— Quer que eu te carregue? — perguntou ele, e ela olhou para a casa de Rhys.

— Sem querer ofender, mas ser carregada para dentro dessa casa como se fosse uma noiva talvez faça eu me sentir como a heroína desfalecida de um filme de terror.

— Entendido — disse Rhys com um sorriso, mas mesmo assim a envolveu com o braço enquanto subiam os degraus da varanda.

— Quem diria que ser momentaneamente possuída seria tão exaustivo? — perguntou Vivi. Quando Rhys abriu a porta, olhou para ela mais uma vez, analisando seu rosto.

A MALDIÇÃO DO EX 279

— Tem certeza de que está bem?

Tecnicamente, sim. Estava bem em termos físicos, pelo menos, apenas cansada.

Era o coração que doía.

Amanhã à noite, tanto esta cidade quanto Penhallow vão morrer.

A voz de Piper era nítida em sua mente, a forma com que os olhos dela arderam ao encarar Rhys.

Rhys, que estava... assobiando ao entrarem na casa.

Vivi o seguiu enquanto o via jogar as chaves na mesa e, em seguida, entrar na cozinha e sair com duas garrafas de água.

— Pelo menos agora que a Piper já disse o que tinha que dizer, ela pode parar de assombrar a biblioteca — comentou Rhys, e aquilo era a única coisa boa da noite toda. Assim que terminou seu pronunciamento, ela sumiu e a vela de Eurídice virou pó, e Vivi teve a sensação de que Piper tinha ido embora de vez, sem necessidade de fazer nenhum feitiço de vinculação. Mas ainda ficava triste de pensar que aquela bruxa brilhante e talentosa tinha sentido seu poder se esvair lentamente ao tentar fazer uma magia que era forte demais para ela. Parecia um grande desperdício.

Rhys entregou uma das garrafa para Vivi e girou a dele algumas vezes antes de abri-la.

— Mesmo assim, missão cumprida e tudo mais. — Ele se aproximou dela, mas Vivi recuou, de repente não tão exausta.

— Rhys, você perdeu a parte que ela mencionou que, se a gente não der um jeito nisso amanhã à noite, você vai *morrer*?

Ele continuou na mesma posição, indiferente, bebendo sua água.

— É o que ela diz.

Vivi ficou boquiaberta.

— Não, não "é o que ela diz". Sério mesmo. Você vai morrer a menos que a gente consiga elevar o espírito de Aelwyd e dar um jeito de convencê-la a te perdoar pelos pecados da sua família. O que, vale lembrar, é uma tarefa bem difícil.

— Não dá pra saber até a gente tentar, então não vejo muito sentido em ficar se preocupando com isso — disse ele, então pousou a garrafa em cima da mesa e se aproximou para pegar as mãos dela. — Agora, caso eu morra, estava pensando em algum tipo de funeral viking. Ser lançado num barco de fogo, sabe? Tem algum lago por aqui?

Vivi tirou as mãos das dele e olhou fixamente aqueles olhos azuis, aquele rosto bonito, e, mais uma vez, deu para entender perfeitamente a carta de Gwyn para ele. O Louco, caminhando alegremente na beira de penhascos.

— Será que dá pra não fazer piada sobre isso? — disse ela rispidamente, e Rhys ajeitou a postura enquanto um trio de rugas surgia na testa dele.

— Desculpa — disse. — Eu me esqueci da noite que você teve. Não é um bom momento para piadinhas, você tem razão.

— Não faz isso.

— Fazer o quê?

Vivi cruzou os braços e ficou olhando para ele ali, perto da porta da frente. Sua cabeça latejava e a boca estava seca.

— Agir como se eu não achasse engraçado só porque estou cansada. Não acho graça porque não vejo nada de divertido na possibilidade de você morrer, ainda mais sendo por minha causa.

A voz dela falhou na última palavra e ela sentiu as lágrimas arderem nos olhos.

Por favor, não me deixa chorar na frente dele, por favor, não me deixa chorar na frente dele...

Mas era tarde demais, e ele fez um som de dor ao se reaproximar dela.

Afastando-se, Vivi levantou as mãos.

— Não. Eu estou... tá, não estou bem, mas eu só...

Ela olhou para ele e disse as palavras que estavam em seu coração, as palavras que tanto a assustavam.

— E se a gente não conseguir dar um jeito nisso, Rhys?

— Mas e se a gente *conseguir*?

Ele voltou a se aproximar e, dessa vez, Vivi deixou, deixou que ele a puxasse para perto. Rhys a abraçou com força enquanto ela apoiava a cabeça no ombro dele, fechava os olhos e sentia o coração afundar abaixo do umbigo.

Aquele era o Rhys. Era o jeito dele. E ela amava isso nele, esse otimismo de que tudo funcionaria do jeito dele porque, honestamente, meio que sempre foi assim.

Ele sempre seria desse jeito.

E sempre partiria o coração de Vivi. Não seria a intenção dele, certamente, mas o faria.

E sabe-se lá o que aconteceria depois. Vivi não quis que nada disso acontecesse, mas havia acontecido, tudo porque o tinha amado demais, desenvolvido sentimentos grandiosos demais por ele. E talvez uma mulher que não tinha bruxaria correndo nas veias pudesse arriscar esse tipo de coisa, mas Vivi não podia.

De novo não.

Ela engoliu em seco e se afastou.

— Vou voltar para a casa da tia Elaine — avisou ela, e ele franziu a testa.

— Vivienne...

— Vejo você amanhã — disse ela, forçando-se a sorrir enquanto enxugava as lágrimas com a palma da mão. — E você está certo, a gente vai dar um jeito nisso, e vai ficar tudo bem, você vai poder voltar para o País de Gales sem que eu te chame de babaca de novo.

Ele ainda não sorria, mas assentiu e a soltou.

— Posso te levar de carro — disse ele com as mãos nos bolsos e o olhar sério.

— Vou a pé — respondeu ela. — Não é longe.

E não era mesmo. O ar fresco da noite lhe fez bem no caminho de volta para a casa de Elaine. Nem estava mais chorando quando atravessou a porta da frente.

— Vivi — disse Seu Miaurício de dentro da cestinha, e ela sorriu ao se agachar para fazer carinho nele.

— Aprendendo palavras novas todo dia! Arrasou.

— Petiscos? — pediu ele, piscando aqueles olhões verdes.

Lá da cozinha, Gwyn gritou:

— Não dá nada! Ele já comeu o peso dele inteiro de petiscos.

Vivi seguiu o som da voz da prima e apoiou o quadril na mesa da cozinha enquanto Gwyn misturava alguma coisa no fogão.

— Não vai ficar com Rhys essa noite?

— Não. Precisava de um respiro.

Gwyn passou um tempão sem responder, depois se afastou do que quer que estivesse fervendo e disse:

— Pode dizer que está apaixonada por ele, sabe?

— Não estou, não — rebateu Vivi, mas virou de lado para não ter que mentir na cara de Gwyn.

— É só... como era antes. Uma paixonite. Sexo muito bom. Uma distração.

— Vivi.

Gwyn já tinha cruzado a cozinha e pôs as mãos nos ombros de Vivi enquanto a girava delicadamente.

— Eu amo sexo bom e distrações mais do que praticamente qualquer coisa. Mas também sei reconhecer quando alguma coisa é pra valer. E isso é, não é?

Vivi poderia ter resistido a muitas coisas. Sarcasmo, intromissão, possivelmente até tortura. Se Gwyn tivesse tentado qualquer uma dessas opções, ela teria sido capaz de insistir tranquilamente que não estava apaixonada por Rhys Penhallow e que era apenas uma mulher do século xxi se divertindo um pouco em meio ao caos total.

Só que Gwyn estava olhando para ela com tanta sinceridade com aqueles grandes olhos azuis que sempre tinham enxergado sua alma que, ah, cacete, agora estava *chorando*. De novo.

Só um pouquinho, mas era suficiente para Gwyn.

Com o rosto enrugado em um gesto de compaixão exagerada, Gwyn puxou Vivi para um abraço, sufocando-a com a lã laranja e o aroma de lavanda.

— Meu neném. — Gwyn suspirou e Vivi retribuiu o abraço, permitindo-se chorar.

— É tão idiota!

— Assim como o amor, para dizer a verdade.

— A gente é completamente errado um pro outro!

— E é por isso que é um tesão.

— Eu *amaldiçoei* ele, Gwynnevere.

— Quem nunca?

Vivi se afastou e encarou Gwyn antes de enxugar as bochechas úmidas.

— Até você tem que admitir que é um péssimo momento pra isso.

Mas Gwyn só deu de ombros.

— Não tem muito um momento bom para esse tipo de coisa, tem? Encontrar sua pessoa? Meio que acontece quando tem que acontecer. Ou é o que dizem.

Com isso, ela voltou ao fogão e, pela primeira vez, Vivi se deu conta do que a prima estava fazendo: o chá absurdamente doce e, na opinião de Vivi, nojento que Gwyn sempre tinha amado, a mistura de uma quantidade obscena de açúcar, chá preto, um monte de condimentos e suco em pó de laranja.

Era a bebida reconfortante favorita de Gwyn, até mais do que vodca, e sempre indicava algo ruim.

— Jane? — arriscou Vivi, e Gwyn não se virou.

— Por falar em gente completamente errada uma pra outra...

Sem dizer mais nada, Vivi se aproximou e abraçou Gwyn pela cintura, apoiando a bochecha nas costas dela. Então, depois de uma pausa, perguntou:

— Quer amaldiçoar ela?

Gwyn caiu na gargalhada, cobriu as mãos de Vivi com as dela e apertou.

— Sabe, vamos esperar para ver como vai ficar sua situ antes de tentar fazer outra maldição, tá?

— Justo — respondeu Vivi, e deu mais um abraço em Gwyn antes de ir até o armário para pegar canecas para as duas.

Naquela noite, ela ia se sentar na mesa da cozinha e beber o Chá de Término da Gwyn.

E, no dia seguinte, faria um pacto com o diabo.

Talvez literalmente.

CAPÍTULO 31

Rhys acordou no que poderia ser o último dia da vida dele em um mau humor que não era de surpreender.

Para início de conversa, estava sozinho.

Tinha dormido de um lado da cama gigante na noite anterior, como um idiota de coração partido, e agora, ao virar para o outro lado e estender a mão para o lugar onde Vivienne deveria estar, ele se *sentia* um idiota de coração partido.

Tinha feito merda na noite anterior. Muita.

E não sabia exatamente em que ponto. Ele sabia que Vivienne estava chateada por conta da maldição e o que ela significava, mas acreditava nela. Acreditava *neles*, que seriam capazes de dar um jeito nisso, e doía saber que ela claramente não tinha a mesma fé.

Mas, por outro lado, Vivienne nunca tivera muita fé nele. Rhys podia até ter errado feio naquele verão, mas ela nem tinha lhe dado a chance de se explicar, na mesma hora tinha partido para a pior interpretação possível do que ele dissera, e, até aquele momento, Rhys não havia se dado conta de que isso também doía.

Vivienne o amara, mas não confiava nele.

Nem agora ela confiava.

E ali estava ele, deitado em lençóis pretos de cetim e pensativo, o que, francamente, era humilhante.

Rhys suspirou e se levantou da cama bem no momento em que seu celular tocou na mesinha de cabeceira, e seu coração estúpido e traiçoeiro deu um pulo na mesma hora, achando que pudesse ser Vivienne.

Mas não, era Bowen em uma chamada de vídeo, e, quando Rhys atendeu, os dois se encararam horrorizados.

— O que aconteceu com a sua cara? — perguntou Rhys ao mesmo tempo que Bowen fez uma careta e disse:

— Você está pelado.

Rhys endireitou a postura na cama e esfregou a mão no rosto.

— Não estou, não, acabei de acordar e...

— Por que você atendeu uma chamada de vídeo pelado?

— Por que você colou um texugo na cara?

Por um instante, os dois irmãos ficaram se encarando pela tela dos respectivos celulares, e então um sorriso se abriu no meio de toda aquela barba.

— Está meio descontrolada, né? — perguntou ele ao esfregar a mandíbula.

— Ela precisa de um CEP próprio, cara — respondeu Rhys, mas também estava sorrindo. Bowen era, assim como Wells, um pé no saco a maior parte do tempo, mas também era bom vê-lo, por mais que tivesse deixado crescer a barba mais assustadora do mundo.

— Wells me contou que você fez merda — comentou Bowen, direto ao ponto como sempre. — E acabou sendo amaldiçoado.

— É uma longa história — avisou Rhys, mas Bowen apenas grunhiu e afastou o celular para mostrar a Rhys a encosta desolada em que ele estava sentado.

— Um pouco de entretenimento vai bem.

Assim, Rhys lhe contou tudo, começando pelo verão de nove anos antes e encerrando com Vivienne indo embora da casa dele aos prantos na noite anterior.

Quando terminou, Bowen estava franzindo a testa, mas, como aquela era uma das expressões padrão do irmão, Rhys não ficou tão preocupado.

— Ela está certa — disse ele por fim. — Sobre você nunca levar merda nenhuma a sério.

— Não é verdade — objetou Rhys. — Eu levo muita coisa a sério. Minha empresa. Ela. Eu levaria você a sério, mas não consigo por causa dessa barba.

— Está vendo? É disso que estou falando — disse Bowen, apontando para o celular com o dedo. — Sempre de deboche, fazendo piada. Você diz que ela não confia em você, mas como pode confiar se você age como se não desse importância a nada? Como se tudo fosse uma porra de uma brincadeira?

Rhys piscou, surpreso.

— Você começou a dar sessões de terapia de graça para as ovelhas aí em cima, Bowen?

O irmão fechou mais ainda a cara, e Rhys levantou a mão em um gesto de rendição.

— Tá bom, tá bom, entendi, estou fazendo de novo.

Não sabia como explicar para Bowen, um homem que sempre dizia exatamente o que estava pensando do jeito mais direto possível, que era mais fácil para ele se esquivar e sair pela tangente, sem deixar que ninguém soubesse que as coisas o afetam. Viver a vida bem na superfície e não se preocupar em mergulhar muito fundo.

Mas a questão era que ele já estava bem no fundo. Estava apaixonado por Vivienne. E estava começando a se dar conta de que nunca tinha deixado de amá-la. Aquele verão não tinha sido só um casinho — tinha sido pra valer.

E ele tinha fodido com tudo. Como estava fazendo no momento.

— Diz a ela como você está se sentindo — sugeriu Bowen. — Seja honesto. Ah, e também vê se não morre hoje à noite.

— Valeu — disse Rhys com um sorriso pesaroso. — Se cuida aí em cima. E faz a barba.

Bowen lhe mostrou o dedo do meio, mas estava sorrindo quando desligaram, e Rhys saiu da cama se sentindo um pouquinho melhor.

Precisava ver Vivienne e lhe dizer a verdade. Dizer que era completamente louco por ela, e que, sim, estava morrendo de medo da noite que se aproximava, mas confiava nela.

A questão era como contar a ela. Não era exatamente o tipo de coisa que se declarava por mensagem. Ele iria à casa da tia de Vivi e lhe contaria lá.

Mas, quando desceu a montanha e bateu na porta, só Elaine estava ali.

Bem, ela e o gato.

Assim que Elaine abriu a porta, aquela bolinha de pelo sacana olhou para Rhys e disse, de modo muito sucinto:

— *Cuzão*.

— Eu te defendi aquela noite, cara — comentou Rhys, sacudindo um dedo para Seu Miaurício. — Não faça com que eu me arrependa.

Elaine riu do comentário e se inclinou para pegar o gato, mas não convidou Rhys para entrar. Quando o olhou de cima a baixo, ele sentiu que ela era capaz de enxergar sua alma.

— Você está aqui para dizer à Vivi que a ama — disse ela por fim, e ele assentiu.

— E mais algumas coisas, mas essa é a principal. Como parece que ela não está aqui, vou só dar uma passadinha para...

— Rhys.

Elaine pôs a mão no braço dele e, pela primeira vez, ele percebeu que os olhos da tia eram da mesma cor de avelã que os de Vivienne. Aqueles olhos expressavam ternura no momento, mas Rhys sabia que não ia gostar do que ela estava prestes a dizer.

— Ela já está em casa, se preparando para a noite de hoje. A magia que ela precisa fazer é... mais do que qualquer coisa que já tenha feito antes. Honestamente, é mais do que qualquer coisa que *eu* já tenha feito antes, e precisa de preparação. Não pode ter interrupções.

Rhys teve a sensação de que alguém tinha acabado de lhe dar um soco no estômago.

Chegou tarde demais.

Parecia que sempre chegava tarde demais.

— Certo — disse ele, forçando um sorriso para Elaine. — Com certeza não.

Elaine apertou o braço dele.

— Fala com ela depois.

— Vou fazer isso — respondeu ele, por mais que o mal-estar percorresse sua coluna.

Supondo que eu ainda esteja por aqui, vou fazer isso.

***

O banho não estava ajudando.

De novo.

Pelo menos dessa vez, enquanto Vivi estava sentada na banheira com água quente até o queixo e cercada de velas, não havia nem sinal de vodca por perto. E ela não estava conjurando o rosto de Rhys nem o cheiro do perfume dele. Não estava nem fungando.

Era realmente um grande avanço em relação ao último Banho de Término que experimentara.

Então por que se sentia tão pior?

Ela sabia a resposta: porque dessa vez a dor parecia muito maior e a tarefa que se aproximava era aterrorizante. Tia Elaine era a bruxa mais forte e competente que Vivi conhecia, e nem mesmo ela tinha tentado algo do tipo. E agora Vivi, que fazia no máximo um feitiço para requentar o próprio chá sem usar o micro-ondas, ia invocar um espírito morto havia muito tempo e exigir que revertesse uma maldição.

De alguma maneira.

A água respingou quando Vivi se levantou e foi pegar uma toalha, e ela ficou se perguntando vagamente que tipo de roupa deveria usar para um ritual de invocação em um cemitério na noite de Halloween. Provavelmente algo impressionante de um jeito adequado, toda de preto, quem sabe, e umas joias de prata.

Mas, enquanto Vivi vasculhava o armário, bateu os olhos no vestido que usou na noite em que Rhys tinha voltado à cidade, aquele preto com poás alaranjados e o cinto laranja de couro envernizado.

Ela amava pra cacete aquele vestido. Mas ele não exalava muito a energia de "Feiticeira Poderosa".

A MALDIÇÃO DO EX 291

Vivi seguiu adiante e estava prestes a pegar o vestido preto que tinha usado no Festival de Outono, mas então parou.

Aquele feitiço era dela. Não importava que sua antepassada tivesse dado o empurrãozinho necessário, era ela quem tinha lançado a maldição original, e seria ela quem tentaria removê-la aquela noite. Ela *era* uma feiticeira poderosa, com ou sem poás, e se usar seu vestido favorito a faria se sentir melhor, por que não?

E Vivi se sentia mesmo um pouco melhor ao caminhar do apartamento até o cemitério. O sol tinha acabado de se pôr e a cidade estava a todo vapor no quesito Halloween. Todos os postes iluminados, música de terror estridente nos alto-falantes espalhados por toda a rua principal, e Vivi sorriu ao passar pelo Café Caldeirão. Eles tinham colocado um caldeirão de verdade, cheio de gelo seco, do lado de fora, e algumas crianças fantasiadas de bruxas riam e davam gritinhos enquanto corriam ao redor da fumaça.

Graves Glen era um bom lugar. Um lugar feliz.

E ela ia salvá-lo.

Quanto mais perto Vivi chegava do cemitério, mais os sons da festança do Halloween ficavam distantes, e ao abrir o portão de ferro com um rangido, tudo que ela ouvia era o som do vento batendo nas folhas lá no alto e um ou outro pio de pássaro.

O túmulo de Aelwyd ficava nos fundos, e, ao se dirigir até lá, já dava para ver Gwyn e Elaine à espera de Vivi.

As duas seguravam velas, e a ternura no rosto delas fez Vivi sentir um aperto repentino na garganta.

— Estamos quase prontas — disse Elaine ao entregar uma vela preta para a sobrinha. — Só falta Rhys chegar.

— E aqui está ele — Vivi ouviu a voz de Rhys vindo de trás delas. Ela se virou e o viu passeando pela trilha como se estivesse caminhando rumo a um encontro no parque, não a sua possível morte, e seu coração palpitou dolorosamente no peito.

Ele estava todo de preto, com o pingente brilhando no pescoço, e, ao pegar a vela de Elaine, deu uma piscadinha para Vivi.

— Está pronta para desfazer minha maldição, *cariad*?

Vivi respirou fundo, e houve um som agudo e um cheiro repentino de enxofre no ar quando Gwyn acendeu o fósforo e o encostou no pavio da vela da prima.

— Mais do que nunca.

CAPÍTULO 32

Rhys não sabia se alguma vez na vida já tinha se sentido tão nervoso quanto estava ao observar Vivienne de pé, próxima do túmulo de Aelwyd, com seus poás e o cabelo loiro jogado para trás enquanto segurava firme a vela.

Ela era tão linda, tão corajosa, e embora soubesse que provavelmente deveria estar um pouco preocupado consigo mesmo, era a ideia de que qualquer coisa pudesse acontecer com ela que o fazia sentir um embrulho no estômago e cerrar as mãos em punhos nas laterais do corpo.

Eu tinha que ter contado a ela antes, pensou ele, mas agora era tarde demais. Ela já estava murmurando baixinho e se ajoelhando ao pé do túmulo de Aelwyd. Rhys não tinha certeza do que o ritual envolvia, mas sabia que era mais do que invocar um fantasma. Os fantasmas eram seres totalmente distintos, feitos de energia que não se libertava.

Um espírito, ainda preso em seu túmulo, era uma criatura muito mais difícil de se invocar.

Piper McBride tinha aprendido da pior maneira, e agora, ao observar Vivienne, Rhys teve que lutar contra o impulso de correr e tirá-la dali. Dane-se a cidade, dane-se *ele*, só não deixe que Vivienne arrisque a própria vida para salvar as duas coisas, pensou.

Mas ela queria fazer aquilo. Acreditava que era capaz.

E ele tinha que acreditar nela.

Gwyn e Elaine também se ajoelharam, e quando Elaine puxou uma faquinha de prata do cinto, Rhys cerrou os dentes. Era uma maldição de sangue, e Vivi era parente de sangue de Aelwyd, então não deveria ser uma surpresa que teria sangue envolvido, mas mesmo assim ele se encolheu quando a lâmina atravessou a parte carnuda da palma de Vivienne, um corte rápido e minúsculo, mas não deixava de ser um ferida.

Vivienne, no entanto, não vacilou; pressionou a palma da mão na terra e baixou a cabeça.

Com o tremeluzir das chamas das velas no vento noturno, Gwyn e Elaine sussurravam com Vivienne. Rhys sentiu o frio percorrer sua coluna enquanto o chão tremia ligeiramente sob seus pés.

Não conseguia identificar exatamente quando sentiu acontecer. Não houve nada de dramático como tinha acontecido com Piper, nenhuma forma repentina saltando do túmulo.

Mas, quando Vivienne virou a cabeça e o encarou, Rhys sabia que não era ela por trás daquele olhar.

— Penhallow — disse, e era a voz dela, mas havia outra por baixo, com sotaque galês cadenciado, e foi em galês que Rhys respondeu.

— Sou eu.

Os cantos dos lábios de Vivienne se curvaram para cima.

— Você se parece com ele. Com Gryffud.

Rhys tocou o dorso do nariz e franziu a testa.

— Ah, cacete.

— Você é tão irresponsável quanto ele foi? Tão cruel? — prosseguiu ela ao se levantar. Era estranhíssimo ver o corpo de Vivienne, um corpo que ele conhecia tão bem quanto o dele próprio, mas sem os gestos familiares, a postura completamente diferente. E ela o observava com tanta frieza. Ele nunca tinha visto aquela expressão no rosto de Vivienne antes, nem mesmo quando ela o odiava.

— Irresponsável pode ser — respondeu Rhys. — Cruel? Com certeza espero que não.

Vivienne se aproximou de Rhys e abriu bem os braços enquanto Gwyn e Elaine assistiam à cena atrás dela, pálidas.

— Gryffud queria que a magia dele construísse esta cidade — disse ela. — Queria que fosse seu legado. Seu reino particular.

— Isso é mesmo a cara dos homens da minha família.

— Mas não foi o suficiente. *Ele* também não foi o suficiente — continuou Vivienne, tão perto que Rhys sentiu o cheiro de ozônio e terra, nada parecido com o aroma doce e açucarado de Vivi. — Então ele pediu minha ajuda.

O olhar se fixou um ponto acima do ombro de Rhys, e de alguma forma ele soube que ela estava olhando na direção das cavernas, na direção das linhas de ley.

— Minha intenção era misturar minha magia com a dele, mas ele me tirou tudo.

O olhar de Vivienne se fixou em Rhys.

— Tirou tudo de mim. Ele me exauriu para construir esta cidade, depois apagou meu nome dela. Construiu santuários cultuando a própria imagem. Nenhum agradecimento pelo meu sacrifício, nem mesmo um reconhecimento. Foi como se eu nunca tivesse existido.

Rhys sentia a dor que havia por baixo de tudo aquilo, e, por mais que soubesse que não era Vivienne falando com ele, as palavras ainda assim se alojaram como uma pedra em algum lugar de seu peito.

— Se serve de consolo — comentou ele —, Gryffud morreu de varíola, e ouvi dizer que é uma doença bem horrível, então...

— Não pode haver nenhum consolo! — Sua voz se elevou, o vento soprou mais forte e o cabelo de Vivienne voou para trás enquanto as árvores balançavam e grunhiam. — Minha descendente recorreu a mim para amaldiçoar você, e foi o que fiz. E você, por sua vez, amaldiçoou a cidade. Minha vingança estaria completa em ver ambos virando cinzas.

Ela inclinou a cabeça e o observou, e Rhys se preparou para... não tinha certeza do quê, exatamente. Um golpe? Parecia provável.

Mas então ela disse:

— Só que esta mulher, esta irmã do meu sangue, está pedindo que eu poupe os dois. Que eu tire a maldição de você e da cidade.

Rhys respirou fundo e devagar.

— Está.

— E por que eu deveria fazer isso?

Rhys tentou pensar em algum motivo, em algum argumento completamente incontestável para salvar tanto a própria vida quanto Graves Glen, mas tudo que conseguiu dizer foi:

— Eu a amo.

Aqueles olhos não piscaram.

— Você a ama — repetiu Vivienne, e Rhys fez que sim.

— Eu a amo, e a magoei, então mereci ser amaldiçoado. Mas Graves Glen é o lar dela. O lar da família dela. Não posso deixar que seja destruído por minha causa.

A luz da lua se esparramou pelo cemitério e, pela primeira vez, Rhys percebeu uma espécie de véu cintilante ao redor de Vivienne, pôde sentir a pulsação do coração dela. Será que ainda estava ali, a sua Vivienne? Será que conseguia ouvi-lo?

— E se eu poupasse a cidade, mas levasse você, e aí?

Com o olhar sombrio, a bruxa continuou se aproximando, e Rhys se forçou a ficar firme.

— Então me leva — disse ele. — É um preço justo pelo que fizeram com você.

— Rhys — ele ouviu Gwyn gritar, mas Elaine a silenciou segurando seu braço, e Rhys lhe deu um sorriso trêmulo.

—Ah, até que enfim, não sou mais o "cuzão".

Aelwyd ainda o estudava através dos olhos de Vivienne, e Rhys estava muito, muito ciente de que sua vida estava por um fio.

Então ela se afastou dele, o vento se acalmou um pouco e ele sentiu que aquele cheiro de raio atingindo a terra começava a desaparecer.

— Você deve amá-la, então — disse ela.

—Amo, sim — respondeu ele. — Loucamente.

Aelwyd suspirou e o peito de Vivienne subiu e desceu. Em seguida, fechou os olhos.

— Estou vendo o coração dela — disse Vivienne. — Eu o sinto dentro do peito dela. Ela também ama você e não quer te ver ferido. Então, como ela é sangue do meu sangue, decidi atender ao pedido.

Rhys tentou não cair no chão de tanto alívio, mas foi uma luta.

— Obrigado — sussurrou. E então viu Gwyn e Elaine darem as mãos. — Obrigado — repetiu Rhys. — E prometo que vou consertar as coisas em relação àquele desgraçado do Gryffud. Chega de estátua, definitivamente chega de Dia do Fundador. Posso até ver se consigo convencer meu irmão Wells a mudar o nome do meio.

Aelwyd franziu a testa e, por um segundo, Rhys se perguntou se mencionar a conexão familiar tinha sido uma ideia ruim, mas não era isso. Ela não estava nem olhando para ele, mas na direção do túmulo, abrindo e fechando as mãos nas laterais do corpo.

— É... a maldição. Não estou conseguindo revertê-la.

— Como é?

Ela caiu de joelhos e inclinou a cabeça para trás para olhar o céu.

— Não sou forte o suficiente.

E sua voz foi ficando mais fraca, mais vaga, enquanto a de Vivienne ganhava força.

Os olhos dela reencontraram os dele e, dessa vez, parecia mais que era Vivienne retribuindo o olhar.

— Sinto muito, Rhys Penhallow — disse Aelwyd. — É tarde demais.

Em seguida, ouviu-se um estrondo como o de um trovão, e Vivienne tombou no chão.

CAPÍTULO 33

Vivi estava ficando de saco cheio de fazer magia e, de alguma maneira, terminar no chão.

Ela abriu os olhos e viu Gwyn, Rhys e Elaine de pé acima dela e, a julgar pela cara deles, imaginava que o ritual não tivesse dado certo. Será que tinha conseguido mesmo fazê-lo? A última coisa de que lembrava era da sua mão no túmulo de Aelwyd enquanto pedia à ancestral que revertesse a maldição, depois mergulhou em um grande vazio.

— Acabou? — perguntou a Rhys, que tentou sorrir para ela enquanto a ajudava a se levantar.

— Você foi magnífica. Sério mesmo.

— Isso não é resposta — retrucou ela enquanto tirava a poeira da saia e olhava para Gwyn e Elaine, que estavam mais sérias do que nunca.

— Você conseguiu, Vivs — disse Gwyn ao se aproximar para pegar a mão da prima. — Você incorporou o espírito da Aelwyd e foi a magia mais maneira que eu já vi. Você estava toda deusa e seus cabelos estavam ao vento que nem o da Beyoncé...

Vivi a encarou.

— E não deu certo — disse ela. — Dá pra ver na sua cara.

A mentirinha de Gwyn foi por água abaixo, e ela pressionou a mão na bochecha de Vivi.

— Não foi culpa sua.

Em pânico, Vivi olhou para Rhys, que estava ali parado, tão bonito, tão casual, com as mãos nos bolsos, mas havia rugas ao redor de sua boca e tensão nos ombros.

— Aparentemente, Aelwyd não tinha esse poder todo, com ou sem Samhain. — Ele deu de ombros. — Não se pode ganhar sempre.

— Não — disse Vivi, balançando a cabeça. Ainda estava instável por conta do feitiço que tinha acabado de fazer, ainda sentia um estranho gosto metálico na boca e estava tremendo, mas também tinha muita, muita certeza de que não ia deixar nada acontecer com Rhys.

Nem com Graves Glen.

— Não, essa história não acabou — falou, e Elaine deu um passo à frente para pegar a mão de Vivi.

— Meu amor, a gente fez nosso melhor. Sabe quantas bruxas sobreviveriam ao que você acabou de fazer? Mesmo no Samhain, invocar um espírito é um trabalho e tanto. A magia envolvida pode ser fatal, e olha só pra você. Estou muito orgulhosa.

— Obrigada, tia Elaine — disse Vivi, e foi sincera. — Mas estou falando sério. A gente não pode simplesmente desistir.

— Vivienne — disse Rhys baixinho. — Não tem mais nada a fazer.

Vivi fechou os olhos e negou com a cabeça.

— Não, tem que ter. Se a gente pensar...

Pensar poderia ter sido mais fácil se ela não tivesse acabado de incorporar um espírito velho pra cacete e se sua mente não entoasse "Rhys vai morrer, Rhys vai morrer, Rhys vai morrer" repetidas vezes, mas ela tentou acalmar um pouquinho os pensamentos, tentou respirar fundo e se forçar a ficar calma, a encontrar a solução.

Rhys estava amaldiçoado, então a cidade estava amaldiçoada. Rhys e a cidade, unidos por causa das linhas de ley. As linhas mágicas que o ancestral de Rhys tinha estabelecido.

Só que não.

De repente, Vivi abriu os olhos.

Não tinha sido o antepassado de Rhys. Não *apenas* seu antepassado. Aelwyd também tinha estado lá. A magia de Aelwyd estava naquelas linhas de ley, e a magia de Aelwyd estava no sangue de Vivi. No sangue de Gwyn, no sangue de Elaine.

Talvez não desse certo. Provavelmente não daria certo.

Mas ela precisava tentar.

— As linhas de ley — disse a Rhys, já se dirigindo ao portão do cemitério. — A gente precisa ir até as linhas de ley.

E Rhys, graças à deusa, nem sequer questionou.

— Vamos no meu carro. A gente tem — ele conferiu o relógio — uma hora até a meia-noite.

— Vocês duas também — disse ela a Gwyn e Elaine. — Preciso das duas.

— Vamos estar logo atrás de vocês — respondeu Elaine, e, mais uma vez, Vivi sentiu uma onda de gratidão por essas pessoas, que a amavam e confiavam nela.

O trajeto até a caverna foi como um borrão, nem Rhys nem Vivi falaram muita coisa. E, quando chegaram, Gwyn e Elaine já estavam ali.

— Rhys — disse Vivi ao entrarem na primeira caverna, a câmara mais ampla que levava ao restante do sistema —, preciso que você fique aqui, tá? Tem que ser só nós três.

Ele não questionou, apenas assentiu.

— Claro.

Mas, enquanto Vivi seguia em direção à abertura que levava até as linhas de ley, ele não resistiu e gritou:

— Boa sorte fazendo com que eu não morra!

Dessa vez, quando Vivi entrou na câmara onde ficavam as linhas de ley, não sentiu aquela onda de calor que tinha sentido com Rhys. Estava apenas um pouquinho enjoada, desorientada, como se tivesse girado muitas vezes. A magia permanecia ali, poderosa do mesmo jeito, mas agora também era terrivelmente *equivocada*.

— Puta merda — ouviu Gwyn sussurrar, e as três olharam para a magia pulsante no chão da caverna. O que antes tinha sido uma luz roxa bem nítida tornara-se turva pela maldição, espessa e vagarosa, com faíscas de luz avermelhada que piscavam de vez em quando.

— Piorou — comentou Vivi. — Estava feio naquela primeira noite, mas isso...

Pela primeira vez desde que tinha bolado aquele plano, ela começou a temer que talvez fosse uma ideia idiota. Talvez não fosse conseguir bancar o plano.

Mas precisava tentar. Por Graves Glen. Por Rhys. Até mesmo por Aelwyd, que merecia coisa muito melhor do que o que tinha acontecido com ela.

— Vamos dar as mãos — disse Vivi, e então ela, Elaine e Gwyn formaram um círculo, juntando as palmas.

— Nós fizemos essa magia — falou Vivi, fechando os olhos. — Nossa família fez. Talvez ninguém tenha construído uma estátua para Aelwyd, ou dado o nome dela a uma faculdade, mas ela era real, esteve aqui e ajudou a tornar essa cidade o que é hoje. Ela deu a própria vida por isso. E nós somos suas descendentes.

Vivi sentiu Gwyn e Elaine apertarem suas mãos, e isso lhe deu coragem para respirar fundo e dizer:

— Então, foda-se Gryffud Penhallow. As Bruxas Jones vão recuperar isso aqui.

Vivi sentia a onda de energia sob seus pés, e as mãos de Gwyn e Elaine de repente ficaram tão quentes que quase queimavam, mas Vivi continuou segurando firme, continuou a enviar toda a magia que era capaz de reunir ao círculo formado por elas três e, depois, às próprias linhas de ley.

Era como tentar empurrar uma rocha morro acima, e havia algo empurrando de volta. Se eram os restos da magia de Penhallow ou a maldição em si, Vivi não sabia, mas ela devolvia o empurrão com a mesma força e sentia o suor brotar na testa ao se concentrar.

E então ouviu Gwyn gritar:

— Está dando certo!

Ao abrir os olhos, Vivi olhou para as linhas de ley e assistiu à luz roxa faiscar, fortalecida, enquanto o lodo preto recuava. Ela se segurou à tia e à prima com mais força e pensou em Aelwyd, pensou em Piper McBride, chegou até a pensar nos bruxos que trabalhavam na faculdade — todos com poder e tanto direito à magia de Graves Glen quanto qualquer um.

Houve um súbito clarão, tão brilhante que Vivi arfou e soltou as mãos de Gwyn e Elaine para cobrir os olhos. E então, com a mesma rapidez com que tinha surgido, ele se foi, deixando sua visão um pouco distorcida e ofuscada.

Mas, em frente a ela, no chão da caverna, as linhas corriam retas, claras e roxas, e agora zumbiam.

— Pelas tetas de Rhiannon — sussurrou Gwyn, virando-se para Vivi com um sorriso ofuscante. — Você conseguiu!

— A gente conseguiu — corrigiu Vivi, e então foi abraçar Gwyn e Elaine, rindo enquanto as lágrimas brotavam dos seus olhos.

— Eu amo vocês, meninas — disse Elaine, enxugando os próprios olhos. — E agora prometam para mim que nunca, jamais vão misturar vodca com bruxaria outra vez.

— Juro solenemente — respondeu Gwyn na mesma hora, e Vivi assentiu.

— Lição mais do que aprendida, vai por mim.

— Então... parece que eu não vou morrer?

Elas giraram e viram Rhys com a cabeça enfiada na caverna, e Gwyn apontou para ele.

— O cabelo ainda está fazendo O Negocinho.

— Está mesmo — concordou Vivi, o que lhe rendeu uma piscadinha de Rhys antes que ele apontasse o polegar para a entrada da caverna.

— Sendo assim, será que a gente pode ir embora? Com ou sem maldição, não é aqui que quero passar o restinho do Halloween.

CAPÍTULO 34

Vivienne estava radiante no trajeto de volta para a cidade, e Rhys teve dificuldade de se concentrar na estrada em vez de nela.

— Foi como... como se tivesse um rio dentro de mim, só que o rio era *mágico*, e dava pra sentir, realmente dava pra *sentir* ele saindo das minhas mãos, tipo *wuuu* — disse ela entusiasmada, gesticulando com as duas mãos, as bochechas coradas e os olhos brilhantes, e Rhys riu.

— Você já disse, *cariad*, você já disse.

Vivienne baixou as mãos e sorriu para ele.

— Desculpa. Estou um pouco empolgada demais, né?

— Quer dizer, você salvou uma cidade inteira e a minha vida com sua magia — ele a lembrou. — Você tem permissão para estar entusiasmada.

Vivienne recostou a cabeça no banco e riu de novo.

— Eu consegui. Eu consegui. Sou uma bruxa fodona real oficial.

— A mais fodona de todas — concordou Rhys enquanto tamborilava os dedos no volante. — E possivelmente um pouquinho Bêbada de Magia também.

— É uma possibilidade, sim — disse ela, sorrindo para ele de novo, um sorriso que aqueceu cada centímetro do corpo de Rhys.

O próprio Rhys estava supereufórico. Enganar a morte causava esse efeito em um homem, e por mais que não soubesse como seu pai ia reagir à notícia de que Graves Glen não era mais território dos Penhallow, ele não ligava para isso no momento. Era um problema para o Rhys do Futuro, e com certeza aquele safado conseguiria dar um jeito.

De repente, Vivi estendeu a mão e pegou o braço dele.

— Para o carro.

Rhys olhou para ela com desconfiança.

— Você não vai vomitar, vai?

— Eca, não — respondeu Vivi com uma careta, depois apontou para o para-brisa. — Bem ali.

Ele seguiu as instruções e parou o carro em um acostamento de terra na beira de uma colina com vista para um vale. A lua brilhava o suficiente para que desse para ver o campo abaixo deles, e as colinas ao redor formavam silhuetas escuras contra o céu azul-marinho.

— Foi onde a gente se conheceu — disse ela baixinho.

— No solstício de verão. Bem ali embaixo, naquele campo.

Rhys já sabia disso desde o momento em que tinha estacionado o carro. Ele lembrava daquelas colinas, lembrava de ter se sentado com Vivienne e olhar para elas, lembrava daquela coroa de flores meio torta no cabelo dela e daquele sorriso doce.

— Posso te contar um segredo? — perguntou ela com a voz calma e o humor um pouco mais contido.

— Não é que você na verdade não reverteu a maldição e me trouxe aqui para me chutar dessa encosta, não, né?

Ela riu, mais baixo dessa vez, e o cabelo roçou seus ombros enquanto balançava a cabeça.

— Eu amei aquele verão — disse ela. — Para mim foi um exemplo de momento perfeito e maravilhoso, e eu disse a mim mesma que era só porque foi uma novidade, sabe? O primeiro rito mágico a que já fui, o primeiro verão na faculdade, o primeiro garoto por quem me apaixonei.

Quando Vivienne se virou para ele, o olhar estava cheio de alguma coisa que Rhys não foi capaz de nomear, mas, o que quer que fosse, aqueceu seu peito, seu coração.

Nossa, como ele a amava.

— Mas dessa vez foi ainda melhor — disse, inclinando-se para perto dele. E então ela sorriu. — Posso te beijar?

O coração de Rhys bateu tão forte que quase machucou suas costelas.

—Agora?

— Estou aberta ao que sua agenda permitir.

— Bom, pra sua sorte, no momento estou livre pra caralho — respondeu Rhys, e Vivi riu enquanto ele a puxava para perto e se ajeitava no banco para que ela pudesse subir em seu colo.

Já fazia um tempinho que Rhys não trepava com alguém dentro de um carro, mas, de alguma maneira, eles conseguiram, com o vestido dela levantado até a cintura e o zíper dele aberto, e só tocaram a buzina duas vezes.

E, quando estava dentro dela, com os braços ao seu redor, o cabelo no seu rosto, aquela mulher linda e mágica por quem tinha se apaixonado duas vezes, Rhys sabia que precisava contar a ela dos seus sentimentos.

Depois, prometera a si mesmo, e o depois tinha chegado.

Mas, antes, queria sentir Vivienne se desfazer ao redor dele, queria ouvi-la dar aqueles gritos baixinhos e sentir os dentes dela mordiscando o lóbulo da sua orelha.

Vivi fez tudo aquilo e muito mais, e, quando se recostou ofegante no seu peito, ele afastou o cabelo dela e beijou a pele suada do seu pescoço.

— Vivienne — começou a dizer, e ela suspirou, afundando ainda mais no corpo dele.

— Vou sentir saudade, Rhys — disse ela, com a voz suave e distraída.

Foi aí que ele entendeu o que era aquilo. Levá-lo ao lugar onde se conheceram, fazer amor com ele.

Ela estava se despedindo.

Já passava da meia-noite quando eles subiram a montanha para a casa de Elaine, e, enquanto ela e Rhys subiam os degraus da varanda com os dedos levemente entrelaçados, Vivi indicou o céu com a cabeça.

— O Samhain acabou. Estamos oficialmente no Dia de Todos os Santos agora.

— E eu oficialmente não estou mais amaldiçoado, e você é oficialmente a bruxa mais impressionante que eu conheço.

Com uma risadinha, Vivi fez uma pequena reverência, ainda levemente alta por conta da magia e do sexo e de alguma combinação mística dos dois.

Na verdade, pensou ao pararem na frente da porta de Elaine, ela bem que podia ter mais um pouquinho dos dois.

— Quer entrar? — perguntou. — Não tenho muita experiência em trazer caras escondido para o meu quarto aqui, mas, para dizer a verdade, não acho que tia Elaine ligaria.

Rhys abriu um sorriso, mas foi um sorriso breve, e quando estendeu a mão para afastar o cabelo do rosto dela, Vivi sentiu que sabia o que ele ia dizer.

— Por mais que eu fosse amar, *cariad*, infelizmente preciso voltar amanhã.

Vivi cambaleou de leve e suas mãos penderam da cintura.

— Voltar, tipo... para o País de Gales?

— O próprio — disse ele. — Meu pai precisa saber do que aconteceu, e esse é o tipo de conversa que é melhor de se ter pessoalmente. E o trabalho vai ficar mais cheio com as festas de fim de ano...

Vivi se sentiu levando um banho de água fria, e toda aquela felicidade boba e mágica se esvaiu enquanto continuava ali, parada na varanda, encarando os olhos azuis de Rhys.

— Sim, é claro — disse ela, forçando um sorriso. — Quer dizer, a gente sabia que isso era temporário. Sua vida está lá, a minha está aqui.

— Exatamente — concordou ele, e seu sorriso também parecia meio forçado. — É claro — acrescentou ao puxá-la para perto —, eu poderia implorar para você vir comigo. Ficar de joelhos, aquela história toda, bem dramático, uma bela de uma cena.

Ela riu um pouco ao ouvir aquilo, por mais que fechasse os olhos para conter a ardência repentina das lágrimas.

— Eu ia adorar ver isso. — E adoraria mesmo, a questão era essa. Ela queria que Rhys a convidasse pra valer, queria saber o que aquilo significava para ele.

Mas ele já tinha lhe mostrado, não? Rhys se importava com ela, sempre se importaria. Mas não era exatamente o tipo de cara que poderia ficar em um lugar só. Ele tinha construído toda uma vida com base nisso.

E, agora que sua magia estava inextricavelmente ligada a Graves Glen, Vivi não queria ir embora. Aquele era o lar dela.

— Você curte mesmo quando eu fico de joelhos.

Vivi encurtou o espaço entre eles e o envolveu com os braços, inspirando o aroma de outono entranhado às roupas dele, o leve cheiro de fumaça que ainda pairava entre os dois.

— É onde você realmente faz o seu melhor.

Ele a abraçou ainda mais apertado quando deu uma risada, e Vivi desejou que pudessem adiar aquele momento só mais um pouquinho. Só queria estar com ele por um tempinho a mais, uma noite, quem sabe duas.

Mas isso não facilitaria as coisas. Pelo contrário, só ia dificultar. Porque Rhys não podia ficar.

E ela não podia ir.

— Olha pelo lado positivo — disse ela ao se afastar. — Pelo menos dessa vez não vou amaldiçoar você. Talvez eu até monte um minissantuário em homenagem a Rhys Penhallow na minha mesa de trabalho.

— Cama com dossel inclusa, assim espero.

Vivi sentiu o sorriso vacilar no rosto. Estava tomando a decisão certa. Os dois estavam. O lance entre eles tinha sido feito para não durar. Eram muito diferentes, queriam vidas diferentes, tinham sonhos diferentes.

Isso não tornava mais fácil abrir mão dele.

Mas foi o que ela fez.

— Adeus, Rhys — disse Vivi, roçando os lábios nos dele mais uma vez.

— Adeus, Vivienne — murmurou ele, mas não a beijou de novo. Apenas deu a volta, desceu os degraus da varanda e, pela segunda vez, foi embora da vida dela.

CAPÍTULO 35

O semestre no inverno era sempre um pouco desolador.

Se Graves Glen atingia seu ápice em outubro, janeiro era o outro lado da moeda, a época do ano em que Vivi começava a se perguntar se deveria se mudar para uma cidade com praia ou algo do tipo. A neve nunca era tão ruim, e inclusive podia até ser bem bonita quando se assistia do alto de uma varanda nas montanhas, com os flocos de neve flutuando em meio às árvores desnudas.

Só que não tinha nada de bonito quando você tentava abrir caminho por alguns centímetros de neve misturada com lama a caminho do trabalho.

Com uma careta, ela tirou as botas antes de entrar no departamento de história.

— Janeiro é uma bostaaaaaa — Vivi ouviu Ezichi gritar do próprio escritório ao passar por ali, e então enfiou a cabeça para dentro da sala.

— Concordo. Mas ouvi dizer que você finalmente conseguiu a vaga de titular, meus parabéns!

Diferente de Vivi, Ezi tinha Ph.D. e estava na trincheira dos professores fazia um tempão, então Vivi ficou genuinamente animada por ela, e Ezi também estava, a julgar pelo sorriso no rosto.

— E parabéns para você também — disse a professora ao sair de trás da sua mesa. — Soube que você vai pegar algumas turmas a mais no departamento de folclore, né?

Vivi fez que sim, e já sentia um frio na barriga só de pensar na ideia. Depois do Halloween, tinha conversado com a dra. Arbuthnot sobre o ocorrido, a mudança na magia de Graves Glen.

Tinha imaginado que a mulher ficaria uma fera, ou que pelo menos desprezaria toda a situação.

Para sua surpresa, tinha recebido uma oferta de emprego.

Daquele semestre em diante, Vivi daria duas matérias no lado bruxo da faculdade, um curso de História da Magia com foco no passado de Graves Glen e uma aula de Magia Ritual.

E tinha comprado até um lenço novo.

Mas só um.

Depois de se despedir de Ezi, Vivi seguiu para seu escritório, ligou a chaleira assim que entrou e pôs a bolsa em cima da mesa. Enfiou a mão lá dentro e tirou um livro pesado, com a capa de couro vermelho-sangue e o título estampado em folha de ouro envelhecida. Era um livro sobre a história do País de Gales escrito por uma bruxa galesa havia mais de cem anos. Tinha chegado pelo correio no Yule, sem nenhum remetente, só um bilhete escrito com a caligrafia de Rhys:

Para o seu escritório.
Um beijo.

Nada de *"cariad"*, nada de "estou com saudade". Mas ele estava pensando nela, e era suficiente.

Ou, pelo menos, foi o que disse a si mesma.

Vivi sacudiu a cabeça, preparou uma xícara de chá e ligou o computador.

Quando terminou de digitar as anotações para a aula de história da tarde, se deu conta de que tinha que ir ao lado bruxo para se encontrar com a dra. Arbuthnot. Então, com um suspiro, enfiou os braços no casaco e enrolou o lenço no pescoço.

Aquele lado do campus estava mais tranquilo, e a neve estava um pouco menos pisoteada ao entrar no prédio principal. Ela contraiu de leve o nariz com o cheiro de patchouli — sério mesmo, será que tinha alguém com quem pudesse reclamar sobre isso? —, mas mesmo assim atravessou o corredor e foi observando as portas no caminho.

Tirando os móveis mais elegantes, não era tão diferente do prédio de história. As mesmas fileiras de portas, as mesmas janelas foscas com os nomes gravados em preto.

A. Parsons.
J. Brown.
C. Acevedo.
R. Penhallow.

Vivi já tinha passado pela porta quando enfim processou a informação. Em seguida, deu a volta lentamente e olhou de novo para ela, com o coração martelando no peito.

Não era possível.

Só podia ser outra pessoa, algum outro Penhallow com R na inicial. Rhys provavelmente tinha um primo, Richard Penhallow ou Rebecca Penhallow.

Mas, de qualquer maneira, ela se viu levando a mão à maçaneta.

Vivi sabia que era muita falta de educação sair entrando no escritório dos outros sem bater, mas ela precisava ver, precisava apagar aquela pequena faísca de esperança no seu peito antes que pegasse fogo.

A porta se abriu, revelando um escritório que não parecia ser muito diferente do de Vivi. Pequeno, uma janela, uma mesa e um abajur, além de um arquivo e uma estante de livros. A única diferença era que a estante estava vazia e não havia nada nas paredes, e ali, sentado atrás da mesa e sorrindo para ela, estava Rhys.

Vivi quase se perguntou se tinha passado por uma espécie de feitiço ao entrar ali, ou se aquilo era uma pegadinha que as bruxas tinham armado para ela, algum tipo de trote da faculdade.

Mas então Rhys se levantou e foi até ela, tão caloroso e real quanto qualquer outra coisa ao fechar delicadamente a porta e dizer:

— Olá, *cariad*.

Havia um milhão de coisas que ela queria lhe dizer, lhe perguntar.

Mas tudo que saiu foi:

— Você tem... um escritório.

— Tenho, sim.

— E uma mesa.

— Também.

— E está... aqui.

— Você reparou, foi?

— Por quê?

Com um suspiro, Rhys pôs as mãos nos bolsos e deu de ombros.

— Bom, veja bem, voltei ao País de Gales, tudo de volta à normalidade, o único problema era que eu estava infeliz pra caralho. Simplesmente o filho da mãe mais triste que já existiu. Tão triste, na verdade, que Wells, *Wells!*, disse que eu era um filho da mãe infeliz, e, como ele é o presidente do Clube dos Filhos da Mãe Infelizes, achei isso bem perturbador.

Vivi estava sentindo dor no rosto, e então se deu conta de que era porque estava sorrindo.

Rhys também estava sorrindo ao prosseguir.

— Então pensei no que poderia fazer para ser um filho da mãe um pouco menos infeliz, e me dei conta de que a única solução era ficar com você. Ou, no mínimo dos mínimos, perto de você. E, no fim das contas, quando uma faculdade tem o nome da sua família, eles se mostram bastante dispostos a deixar você dar aula de uma ou outra matéria, então aqui estou eu.

— E a sua empresa? — questionou Vivi, ainda um pouco atordoada, e Rhys assentiu.

— Ainda existe. Consigo tocar ela daqui, sem nenhum problema, mas Bowen disse que esse momento precisava de um grande gesto... Quer dizer, eu decidi que esse momento precisava de um grande gesto e recebi um total de zero ajuda do meu irmão. Além disso — continuou ele —, eu queria provar a você que estava levando isso a sério, a ideia de ficar aqui. Fincar raízes. Não estou de brincadeira, Vivienne.

Rhys se aproximou e Vivi inalou seu cheiro, com as mãos já no peito dele, onde o coração batia sob suas palmas em um rufar constante.

— Sei que transformar minha vida e me mudar para a Geórgia por uma mulher pode cair na categoria de coisas imprudentes e mal-pensadas, mas a questão é que eu estou muito apaixonado por essa mulher.

Ele se inclinou para mais perto e baixou o tom de voz.

— Essa mulher é você, aliás. Quero só garantir que ficou claro.

Vivi riu, por mais que sentisse os olhos arderem com lágrimas repentinas.

— Tá, que bom, porque não tenho como disputar seu coração com a tia Elaine. Eu cozinho mal demais.

— Seu único defeito.

Rhys respirou fundo e segurou o rosto de Vivi com os dedos apoiados atrás da cabeça enquanto olhava nos olhos dela.

— Eu te amo. Muito, muito mesmo. E sei que às vezes sou impertinente, ou que faço piada em vez de dizer a verdade, mas quero que saiba que você é tudo pra mim, Vivienne. Tudo.

Ele se inclinou, apoiou a testa na dela e fechou os olhos quando Vivi o segurou pelo pulso.

— Você conquistou meu coração desde o momento em que eu te vi naquela maldita encosta, e odeio ter desperdiçado nove anos sem você, mas não vou mais perder nenhum segundo. Se você precisa estar aqui, então eu preciso estar aqui. Simples assim.

Vivi recuou um passo e olhou aqueles olhos azuis. Rhys podia até ter sido O Louco, mas talvez ela fosse também, porque se deu conta de que aquela imagem, uma pessoa caminhando alegremente na beira de um penhasco, não necessariamente tinha a ver com ser imprudente.

Tinha a ver com dar um salto e acreditar que algo — alguém — seguraria você.

— Eu quero ir ao País de Gales com você — disparou ela, e Rhys franziu a testa em sinal de confusão.

— Você perdeu a parte da história em que eu me mudei para cá?

Rindo e chorando ao mesmo tempo, Vivi negou com a cabeça.

— Não, quer dizer... Não precisa ser uma coisa ou outra. Você aqui ou eu no País de Gales. A gente pode fazer os dois. E vai ser confuso e difícil às vezes, mas vai valer a pena. Porque eu também te amo. Você ganhou meu coração naquela mesma época, e eu confio ele a você.

Assim que terminou de falar, ela soube que era verdade.

Ela confiava em Rhys de todo o coração. Aquele Rhys imprudente e caprichoso, que levava a vida na maior leveza, mas que a amava e tinha provado isso várias vezes.

O Louco e A Estrela, assim como as cartas de Gwyn tinham mostrado. Saltando de penhascos e lançando um brilho estável, dois opostos que não podiam viver um sem o outro.

Que não precisavam viver um sem o outro.

E isso, Vivi precisou admitir quando Rhys se inclinou para beijá-la, talvez fosse o mais mágico de tudo.

AGRADECIMENTOS

Como é apropriado para uma história sobre bruxos, este é meu décimo terceiro livro publicado, e tive a sorte de ter Holly Root como minha agente para cada um dos treze livros. A magia que um bom agente pode exercer é uma força verdadeiramente poderosa, e sou muito afortunada por ter Holly lançando seus feitiços para mim.

Tessa Woodward compreendeu este livro desde o início, e, graças ao seu estilo particular de magia, ele é muito mais forte do que eu imaginava que pudesse ser.

Toda a equipe da William Morrow é, tenho bastante certeza, formada por magos, e sou muito grata a todos!

Ao meu coven, especialmente às minhas Orlando Ladies (as Anti Go-Getters), obrigada por me ouvirem quando este livro ainda estava em seu estágio mais inicial e instável. A próxima rodada de brie é por minha conta!

Este é, em sua essência, um livro sobre famílias, e eu fui muito abençoada com a minha, tanto a família de onde eu vim quanto a que eu criei. Amo todos vocês.

Este livro, composto na fonte Fairfield,
foi impresso em papel Lux Cream 60g/m² na gráfica AR Fernandez.
São Paulo, Brasil, setembro de 2024.